HANS W. CRAMER

SPINNEN-BISS

HANS W. CRAMER

SPINNEN-
BISS

THRILLER

GMEINER SPANNUNG

Bisherige Veröffentlichungen im Gmeiner-Verlag:
Wer Sünde sät (2016)

Besuchen Sie uns im Internet:
www.gmeiner-verlag.de

Im Ehnried 5, 88605 Meßkirch
Telefon 07575/2095-0
info@gmeiner-verlag.de

1. Auflage 2017

Lektorat: Claudia Senghaas, Kirchardt
Herstellung: Mirjam Hecht
Umschlaggestaltung: U.O.R.G. Lutz Eberle, Stuttgart
unter Verwendung eines Fotos von: © krissikunterbunt/fotolia.com
Druck: CPI books GmbH, Leck
Printed in Germany
ISBN 978-3-8392-2106-8

Personen und Handlung sind frei erfunden.
Ähnlichkeiten mit lebenden oder toten Personen
sind rein zufällig und nicht beabsichtigt.

PROLOG

Das Mädchen starrte mit weit aufgerissenen Augen Hilfe suchend in das Gesicht des Vaters. Die Wangen fleckig gerötet, die Haare in Strähnen auf der schweißnassen Stirn. Der Mund war leicht geöffnet, die Atmung ging stoßweise.

»So tun Sie doch was!« Verzweifelt krallte der Vater seine Finger in den Oberarm des Arztes. »Sie fragen mich hier total unsinnige Sachen. Helfen Sie endlich meiner Tochter! Sie sehen doch, wie schlecht es ihr geht.«

»Bitte beruhigen Sie sich! Es ist wirklich wichtig. Wir können Ihrer Tochter nur helfen, wenn wir wissen, was überhaupt passiert ist. Verstehen Sie bitte! Eine Allergie behandeln wir ganz anders als eine Vergiftung. Also noch einmal«, ruhig drückte der Arzt den aufgelösten Mann auf einen Stuhl neben der Trage, auf dem das zehnjährige Mädchen wimmernd lag. »Wo waren Sie mit Saskia, bevor die Symptome anfingen? Fangen Sie bitte heute Morgen an.«

Der Vater beruhigte sich ein wenig und nahm vorsichtig die heiße Hand seiner Tochter. »Heute Morgen haben wir ganz normal, wie jeden Samstag, zusammen gefrühstückt. Dann sind wir in die Stadt und haben ein paar Einkäufe erledigt. Danach …«

»Halt. Das muss ich genauer wissen. Wo waren Sie da? Hat Saskia mit irgendetwas Außergewöhnlichem Kontakt gehabt?«

»Nein. Wir waren in einem Kaufhaus am Westenhellweg. Da haben wir zwei T-Shirts für sie gekauft. Dann waren wir noch in der Apotheke, weil ich Nasentropfen für mich brauchte. Und dann sind wir auch schon zum Tierpark gefahren. Herr Doktor, was ist mir ihr?«

Der Arzt hatte im selben Augenblick bemerkt, dass sich der Zustand des Mädchens rapide verschlechterte. Die Atmung wurde flacher, die Augenlider flatterten und das Wimmern hatte aufgehört.

»Saskia! Kannst du mich hören? Saskia! Mach die Augen auf!« Keine Reaktion.

»Holen Sie sofort Frau Doktor Gründer aus der Anästhesie! Wir müssen intubieren!« Die Ansage galt Schwester Rita, die abwartend neben der Liege stand.

Der Arzt nahm eine bereits aufgezogene Spritze von dem kleinen Behandlungstisch und injizierte eine klare Flüssigkeit in den venösen Zugang, den er direkt nach der Aufnahme gelegt hatte. »Hören Sie! Noch einmal. Das ist ganz wichtig. Hatte Saskia im Zoo zu irgendeinem Tier Kontakt?«

»Nein!« Verzweifelt ging der Vater jedes einzelne Gehege in Gedanken noch einmal durch. »Nein, da war wirklich nichts. Sie meinte nur irgendwann zwischendurch, sie wäre von einer Wespe in die Wade gestochen worden.«

»Und das sagen Sie erst jetzt? Hat Saskia irgendwelche Allergien?« Er untersuchte die braun gebrannten Unterschenkel des Mädchens, die dünn wie Storchenbeine aus den Shorts herauslugten.

»Nein. Sie hatte schon öfter Wespen- und Bienenstiche. Da ist nie was passiert. Glauben Sie mir doch! Ich hatte mir dabei wirklich nichts gedacht.«

»Ist ja schon gut. Ich sehe hier rechts auch nur einen kleinen Kratzer, das kann es eigentlich nicht sein. Das

Kortison scheint zu wirken, sie wird wieder ruhiger«, sagte er mehr zu sich selbst als zu dem aufgelösten Vater.

Beide Männer beobachteten erleichtert, dass sich Saskias Gesicht tatsächlich entspannte. Es zeichnete sich sogar ein kleines Lächeln ab, und die roten Flecken schienen blasser zu werden.

Vorsichtig tätschelte der Arzt Saskias Wangen. »Saskia! Kannst du mich jetzt hören?«

Aber nach wie vor gab es keine Reaktion. Keine Anzeichen, dass sie überhaupt etwas wahrnahm.

»Das verstehe ich nicht. Eigentlich müsste sie wieder ansprechbar sein«, meinte er kopfschüttelnd. In diesem Moment kam Schwester Rita mit der angeforderten Chefärztin der Anästhesie durch die Tür. Der Diensthabende briefte die Kollegin präzise und professionell über Symptome und die bereits durchgeführten Maßnahmen.

Frau Doktor Gründer überprüfte gewissenhaft die Vitalfunktionen und meinte daraufhin: »Ich sehe das genauso. Wir sollten sicherheitshalber intubieren. Die Atmung ist mir zu schlecht. Die Sauerstoffsättigung ist deutlich unter der Norm, und auch das EKG gefällt mir nicht wirklich. Herr – äh?« Fragend blickte sie in das Gesicht des Mannes, dessen Blick panisch zwischen der Ärztin und dem Arzt hin und her huschte.

»Ich bin der Vater.«

»Bitte seien Sie gut und warten erst einmal draußen. Wir kümmern uns um Ihre Tochter.«

Widerstrebend stand er auf, strich dem reglosen Mädchen liebevoll und zärtlich über die verschwitzten Wangen und trottete mit hängenden Schultern hinaus.

Er sollte seine Tochter nie wieder lebend sehen. Nur zehn Minuten später hörte Saskias Herz auf zu schlagen.

Keine der angestrengten Reanimationsversuche schlugen an.

Saskia starb im Sommer 2009 mit gerade einmal zehn Jahren.

Die durchgeführte Obduktion inklusive der üblichen toxikologischen Untersuchungen brachte keinerlei Hinweis auf die Todesursache. Letztendlich schrieb man »*Reizleitungsversagen des Herzens*« auf den Totenschein, wohl wissend, dass das nicht alles sein konnte.

Der Vater blieb allein zurück und konnte keinen klaren Gedanken fassen.

Aber irgendwer muss doch die Verantwortung übernehmen, dachte er Wochen später, als er langsam aus seiner Lethargie erwachte.

ERSTER TEIL

Spinnen

»Oh greul! Oh greul! Oh ganz abscheul!
Wir hängen hier am roten Seul.
Oh greul! Oh greul!
Die Unke unkt,
Die Spinne spinnt,
Und schiefe Scheitel kämmt der Wind.«

Christian Morgenstern aus den »Galgenliedern«

1. KAPITEL

Max Krüger war müde. Seine Frau hatte zwar mehrfach angeboten, auch ein Stück der langen Fahrt von Siena nach Münster in Westfalen zu übernehmen. Aber Max hatte darauf bestanden, die ganze Strecke alleine zu fahren. Sie waren morgens um zwei Uhr von ihrem Ferienhaus in der Toskana aufgebrochen. Die Kinder schliefen im Auto sofort wieder ein, und auch Bettina Krüger hatte es nur eine Stunde geschafft, Max ein wenig zu unterhalten. Dann war auch sie immer stiller geworden, bis ein leises Schnarchen vom Beifahrersitz zu vernehmen war.

Mittlerweile fuhren sie immerhin schon auf der A45 und näherten sich Lüdenscheid. Noch gut zwei Stunden, dann hätten sie es geschafft. Die Kinder wurden immer nörgliger, und Max konnte sie verstehen. Für den achtjährigen Felix und die elfjährige Sonja war eine solch lange Zeit im Auto tatsächlich eine Tortur.

»Papa, ich muss mal. Dringend!«, tönte es jetzt gerade von hinten.

»Es kommt gleich eine Raststätte. Halt noch ein Momentchen durch!« Max hatte zwar überhaupt keine Lust, schon wieder eine Pause einzulegen, aber das waren nun einmal die Naturgesetze.

Wenige Kilometer später erschien das Hinweisschild auf die Raststätte Sauerland Ost, und Max setzte den Blinker.

»Ich geh vorsichtshalber mit. Ja, du auch, Felix.« Bettina zog mit ihren Kindern los und verschwand in dem flachen Anbau hinter der Tankstelle.

Max nutzte die Zeit, öffnete das Seitenfenster, um frische Luft ins Wageninnere zu lassen, schloss für einen Moment die Augen und döste ein.

Ein gellender Schrei riss Max brutal aus seinen Träumen. Als Erstes sah er, wie Bettina aus der Toilettentür stürzte, Sonja und Felix im Schlepptau. Dann stellte er verwundert fest, dass sie eindringlich auf andere Menschen einredete, die offensichtlich ebenfalls die Toilette benutzen wollten. Max konnte nichts verstehen, erkannte aber, dass seine Frau dringend davon abriet.

Er stieg aus und ging auf die erregte Gruppe zu. »Was ist denn hier los?«, fragte er.

»Max. Hör zu! Du musst sofort die Polizei oder die Feuerwehr verständigen.«

»Warum denn? Ist jemandem schlecht geworden?« Dann würde man ja wohl eher einen Krankenwagen rufen, dachte Max im selben Moment.

»Nein! Da drin sitzt eine Spinne … Das kannst du dir nicht vorstellen!«

Max starrte ungläubig in Bettinas Gesicht. »Du machst hier ernsthaft einen solchen Aufstand wegen einer Spinne?« Er wusste nicht, ob er sauer werden oder einfach nur lachen sollte. »Bettina! Das ist jetzt nicht dein Ernst.«

»Dann komm mit und guck dir das selber an«, meinte sie und zog Max zu der Tür, wo sich bereits eine kleine Menschentraube versammelt hatte. In einigen Gesichtern konnte Max echtes Erschrecken erkennen, und langsam fragte er sich, was ihn erwarten würde.

Es war die mit Abstand größte, behaarte und unheimlichste Spinne, die er je gesehen hatte. Sie saß dick und fett auf einem der Waschtische der Damentoilette und starrte die Ankömmlinge aus schwarzen Knopfaugen an. Max meinte, ein leises Vibrieren der Beißzangen erkennen zu können, war sich aber nicht ganz sicher. Der Körper war gedrungen und wie auch die Beine streifenförmig gelbschwarz. Am Hinterteil erkannte er einen kugeligen Fortsatz. Die acht Beine waren lang und ebenfalls behaart. Insgesamt mochte die Spinne etwa zehn Zentimeter groß sein.

»Okay«, sagte er zu seiner Frau, während sich die beiden langsam wieder zurückzogen. »Die Wette hättest du gewonnen. Das ist ja unglaublich.« Mehr fiel ihm in diesem Augenblick auch nicht ein.

Als sie wieder draußen waren, hörten sie ein Martinshorn näher kommen. Irgendjemand hatte bereits die Polizei gerufen.

Die Beamten reagierten zunächst genau wie Max: ungläubig, teils genervt, teils von der Panik der Umstehenden amüsiert gingen sie in das Gebäude, um sehr schnell – ernst und eine Spur blasser – wieder herauszukommen.

Sie besprachen sich kurz, dann holte einer der beiden eine Rolle Absperrband aus dem Polizeifahrzeug, während der andere telefonierte und dabei mit der freien Hand immer wieder einem imaginären Zuhörer deutlich machte, wie groß dieses Ding sei.

»Das Gebäude darf vorerst nicht betreten werden«, rief der erste und begann, die Tür abzusperren. »Bitte benutzen Sie die Toilette drüben in der Gaststätte!«

»Kommt. Wir fahren weiter«, meinte Max und wandte sich dem Auto zu.

»Och nö!«, tönte es aus zwei kleinen Mündern. »Das ist so spannend hier. Wir haben doch noch ein bisschen Zeit, ja, Mama?«

Bettina schaute seufzend zu ihrem Mann hinüber und zuckte mit den Schultern.

»Von mir aus«, sagte Max, »mich interessiert ehrlich gesagt auch, was das für ein Biest ist, und wo es herkommt.«

Wie die meisten Leute, die einen Blick auf die Spinne hatten werfen können, blieb also auch Familie Krüger stehen und schaute gespannt dem weiteren Treiben zu.

Es dauerte nicht lange, da trafen zwei Einsatzfahrzeuge der Lüdenscheider Berufsfeuerwehr ein. Neben den Feuerwehrleuten stieg auch eine Frau in Zivil aus, die einen Käfig und eine Tasche mit sich führte.

»Das scheint eine Art Spinnenfängerin zu sein«, meinte Bettina und beobachtete, wie zwei Feuerwehrmänner, einer der Polizisten und die Frau im Toilettengebäude verschwanden.

Lange Zeit passierte gar nichts. Die Menschen wurden unruhig, und auch der draußen gebliebene Beamte begann, nervös hin und her zu laufen.

Endlich öffnete sich die Tür, und die kleine Prozession kam wieder heraus. Als Letztes die Frau mit Tasche und Käfig in der einen und der riesigen Spinne in der anderen Hand.

Ein aufgeregtes Gemurmel ging durch die Gruppe der Wartenden.

»Wir haben hier ein Prachtexemplar einer Mexikanischen Riesenspinne. Wirklich sehr schön und besonders groß.« Lachend hielt die Frau das Tier in die Luft. »… und aus Plastik, meine Damen und Herren. Die ganze Aufregung war umsonst. Da hat sich jemand einen recht derben Scherz erlaubt. Was machen wir jetzt mit dem Tierchen?«, fragte sie etwas leiser den Polizisten, der offensichtlich das Sagen hatte.

Dieser überlegte kurz und fragte dann in die Runde: »Ist zufällig noch diejenige da, die die Spinne als Erste entdeckt hat?«

Schüchtern ging Sonjas rechter Arm nach oben.

»Willst du das Teil als Andenken haben?«, fragte der Polizist, und Sonja nickte mit hochrotem Kopf.

2. KAPITEL

Während Sabine die ersten Teller und Untertassen auf den Tisch stellte, zählte sie in Gedanken kurz durch, wer denn überhaupt kommen würde. Da waren Raster und Philo, ihre beiden Mitbewohner, dann ihre Schwester mit Kind, ihr jüngster Bruder und sie selbst natürlich. Machte sechs. Das passte noch gut an den großen Tisch in der chaotischen Küche der kleinen WG, wo sich sowieso das tägliche Leben abspielte. Das gemeinsame Wohnzimmer wurde so gut wie nie genutzt, außer wenn, wie heute Abend, zu einer Party eingeladen wurde. Sabine hatte Geburtstag und wurde 40 Jahre alt. Es war ein Freitagnachmittag im Oktober, und die Feierlichkeiten sollten mit einem Kaffeetrinken in kleinem Kreis beginnen.

Wie schön wäre es gewesen, wenn ihre beiden anderen Brüder auch hätten kommen können. Aber sie wohnten beide in Bayern, hatten Familie und waren beruflich sehr eingespannt. Da hatte ein Anruf am Morgen reichen müssen. Sabine unterbrach ihre Tätigkeit und schaute durch das Küchenfenster auf den Südwestfriedhof, der das Dortmunder Kreuzviertel in dieser Richtung begrenzte. Noch lieber als ihre Brüder hätte sie natürlich ihre eigene Familie um sich gehabt. Einen Mann, vielleicht zwei oder drei Kinder, die sie heute so richtig verwöhnen würden. Halt im klassischen Sinne: Blumen, vielleicht ein kleines Schmuckstück … Aber Dr. Sabine Funda war Single. Und ganz tief innen drin wusste sie auch genau, woran das lag.

Entschlossen schüttelte sie den Kopf, dass ihre halblangen dunkelblonden Haare um ihr hübsches Gesicht herumfegten, und konzentrierte sich wieder auf das Tischdecken.

In diesem Augenblick hörte sie einen Schlüssel in der Wohnungstür. Diese sprang auf, und das anschließende Stöhnen bewies Sabine sofort, dass es sich nur um Raster handeln konnte, der den Hausflur betrat.

»Hallo, Hans!« Sabine war einer der wenigen Menschen, die Hans Schulz bei seinem richtigen Namen nennen durften. Die meisten nannten ihn aufgrund seiner hellblonden Rastalocken, die er sich vor etwa 20 Jahren in der Karibik hatte machen lassen, »Raster« (das eigentlich richtige *Rasta* war ihm einfach zu weiblich). Die Zeit damals war geprägt von Surfen, Steeldrums, Grasrauchen und Rum in allen denkbaren Kombinationen. Stolz war er nicht auf diese Epoche seines Lebens, zumal sie ihn auf schmerzhafte Weise auch an die Umstände erinnerte, die ihn in jungen Jahren zu diesem Ausreißen gebracht hatten. Aber sie gehörte nun einmal zu ihm wie eben diese Frisur.

»Hallo, mein Engel«, feixte er und nahm Sabine in den Arm. »Nochmals alles Gute! Hast du heute gar keinen Einsatz? So ein richtig feiner Geburtstagseinsatz mit viel Blut und Knochenbrüchen wäre doch genau das Richtige, oder?«

»Raster, lass das. Du weißt, dass ich das nicht lustig finde. Komm, mach dich lieber mal nützlich.«

Sabine war Notärztin und fuhr unregelmäßig teils für die Städtischen Kliniken, teils für die »Malteser« auf den Rettungsfahrzeugen. Sie wollte sich nicht durch eine Festanstellung in einem Krankenhaus oder durch eine Praxis binden. Auch das war Teil ihres komplizierten Lebenskomplexes.

»Ich hab dir was mitgebracht. Hier!«, und damit überreichte Raster Sabine ein kleines Kästchen mit einer bunten Schleife.

»Kann ich das nachher auspacken? Ich muss jetzt erst fertig werden. Nicht böse sein, okay?«

»Du weißt, ich kann dir nicht böse sein«, schmachtete Raster, der, seit sie vor 18 Jahren zusammen mit Philo in diese WG gezogen waren, Sabine umschwärmte und ihr zu jeder möglichen und unmöglichen Gelegenheit seine Liebe gestehen musste.

»Du kannst Sahne schlagen, den Kuchen aufschneiden, und mir fällt bestimmt noch mehr ein«, lachte Sabine und platzierte das Kästchen zunächst auf einer IKEA-Anrichte neben der Spüle.

Es klingelte, und Raster sprang zur Haustür, um den angesagten Pflichten entkommen zu können. Herein kamen Sabines Bruder Ralf, ihre Schwester Hanna mit Tochter Klarissa, und als Raster gerade die Tür wieder schließen wollte, kam auch Philo die Treppe herauf.

Philo, der dritte Bewohner der WG hieß eigentlich Friedrich Sachse, wurde aber von allen – auch von Sabine – nur Philo genannt. Er war Philosophiedozent an den Universitäten Dortmund und Bochum, erzkonservativ und vollgestopft mit Allgemeinwissen. Doch wer meinte, Philo wäre eine unsympathische Type, der wurde schon nach fünf gemeinsamen Minuten eines Besseren belehrt. Seine konservative Art war hauptsächlich auf Äußerlichkeiten wie seine biedere Kleidung beschränkt, und sein fulminantes Wissen nutzte er nie als Vehikel, sich selbst in den Vordergrund zu stellen. Im Gegenteil: Philo war eher bescheiden, wenn nicht sogar schüchtern und durchweg liebenswert. Heute trug er einen karierten Pullover, darunter ein Button-down-Hemd, eine hellbeige Tuchhose und ein Paar Collegeslipper, die nicht so ganz zu seinem Alter – er war auch immerhin 39 – passen wollten.

Mit wie immer streng gescheiteltem Haar lief er auf Sabine zu und umarmte sie. »Heute Morgen musste ich schon so früh los. Ich konnte dir noch gar nicht gratulieren. Alles Gute zum Geburtstag!«

Jetzt erst kamen Sabines Geschwister und ihre Nichte zum Gratulieren und man setzte sich anschließend an den Tisch, wo ein munteres Geplauder anfing. Man kannte sich und die Küche, und alle außer Raster packten mit an, sodass schon bald mit dem Kaffeetrinken und Kuchenessen begonnen werden konnte.

Mittlerweile hatten sich auf der Anrichte drei weitere Geburtspäckchen eingefunden und, nachdem der erste Hunger gestillt war, wurde Sabine aufgefordert, doch endlich die Geschenke auszupacken.

Die elfjährige Klarissa hatte Sabine in den Sommerferien ein Bild gemalt. Zu sehen war der Teide auf Teneriffa, wo die kleine Familie ihren Urlaub verbracht hatte. Ralf hatte sich an ein Fläschchen Parfüm gewagt, von dem er wusste, das es Sabine mochte, und ihre Schwester hatte einen Gutschein für ein gemeinsames Wochenende in Berlin gebastelt, worüber sich Sabine besonders freute.

Nun blieben nur noch die beiden sehr ähnlich aussehenden Kästchen von Raster und Philo übrig.

Sabine entfernte die erste Schleife und hob neugierig den Deckel. Erschrocken streckte sie das Päckchen weit von sich. »Bah, was ist das denn?«

Neugierig geworden, schauten nun auch die anderen in das kleine Kästchen hinein.

Philo reagierte als Erster. »Was? Du auch? Hast du etwa dieselbe Idee gehabt?« Entgeistert schauten sich Raster und er an.

Sabine hatte mittlerweile die etwa sechs Zentimeter große Plastikspinne mit naturgetreuer Behaarung und acht relativ kurzen Beinen aus dem Karton geholt. Klarissa war mit einem lauten Schrei auf die Toilette geflüchtet. »Und dir ist auch nichts anderes eingefallen?«, fragte sie Philo, während sie sich anschickte, das zweite ähnliche Kästchen zu öffnen.

»Doch! Das ist eine ganz andere Spinne als die da«, meinte Philo. »Auch viel schöner, wie ich finde.«

Sabine hatte die zweite inzwischen ausgepackt und setzte sie mit leicht angewiderter Miene neben die erste auf den Küchentisch. Philos Spinne war tatsächlich ein ganz anderes Exemplar. Insgesamt etwas kleiner mit dünneren Beinen, von denen die vorderen beiden hochgestellt waren, wodurch die Spinne den Eindruck vermittelte, im Sprung zu sein.

»Was ist das für eine?«, fragte Raster neugierig.

»Eine Brasilianische Wanderspinne«, antwortete Philo stolz. »Wird bereits mit 60 Euro gehandelt. Oh, das ist ja ein Geschenk. Vergiss das schnell wieder, Sabine!« Entschuldigend hob er mit rotem Kopf beide Hände.

»Also kann mich hier mal irgendwer aufklären? Ich verstehe nur Bahnhof.« Hanna schaute erwartungsvoll von einem zum anderen.

»Hast du das denn gar nicht mitgekriegt? Das geht schon seit drei Monaten so. Seit dieses Mädchen aus Münster die erste Spinne auf der A45 gefunden hat, tauchen jetzt überall in Deutschland in öffentlichen Toiletten, in Warenhäusern und in Bahnhöfen diese Spinnen auf. Mittlerweile werden die gesammelt, getauscht und bei eBay mit Gewinn wieder veräußert.«

Sabine schaute verdutzt zu Raster herüber. Sie konnte sich nicht daran erinnern, wann er zuletzt eine solch lange Rede gehalten hatte. Und sogar mit einem abgeschlossenen Satz am Ende. Es war nämlich eine von Rasters unangenehmeren Eigenarten, dass er sehr häufig mitten im Satz abbrach, weil er meinte, der Rest würde sich schon aus dem bisher Gesagten ergeben. Danach war er einfach zu faul, um weiterzusprechen.

»Und, sammelst du die etwa auch?«, fragte Hanna ihre Schwester.

»Nein. Bis jetzt nicht. Aber meine lieben Mitbewohner wünschen sich das wohl.«

»Naja. Ich dachte, einer von uns müsste doch mal damit anfangen. Und da du am meisten Zeit von uns hast …«, sagte Philo und Raster ergänzte: »außerdem kann man mit ein bisschen Geschick richtig Gewinn damit machen. Was glaubst du, was diese beiden Tierchen hier in zwei Monaten wert sind!«

Sabine zuckte ergeben mit den Schultern. »Lass sie uns trotzdem jetzt erst einmal wegräumen, damit die arme Klarissa vom Klo kommen kann.«

3. KAPITEL

Der Mann, der sich selbst »Dompteur« nannte, tigerte unruhig vor dem Wohnzimmerfenster seiner Wohnung in Dortmund-Hörde hin und her. Er konnte sich noch immer nicht daran gewöhnen, keinen Garten mehr zu haben, in dem er, wann er wollte, spazieren gehen, die Blumen und Büsche pflegen und den Rasen schneiden konnte. Aber es ging nicht anders. Das Haus in Berghofen hatte er verkauft und war in diese Dreizimmerwohnung gezogen. Er hatte den Erlös gebraucht. Zumindest jetzt noch. Was später war, ließ ihn kalt. Zusammen mit dem Geld aus der Lebensversicherung seiner Frau hatte er nun ein kleines Vermögen auf seinem Girokonto, mit dem er ohne finanzielle Sorgen seine Pläne verwirklichen konnte. Und die waren kostspieliger, als er anfangs gedacht hatte.

Es ging darum, die zweite Phase einzuläuten. Und das gestaltete sich schwieriger als vermutet.

Der Dompteur setzte sich im Wohnzimmer an seinen PC, öffnete den Internetbrowser und suchte eine spezielle Schweizer Seite. Aufmerksam las er die allgemeinen Geschäftsbedingungen durch und nickte schließlich zustimmend. Nicht, dass er diesen Text zum ersten Mal gelesen hätte, aber er wollte auf Nummer sicher gehen.

In Gedanken ging er die nächsten Schritte zum vielleicht hundertsten Mal durch. Ein Problem waren die Transportbehälter, darum musste er sich noch kümmern. Er wollte sich nicht auf das verlassen, was ihm die Schweizer anbieten würden. Zum anderen musste er seinen Flug nach Südamerika planen, um die Spritzen zu besorgen.

Gedankenverloren ging er nach nebenan in das ursprüngliche Schlafzimmer, in dem er aber nie schlief, sondern das zu einem hochmodernen Terrarium umgebaut worden war.

Glaskästen in verschiedenen Größen standen auf Schränken mit Schubladen, in denen Werkzeuge, Kisten mit den ersten toten und lebenden Insekten, Würmer sowie Erde und Ersatzlampen verstaut waren. Über den Glaskästen hingen unterschiedlich starke Rotlichtlampen. Auf dem Fußboden hatte er einfache, aber gut zu pflegende Steinplatten verlegt. Alles war bereit für den Einzug seiner »Krieger«, wie er die zu erwartenden Spinnen nannte.

4. KAPITEL

Polizeihauptmeister Thomas Bechel hatte gerade in sein Wurstbrötchen gebissen, auf das er sich schon den halben Tag gefreut hatte, als sein Telefon klingelte. Sicherheitshalber guckte er sich um, ob nicht ein Kollege das Gespräch annehmen konnte, aber er war der einzige Beamte in dem Großraumbüro der Heidelberger Stadtpolizei.

»Bechel!«, nuschelte er, da er noch die Hälfte des Bissens im Mund hatte.

»Hier spricht Polizeimeister Katja Klauber. Wir bräuchten die Hilfe der Zentrale. Wir haben wieder eine Spinne, und zwar auf dem Schloss. Und außerdem eine Verletzte.«

»Und was sollen wir da? Sammeln Sie die Spinne ein, schenken Sie sie Ihren Kindern oder verkaufen Sie sie, ist mir völlig egal. Aber lassen Sie mich bitte mit diesem Blödsinn in Ruhe. Wir haben hier Wichtigeres zu tun.« Bechel hatte sich gerade richtig in Rage geredet und wollte eigentlich zur Bekräftigung seiner Ansage den Hörer auf die Gabel knallen, als er innehielt. »Was haben Sie gesagt? Bitte wiederholen!«

»Ich sagte, wir haben eine Verletzte. Diese Spinne hier ist eindeutig echt. Der Frau geht es nicht gut. Wir mussten sie in die Uniklinik bringen lassen. Jetzt haben wir aber noch das Problem mit der Beseitigung. Helfen Sie uns?«

»Äh, natürlich. Sperren Sie alles großräumig ab. Wir kommen.« Damit legte Bechel auf und musste sich erst einmal sammeln. Das Brötchen hatte er vergessen. Wen musste er in einem solchen Fall benachrichtigen? Er hatte zugegebenermaßen keine Ahnung. Schließlich rief er die Feuerwehr an, erklärte den Sachverhalt und bat diese, einen Kammerjäger mitzubringen. Dann informierte er noch kurz seinen Vorgesetzten, der aber kaum zuhörte, und machte sich mit einem Kollegen auf den Weg zum Schloss.

Als Thomas Bechel und Polizeihauptmeister Erwin Schmidt ankamen, war die Feuerwehr bereits eingetroffen. PM Klauber hatte den Bereich mit rot-weißem Tatortband weiträumig abgeriegelt. Offensichtlich saß die Spinne in einer der öffentlichen Toiletten.

Bechel und Klauber erklärten den Feuerwehrleuten sowie dem Kammerjäger, worum es ging. Die Frage, um welche Spinnenart es sich denn handeln würde, konnte jedoch keiner beantworten. Die gebissene Frau war die Einzige, die sie gesehen hatte, und die war längst im Krankenhaus.

Die Männer gingen mit einem etwas mulmigen Gefühl die Treppenstufen herab und betraten das Halbdunkel des Kellergewölbes, in dem sich die Toiletten befanden. Taschenlampen wurden eingeschaltet, und die Lichtkegel huschten von einer Ecke zur anderen. Schließlich wurden sie fündig. Die Spinne saß neben einem Abfalleimer in der Damentoilette und versuchte zu fliehen, als das grelle Licht der Taschenlampen sie streifte. Der Kammerjäger, bewaffnet unter anderem mit einem Plastikgefäß stürzte sich beherzt auf das Tier und stülpte das becherähnliche Ding über den vielleicht zwei Zentimeter großen Spinnenleib. Mit Beinen hatte sie eine Spannweite von etwa sechs Zentimeter und war damit ein mittelgroßes Exemplar. Ansonsten zeigte das Tier keine Besonderheiten. Es war kaum behaart, und die Proportionen von Leib zu Beinen entsprachen in etwa denen unserer Hausspinnen.

»Das hätten wir auch hingekriegt«, meinte Bechel zu seinem Kollegen Schmidt. »Dann wollen wir mal wieder. Wegen so einem Tierchen so ein Aufstand.«

»Naja. Aber die Frau ist von dem Biss eindeutig erkrankt«, meinte Katja Klauber, die das Gemurmel mitbekommen hatte. »So harmlos kann das folglich nicht sein. Wir sollten das Tier auf jeden Fall untersuchen und klassifizieren lassen.«

»Machen Sie das, Kollegin«, sagte Bechel und stieß Schmidt grinsend in die Seite. »Und vergessen Sie nicht, uns einen Bericht zukommen zu lassen!«

»Hohle Ignoranten!«, murmelte PM Klauber, als die beiden außer Hörweite waren, und stellte sich zu den Feuerwehrleuten und dem Kammerjäger, die noch angeregt diskutierten, um was für eine Spezies es sich denn nun handeln würde. Am meisten Ahnung hatte interessanterweise nicht der Kammerjäger, sondern Feuerwehrmann Thorsten Jäger, der ein leidenschaftlicher Spinnenkenner und -sammler war. Er war sich absolut sicher, dass es sich um eine Fischernetzspinne handelte, die zwar eigentlich nur im Mittelmeerraum und in England vorkomme, aber vom Aussehen her gäbe es gar keine andere Möglichkeit.

Katja Klauber rief sofort in der Heidelberger Uniklinik an und ließ sich mit dem Arzt verbinden, der die gebissene Frau behandelte. Sie gab ihm die vermutete Spinnenart durch, worauf der sich erleichtert zeigte und meinte, in diesem Fall wäre die Behandlung nicht kompliziert. Die Frau könnte voraussichtlich schon am nächsten Tag wieder nach Hause.

Drei Tage später lag der vollständige Bericht inklusive bestätigter Artenbestimmung, Symptombeschreibung und Therapie bei einer Bissverletzung auf Bechels Schreibtisch. Unterschrieben von PM Katja Klauber.

Bechel schaute sich wieder in seinem Büro um, konnte keinen Kollegen entdecken und zeriss kurzerhand den Bericht in viele kleine Schnitzel. Sollte er sich wegen so einer Geschichte unnötig Arbeit aufhalsen, seinen Chef informieren oder sogar selbst noch Nachforschungen betreiben? Nein, ganz sicher nicht.

Die Geschichte wäre komplett untergegangen, wäre da nicht zufällig der Freund der gebissenen Frau, ein gewisser Stefan Rieger, seines Zeichens freier Journalist für verschiedene Zeitungen und Magazine in Heidelberg und Mannheim, gewesen. Dieser wollte den Fall zu gerne ausschlachten und für seine Reputation nutzen. Das tat er dann auch, was ihn zwar die Freundin kostete, aber 300 Euro Extraeinkünfte einbrachte.

Immerhin brachte er noch vor dem Ende seiner Beziehung in Erfahrung, dass es nur zu dem Unfall gekommen war, weil seine Exfreundin meinte, ein besonders schönes Exemplar der so hoch gehandelten Plastikspinnen gefunden zu haben. Als sie sich anschickte, die Spinne aufzuheben – diese saß gerade in einem Waschbecken der Damentoilette und hatte keine Fluchtmöglichkeit – war das vermeintliche Plastikteil plötzlich lebendig geworden, auf ihre ausgestreckte Hand gelaufen und hatte zugebissen. Der Schreck war in diesem Moment größer als der Schmerz, der sich allerdings dann heftig und schnell auf den ganzen Arm ausbreitete. Außerdem war ihr schlecht geworden, sodass ihre Freundin, der sie das Heidelberger Schloss zeigen wollte, sofort den Notarzt angerufen hatte.

5. KAPITEL

Die Luft im »B-Trieb« ist wesentlich besser als früher, dachte Sabine, die an einem kleinen Ecktisch saß, ihren Kaffee trank und sich über das landesweite Rauchverbot freute. Es war Mittag und sie wollte sich mit Philo und Raster zu einem kleinen Mittagessen treffen. Die hausgemachten Frikadellen hier waren einfach der Hit.

Vor Jahren hatten sie sich öfter im »Komma«, einer Kneipe am Nordmarkt getroffen. Vor allem samstags gab es damals ein festes Ritual: Zunächst ein kleines bescheidenes Frühstück zu Hause, dann ging man auf den Nordmarkt, um frische Lebensmittel fürs Wochenende einzukaufen und danach ein deftiges Mittagessen im »Komma« zu genießen. Diese Besuche waren allerdings seltener geworden, seit bulgarische und rumänische Wirtschaftsflüchtlinge, Prostituierte und die vielen, die die mitgebrachte Armut schamlos für sich ausnutzten, den Dortmunder Norden bevölkert hatten. Die alteingesessenen und gut integrierten Türken, Italiener, Kurden, Spanier und Portugiesen waren aus einigen Straßenzügen schon komplett verdrängt worden, und entsprechend fehlten auch so manche lieb gewonnene Stände auf dem Wochenmarkt. Die ganze Atmosphäre, die noch wenige Jahre zuvor an das alte Kreuzberg in Berlin erinnert hatte, hatte sich massiv geändert. Seitdem trafen sie sich hier im »B-trieb«, einer Kneipe ganz in der Nähe ihrer Wohnung an der Kreuzstraße.

Sabine schaute auf die Uhr. Die beiden schienen sich zu verspäten. Macht nichts, sie hatte Zeit. Den Hauptteil und die Stadtteilseiten der mitgebrachten »Ruhr-Nachrichten« hatte sie bereits gelesen. Dann würde sie eben noch ein bisschen weiter schmökern.

Auf Seite vier fand sie einen Artikel, der sie stutzig machte. In Heidelberg war eine Frau von einer Spinne gebissen worden, die sie für eine dieser Plastiktiere gehalten hatte. Was Sabine verwunderte, war die Tatsache, dass das Tier zu einer in Deutschland nicht vorkommenden Art gehörte. Wie war das möglich? Wovon man schon einmal hörte oder las, war, dass fremde Spinnen mit Bananenkisten aus dem außereuropäischen Ausland eingeschleppt wurden und dann in Lebensmittelläden Aufsehen erregten. Aber auf einer Toilette, gerade so wie diese Spielspinnen? Weit ab von einem Lebensmittelverkauf? Das war doch äußerst eigenartig. Die Polizei hatte sich hierzu noch nicht geäußert. Wahrscheinlich weil der Biss nicht lebensgefährlich und die Frau bereits wieder aus dem Kranknehaus entlassen worden war. Sabine nahm sich trotzdem vor, ihren beiden Freunden davon zu erzählen, denn auch die waren ganz der Sammellust erlegen. Als deutlich wurde, dass sich ihre Freude über die beiden geschenkten Tierchen in Grenzen hielt, hatten Philo und Raster kurzerhand gemeint, sie würden das übernehmen und hatten Sabine stattdessen zum Essen eingeladen. Seitdem verging kein Tag, an dem nicht bei eBay geboten wurde, Internet-Sammelbörsen konsultiert und Bekannte angerufen wurden, die »großartige« Angebote über »ganz seltene« Exemplare offerierten. Sabine wollte nur vermeiden, dass ihnen etwas Ähnliches wie der Frau in Heidelberg passierte, sollten sie mit ihrem Enthusiasmus einer echten Spinne begegnen.

Die Tür öffnete sich, und herein kam Philo. Gezielt steuerte er Sabines Tisch an, machte dem Wirt ein Zeichen mit der Bitte um ein Glas Wasser und ließ sich auf einem Stuhl neben Sabine nieder.

»Kommt Raster nicht?«, fragte Sabine erstaunt.

»Nee. Der hat mich vorhin angerufen. Er hat noch im Bochumer Rathaus zu tun. Die haben schon wieder Probleme mit ihrem Server.«

Raster war frei arbeitender Informatiker, programmierte für Spieleentwickler und betreute nebenbei die Netzwerke der Rathäuser und Stadtwerke in Bochum und Dortmund.

Sabine beobachtete Philo verstohlen von der Seite. Irgendetwas war heute anders. Aber sie konnte es noch nicht recht einordnen. »Und? Wo kommst du jetzt her?«, fragte sie. Tatsächlich: Philos Gesichtsfarbe wurde eine Spur dunkler, und die Augen huschten unruhig von links nach rechts.

»Äh, von der Uni. Ich hatte eine Vorlesung über« – Pause – »Nietsche. Jaja, der alte Nietsche.«

Hier stimmte doch was nicht. Sabine nahm Philos Gesicht in ihre Hände und drehte es zu sich herüber. »Kannst du mir bitte erzählen, was los ist? Du verheimlichst mir doch etwas.«

Philo entzog sich Sabines Griff. »Es ist nichts. Jedenfalls nichts Wichtiges, glaub mir. Ich kann dir das jetzt nicht erklären, okay?«

»Klar, wenn du meinst.«

Philo nickte erleichtert. Er konnte sich einfach nicht vorstellen, irgendjemandem von seinem heimlichen Verhältnis mit einer seiner Studentinnen zu erzählen. Andererseits war die Tatsache, gerade Sabine etwas zu verheimlichen, in seinen Augen ein Sakrileg. Aber es ging einfach nicht. Noch nicht. Er musste sich selbst erst einmal klar werden, was das für ihn bedeutete. Es war seine erste Beziehung seit … Nein, sei ehrlich! Es war seine erste Beziehung überhaupt. Und das mit 39 Jahren. Er schüttelte den Kopf. Wenn er nur mit irgendwem über all das reden könnte. Aber es ging nicht. Nicht einmal mit Sabine. Dazu schämte er sich zu sehr.

»Alles in Ordnung?«, fragte sie gerade, die sein Kopfschütteln registriert hatte, das nach dem vorhergehenden Nicken irritierend wirkte.

»Jaja!«

»Sag mal, hast du schon von dem Spinnenbiss in Heidelberg gehört?«, fragte Sabine, um das Thema endgültig zu wechseln.

Wieder nickte Philo. »Ja. Habe ich heute Morgen in der Zeitung gelesen. Ganz komische Sache. Diese Fischernetzspinnen wurden bisher noch nie durch die bekannten Wege wie Lebensmittelkisten oder Ähnliches nach Deutschland eingeschleppt.«

»Woher weißt du das? Stand das alles in deiner Zeitung?«

»Nö. Das weiß ich halt. Ich kenn mich ein wenig mit Spinnen aus. Jedenfalls ist das tatsächlich so ungewöhnlich, dass ich mich frage, warum die Polizei noch nicht reagiert hat.«

»Die Polizei?«, fragte Sabine. »Was hat denn die damit zu tun? Das war doch ein Unfall.«

»Ja schon. Aber man muss sich fragen, ob nicht Mutwillen dahinter steckt. Verstehst du?«

Sabine schüttelte den Kopf.

»Na ja. Pass auf! Jemand wird gebissen, wie zufällig.

Aber ausgerechnet jetzt, wo alle Welt auf Spinnensuche ist. Und dann auch noch von einem so seltenen Exemplar. Das riecht für mich nicht gerade nach Zufall.«

»Ich verstehe«, meinte Sabine. »Vielleicht gibt es da eine Art Trittbrettfahrer, der die allgemeine Spinnensammelwut genutzt hat und mal sehen will, ob man mit dieser Masche jemanden ernsthaft verletzen kann.«

»Zum Beispiel«, bestätigte Philo. »Oder das Ganze ist von langer Hand geplant«, sinnierte er leise.

»Was meinst du?«, fragte Sabine.

»Ach nichts. Ich hab nur laut gedacht.«

Genauso oder zumindest sehr ähnlich dachte im selben Moment Kriminalhauptkommissar Friedbert Kusel vom BKA in Wiesbaden über den Fall. Er saß an seinem Schreibtisch, las den entsprechenden Artikel in einer Wiesbadener Zeitung und strich sich nachdenklich über sein glatt rasiertes Kinn. Kusel war bekannt für eine gewisse Behäbigkeit im Amt, aber genauso für eine Beharrlichkeit, die seinesgleichen suchte. Zusammen mit einem Kollegen war er von seinem Vorgesetzten zwei Wochen zuvor beauftragt worden, diese eigenartige Spinnensache im Auge zu behalten. Es war natürlich keine Sonderkommission gebildet worden, warum auch? Jedoch bei Dingen, die nicht klar durchschaubar waren, aber das gesamte Staatsgebiet betrafen, wollte man kein Risiko eingehen.

Und jetzt dieser Unfall in Heidelberg. Wenn es denn ein Unfall war? Kusel war sich nicht sicher. Er würde die Sache doch noch genauer im Blick halten müssen. Irgendwie kam ihm das Ganze merkwürdig vor.

6. KAPITEL

Der Dompteur lehnte sich entspannt zurück und klappte das Tischchen nach oben. Das Essen hatte ihm entgegen seiner Erwartungen geschmeckt. Jetzt wollte er den Rest des zwölfstündigen Fluges von Rio de Janeiro nach Frankfurt schlafend verbringen. Müde genug war er. Eigentlich war es vollkommener Blödsinn gewesen, wegen fünf Ampullen und einigen Transportkästen nach Brasilien hin und gleich wieder zurück zu fliegen, zumal es das Serum vielleicht auch in Deutschland gegeben hätte. Er brauchte es nur für den Fall, dass er von einem seiner gefährlichsten Krieger bei der Pflege gebissen werden sollte. Aber auf eine diesbezügliche Recherche zu Hause hatte er sich nicht einlassen wollen. Zu groß war die Gefahr, dass jemand hellhörig werden könnte. Also was soll's. Die paar tausend Euro waren gut investiert. Er musste nur konzentriert bleiben. Bis jetzt war alles nur ein Spiel. Sobald er aus der Schweiz zurück war, wurde es ernst. Und dann ging hoffentlich endlich sein Plan auf.

Es war schon erstaunlich, welche Energie er in den letzten Monaten aufgebracht hatte. Wenn er da an die erste Zeit des Alleinseins zurückdachte …

Er hatte seinen Beruf als Busfahrer geliebt. Finanziell wäre diese Beschäftigung eigentlich nicht nötig gewesen. Als seine Frau noch da war, hatten sie durch ihre Einkünfte mehr als genug zum Leben gehabt. Aber jetzt war er froh, dass er seine tägliche Routine behalten hatte. Alles ging seinen gewohnten Gang, und das half über die erste Zeit der Trauer hinweg. Dann jedoch kam der Zusammenbruch, und er schaffte es einfach nicht mehr, morgens rechtzeitig aufzustehen. Sein Einsatzleiter hatte anfangs noch verständnisvoll reagiert, als er aber zum vierten Mal nicht pünktlich erschien, gab es die erste Abmahnung. Auch der Alkohol wurde wichtiger. Hatte er vorher gelegentlich mit einem Freund ein Bier getrunken, wurde jetzt der Schnaps zum täglichen Begleiter, immer früher beginnend und in steigenden Mengen.

Freunde hatte er bald keine mehr.

Als es ihm auch körperlich richtig schlecht ging, zwang er sich, zu seinem Hausarzt zu gehen, der ihm strenge Vorhaltungen machte, ihn in eine Entzugsklinik schicken wollte und ihm schließlich eine Überweisung zu einem Psychologen gab.

Dort fühlte er sich wohl und begann, ein wenig von seinem früheren Leben zu erzählen. Allerdings längst nicht alles, und der Therapieerfolg ließ auf sich warten. Der Psychologe verschaffte ihm schließlich zusammen mit dem Hausarzt eine Frühberentung, die er gerne annahm.

Vier Monate waren nun vergangen, seitdem er vollkommen allein war. Er hatte es sich mit seiner restlichen Familie, bestehend aus einer Schwester und einem alten Onkel, verdorben, deren Hilfe er schroff zurückgewiesen hatte. Immer weiter verkroch er sich in tiefe Depressionen und eine eigene Welt, in der Familie oder Freunde keine Rolle spielten. Sein Haus glich schon bald mehr einem Müllhaufen als einer Wohnstatt, und die Kleidung, die er am Leib trug, hatte den Gestank der verdreckten Küche und des Mülls angenommen.

Während seiner Trinkzüge durch diverse Kneipen in Dortmund-Hörde und Umgebung hatte er mehr zufällig als beabsichtigt Antworten auf seine Fragen bekommen.

An einem späten Nachmittag im Herbst war er, bereits leicht angetrunken, in einer Kneipe neben dem Hörder Bahnhof gelandet. Die Tische in dem relativ kleinen Gastraum waren alle besetzt, sodass sich Vollmer zwischen zwei Männer an die Theke quetschte und ein Bier bestellte.

Der rechts von ihm sitzende Mann hob protestierend seinen Kopf. »Hey! Was soll'n das? Wir unterhalten uns hier. Da kannste dich doch nicht einfach so dazwischen drängeln!«

Vollmer, dem das entgangen war, nuschelte eine Entschuldigung und wollte sich mit seinem Bierglas davonmachen.

»Nee du. Bleib mal hier«, meinte der links von ihm Sitzende. »Ist ein interessantes Thema. Hör mal zu, was der Typ da zu erzählen hat.« Und damit wies er mit seinem tropfenden Schnapsglas auf den rechten Mann.

Eigentlich hatte Vollmer keine Lust auf Smalltalk, andererseits war er bereits zu müde, um sich großartig zu wehren. Also blieb er auf seinem Hocker sitzen und hörte mit halbem Ohr zu, was der Kerl neben ihm zu erzählen hatte.

Doch schon nach wenigen Minuten war er hellwach. Das konnte doch wohl nicht wahr sein! Der Typ rechts neben ihm – ein gewisser Klaus Huber und ehemaliger Tierpfleger des Dortmunder Zoos – erzählte gerade vom mysteriösen Verschwinden einiger Tiere vor allem aus dem Amazonashaus. Außerdem behauptete er, von illegalem Tierhandel zu wissen, der wahrscheinlich durch den damaligen Leiter der Terrarien organisiert wurde. »Natürlich verschwinden dabei auch mal ein paar Tierchen«, meinte er. »Ihr könnt euch gar nicht vorstellen, was da alles passieren kann. Ich meine, da sind ja auch richtig gefährliche Spinnen dabei. Stellt euch mal vor, so eine läuft einfach frei durch den Zoo. Nicht auszudenken, wenn da zum Beispiel ein Kind gebissen wird …«

»… Papa. Ich glaub', mich hat grad eine Wespe in die Wade gestochen. Guck doch mal …«

Vollmer sah seine Tochter noch so deutlich vor Augen, als wäre es gestern gewesen, als sie mit rotem Kopf vor dem Giraffengehege auf ihre rechte Wade zeigte. Er hatte tatsächlich einen kleinen Einstich gefunden, die Sache aber schnell wieder vergessen, bis es Saskia nach wenigen Minuten immer schlechter ging …

Nach ein paar konkreten Fragen war alles klar. Die Antworten, die er schon längst nicht mehr erwartet hatte, lagen plötzlich vor ihm. Doch die Erleichterung blieb aus.

In dieser Verfassung begannen die Träume. Es waren immer dieselben. In diesen Träumen wurde seine Einsamkeit durch kleine Wesen, die spinnenähnlich auf acht Beinen in seine Wohnung drängten, immer weiter reduziert. Er begann, mit diesen Wesen zu sprechen und ihnen zuzuhören. Es wurden mehr und mehr, und bald fingen sie an, seinen Kopf mit Rachegedanken zu füllen. Der Dompteur war seinen Helfern so dankbar, weil sie ihn aus seinen Depressionen geholt hatten.

Die Träume waren anfangs nur sporadisch und natürlich nachts aufgetaucht. Aber nach etwa zwei Wochen sah er die ersten Spinnen auch tagsüber durch seine Wohnung krabbeln. Traum und Wirklichkeit vermischten sich, bis sie eins wurden. Die Tiere fingen an, immer eindringlicher auf ihn einzureden, und er hörte aufmerksam zu. Langsam entwickelte sich ein erster Plan.

Eine seltsame Kraft erfüllte ihn neu. Das Ziel vor Augen, den Wunsch seiner Helferlein zu erfüllen, koste es, was es wolle, machte ihn stark und selbstbewusst und halfen ihm, das Elend seines bisherigen Lebens zu vergessen. Er bemerkte nicht, dass er nur erneut Opfer seiner Vergangenheit geworden war.

Das Chaos verschwand und wurde ersetzt durch Planen und Zielstrebigkeit. Der Psychologe, dem er von seinen Träumen und den neuen Freunden nichts erzählte, klopfte sich selbst in dieser Zeit nach jeder Sitzung auf die Schulter und gratulierte sich zu seiner außerordentlich gelungenen Therapie. Dem Patienten schien es von Tag zu Tag besser zu gehen …

Der Dompteur schlug die Augen auf. Auf dem kleinen Monitor vor ihm konnte er ihre momentane Position des Fliegers erkennen. Kurz vor den Kanarischen Inseln. Also nur noch etwa vier Stunden bis Frankfurt.

Warum war er aufgewacht? Im Flugzeug war alles ruhig. Fast alle Mitreisenden schliefen. Er sah zwei Männer, die sich leise unterhielten, eine Frau, die ihr kleines Kind zudeckte. Aber alles war still. Was hatte ihn also aufgeschreckt? Angestrengt bemühte sich der Dompteur, seinen letzten Traum aufleben zu lassen. Aber da war keine Erinnerung. Nichts. Egal. Wird schon nicht so wichtig gewesen sein. Er schloss erneut die Augen und versuchte, wieder einzuschlafen. Im Moment des Wegdämmerns fiel es ihm ein. Er war aufgewacht, weil er plötzlich das sichere Gefühl hatte, einen Fehler gemacht zu haben. Er meinte, auch zu spüren, dass er beim Aufwachen noch gewusst hatte, was. Aber es war weg. Außer dieser quälenden Gewissheit, etwas übersehen zu haben.

Ab jetzt war an Schlaf nicht mehr zu denken.

7. KAPITEL

Philo saß nachdenklich am Küchentisch, kaute auf seiner Unterlippe und schaute zu, wie Sabine Paprika für das Chili con Carne schnitt.

»Hallo! Erde an Philo! Ich fragte gerade, ob du die Zwiebeln schneiden könntest?«

»Äh, ja natürlich. Gib schon her!«

»Ich will dich nicht drängen, aber noch mal zum Mitschreiben. Wenn du was auf dem Herzen hast, kannst du jederzeit mit mir sprechen. Alles klar?«

»Ja, Sabine. Ich verspreche es dir. Nur im Moment …« Philo ließ den Rest des Satzes in der Luft hängen. Er begann, die Zwiebeln zu pellen und in kleine Würfel zu schneiden.

»Sag mal. Hast du dir eigentlich Gedanken über die Spinnengeschichte gemacht?«, fragte Sabine. »Bin mal gespannt, was Raster dazu sagt.«

Der Genannte kam gerade jetzt durch die Haustür, warf seine Tasche neben die Garderobe und stellte seinen Laptop, den er immer bei sich trug, vorsichtig auf den Küchentisch. »Oh, war das ein Tag. Sabine, kannst du mir bitte ein Bier aus dem Kühlschrank holen? Ich kann mich nicht mehr …«

»Zum Kühlschrank wirst du es noch so eben schaffen«, meinte Sabine lachend und ignorierte Rasters Bitte. Bei aller Fürsorge mussten die beiden Jungs manchmal auch ein bisschen erzogen werden. »Wir sprachen gerade von der Spinnengeschichte. Hast du dir schon mal Gedanken gemacht, was das Ganze überhaupt soll?«

Raster, der sich unter lautem Stöhnen eine Flasche Bier aus dem Kühlschrank geholt hatte, öffnete diese mit den Zähnen, was ihm einen missbilligenden Blick von Philo einbrachte, nahm einen großen Schluck und rülpste vernehmlich, was ihm ein entnervtes »Raster!« von Sabine bescherte. »Entschuldigt, Leute! Ich bin so fertig, ich vergesse sämtliche Manieren. Also. Klar hab ich mir Gedanken gemacht. Dieser Mensch, der das mit den Spinnen abzieht, ist einfach genial. Er hatte eine klasse Idee, hat sie gut umgesetzt und wird damit berühmt und vielleicht sogar reich.«

»Wieso reich?«, fragte Philo. »Er – oder sie – setzt die Tierchen aus, die werden gefunden und weiter gehandelt oder gesammelt. Was hat er – oder sie – davon?«

Raster nahm einen weiteren Schluck und verkniff sich im letzten Moment den nächsten Rülpser. »Pass auf, du Schlaumeier! Was er macht, ist markttechnisch genial. Er schafft einen Bedarf. Dadurch, dass ja nun wirklich nicht in jeder kleinen Stadt und in jedem Kuhdorf so eine Spinne zu finden ist, weckt er das Interesse bei den Menschen.«

»Ah, jetzt verstehe ich«, antwortete Philo und griff

den Faden weiter auf. »Nichts ist schlimmer für den Wert eines Gegenstandes als die Inflation. Wenn also nur mal hier, mal da, das heißt mit einem gewissen Seltenheitsgrad, die Spinnen ausgesetzt werden, trotzdem die Bekanntheit da ist, ist der Wert entsprechend hoch und steigt gegebenenfalls noch an. Und du meinst, der Täter – oder die Täterin«, lachend feixte Philo zu Sabine herüber, »hat selbst eine bestimmte Menge der Tierchen gebunkert und kann dann, wenn der Wert aufgrund steigender Nachfrage besonders hoch ist, alle mit maximalem Gewinn veräußern.«

»Und dazu kommt, dass er, ich bleib jetzt beim *Er*«, meinte Raster, »qualitativ sehr hochwertige Plastikspinnen genommen hat. Die sind nicht aus Taiwan oder China.«

Sabine horchte auf und unterbrach ihre rührende Tätigkeit. »Woher weißt du das?«

»Ich habe ein bisschen recherchiert. Die asiatischen Plastiktiere haben alle einen kleinen Stempel, zumindest mit der Landeskennung. Nur europäische und nordamerikanische Firmen vertreiben solche wie diese hier, ohne jegliche Kennzeichnung. Die sind aber auch schwieriger zu bekommen, weil der Einzelhandel und erst recht der Versandhandel hauptsächlich die Billigware aus Fernost anbietet.«

»Ist ja alles schön und gut. Aber was ist jetzt mit der einen echten in Heidelberg? War das Zufall? Philo meint eher nicht.«

»Nein, glaub ich auch nicht«, antwortete Raster. »Aber ich sehe darin den Versuch der Wertsteigerung.«

Philo schaute entgeistert auf. »Du meinst, der hat das absichtlich gemacht, um den Reiz bei den Leuten noch weiter zu erhöhen und damit auch den Bedarf zu steigern?«

Raster nickte müde und trank seine Flasche in einem Zug leer. »Finde ich zwar auch ziemlich verwerflich, aber eine andere Erklärung habe ich nicht.«

»Wollt ihr denn unter diesen Umständen nicht aussteigen und eure Spinnen verkaufen?«, fragte Sabine.

»Nee, das geht jetzt gar nicht mehr. Weißt du, was wir schon alles investiert haben? Jetzt müssen wir auch weiter machen. Oder, Philo?«

Philo nickte zögerlich. »Wenn du meinst. Sabine, ist das Chili endlich fertig? Ich komme um vor Hunger. Und hier in diesen Gerüchen zu sitzen, ist reinste Folter.«

Sabine lachte und stellte den Topf in die Mitte des Tisches. »Guten Appetit. Und wenn es geht, beim Essen ein anderes Thema, einverstanden?«

8. KAPITEL

Eine Woche war vergangen, und in der WG war das Thema *Spinnen* nicht erneut aufgewärmt worden.

Sabine saß am Küchentisch und las im »Deutschen Ärzteblatt« einen Artikel über die neuesten Behandlungsoptionen bei Lungenkrebs, als das Telefon klingelte. Sie meldete sich, noch ganz in Gedanken bei den letzten Sätzen, als sie plötzlich erschrocken aufblickte. »Hanna? Bist du das? Beruhige dich bitte! Ich kann kaum etwas verstehen. Erzähl noch einmal, was passiert ist!«

Sie lauschte konzentriert, wobei ihr Mund halb offen stand.

Das durfte ja wohl nicht wahr sein. Doch nicht Klarissa!

»Ich komme sofort, Hanna. Wenn sich der Zustand verschlechtert, ruf 112 an, hörst du?«

In rasender Eile riss sie ihre Jacke vom Haken, schnappte sich den Notarztkoffer, den sie immer in ihrem Zimmer stehen hatte, und lief die Treppen hinunter. Draußen musste sie kurz innehalten und überlegen, wo ihr Auto geparkt war. Sie brauchte es nur äußerst selten. 200 Meter entfernt fand sie es, sprang hinein und startete den Motor des alten Jetta. Nach Herne, wo ihre Schwester wohnte, würde sie eine knappe halbe Stunde brauchen, wenn sie gut durchkam. Hoffentlich war das noch früh genug. In Gedanken ging sie den Inhalt ihres Koffers durch. Normalerweise war der immer frisch aufgefüllt. Die Pfleger in den städtischen Kliniken waren da äußerst akribisch.

Es war einfach unfassbar. Hanna hatte ihr schluchzend berichtet, dass es Klarissa sehr schlecht ginge. Sie hätte erbrochen, wäre schweißnass und zittrig. Und das alles, nachdem sie einer großen Spinne begegnet sei. Wo genau, konnte sie noch nicht sagen, weil Klarissa immer undeutlicher gesprochen hatte.

Sabine spürte eine Mischung aus Sorge und Wut in sich aufsteigen. Sorge natürlich um ihre kleine Nichte und Wut auf den Verursacher dieser Spinnenplage, egal ob Plastik oder echt. Jetzt war Schluss! Und das würde sie ihren beiden Mitbewohnern auch deutlich mitteilen, wenn das hier erst einmal gut überstanden war.

Klarissas Zustand war wie von Hanna beschrieben. Die Vitalfunktionen waren in Ordnung, aber die Haut war heiß und schwitzig, das Gesicht gerötet. Sie wechselte ständig von einem leichten Delirium, in dem sie sich stöhnend hin und her warf, und klaren Momenten. Ihr rechter Arm tat offensichtlich weh, und Sabine bemerkte oberhalb des Handgelenks eine rote Schwellung mit einer kleinen Bissspur. In einem klaren Augenblick fragte sie ihre Nichte, was wo passiert sei.

»Ich war mit Maria, einer Freundin, in der Stadt in einer Jeansboutique und musste auf die Toilette. Da saß sie und war so groß.« Klarissa zeigte mit zitternder Hand einen Durchmesser von etwa acht Zentimetern. »Sie rührte sich nicht, war ganz behaart und dick, und ich dachte, das wäre wieder eine von diesen Plastikdingern. Also wollte ich sie nehmen, und da ist sie plötzlich auf meinen Arm gelaufen.«

»Und hat sie dann sofort gebissen?«, fragte Sabine, die schon eine Ahnung hatte, wie die Antwort ausfallen würde.

»Nein. Ich hab mich nur so erschrocken, dass ich sie mit der anderen Hand wegstreichen wollte, dabei hab ich aus Versehen auf sie drauf gehauen.«

Sabine nickte. »Und dabei hat sie dann zugebissen. Okay, Klarissa. Ich gebe dir jetzt eine Spritze, dann wird es dir ein bisschen warm werden, aber auch bald besser. Und zur Sicherheit bringen wir dich dann noch ins Krankenhaus. Einverstanden?«

Klarissa nickte und verdrehte in diesem Augenblick erneut die Augen.

»Was meinst du? Ist es schlimm?«, fragte Hanna.

»Ich glaube, es handelt sich um eine ganz gewöhnliche Vogelspinne. Die Symptome würden sogar von selber verschwinden. Aber ich gebe ihr sicherheitshalber etwas Kortison, und dann bringen wir sie ins Marienhospital. Und du rufst in der Zwischenzeit bitte die Polizei an. Dieser Spuk muss ein Ende haben!«

Tatsächlich ging es Klarissa bald wieder gut, und sie konnte noch am selben Abend entlassen werden.

Die Spinne wurde allerdings nicht gefunden.

Zur gleichen Zeit erwachte Peter Szymkowiak aus seinem komaähnlichen Schlaf. Er musste sich zunächst einmal orientieren, wo er überhaupt war. Ach ja. Das Parkhaus hinter dem Bochumer Bahnhof. Er hatte an diesem Morgen für seine Verhältnisse einfach zu viel Bier getrunken. Es waren aber auch so angeregte Gespräche gewesen. Mit wem und worüber, konnte er allerdings nicht mehr sagen. Mittags hatte er sich dann ein großes Stück Pappe aus dem Papiercontainer geholt und es sich für ein Mittagsschläfchen hinter einem VW-Bulli, der sicher schon drei Monate nicht mehr bewegt worden war, bequem gemacht.

Plötzlich spürte er, dass er dringend seine Blase entleeren musste. Gleich hier in die Ecke pinkeln wollte er nicht. Vielleicht würde er ja die Nacht noch hier unten verbringen müssen. Also zog er seinen schweren Mantel über die Schultern und trottete in den Bahnhof, um sich dort auf der Toilette zu erleichtern.

Er war allein auf dem Männerklo. Eine von zwei Lampen war defekt und es herrschte trübes Dämmerlicht.

Nachdem Szymkowiak aufatmend seine Blase geleert hatte, schaute er sich um, ob es in dem kleinen Raum etwas gäbe, das für ihn nützlich sein könnte. Er fand nichts und wollte gerade die Toilette verlassen, als er auf dem Waschtisch eine mittelgroße Spinne sah. Peter hatte natürlich von dem Quatsch gehört, dass halb Deutschland angefangen hatte, Plastikspinnen zu sammeln. Für ihn kam das aber nicht infrage. Trotzdem näherte er sich neugierig dem Tier. So eine hatte er noch nie gesehen, und ihm waren in seinem Leben wahrlich schon viele begegnet. Die Spinne saß still da in einer eigenartigen Haltung, die Peter noch nie bei diesen Tieren gesehen hatte. Die beiden vorderen Beine waren wie für einen Angriff hoch erhoben.

»Lustig«, meinte Szymkowiak nur, drehte sich um und verließ den Waschraum. Was er nicht mehr sehen konnte, war, dass die Spinne, kaum dass er sich umgedreht hatte, vom Waschtisch sprang und mit einem weiteren Satz auf dem hinteren Rand seines linken Halbschuhs landete, von wo aus sie in aller Ruhe in das Hosenbein kriechen konnte.

Peter Szymkowiak brach bereits in der Bahnhofshalle zusammen. Er rappelte sich dann noch einmal auf, während er schemenhaft wahrnahm, dass die Menschen um ihn herum den üblichen »Pennerbogen« machten, wie er und seine Kumpel dieses Ausweichmanöver nannten. Er schaffte es noch nach draußen, wo ihm erneut so schwindelig wurde, dass er sich hinsetzen musste. An einen Mülleimer gelehnt verlor er kurze Zeit später das Bewusstsein. Erst nach 90 Minuten wurde ein Notarzt gerufen, der aber nur noch den Tod feststellen konnte.

Weil Peter Szymkowiak gerade einmal 40 Jahre alt

war, und die Staatsanwaltschaft sicher sein wollte, dass es sich nicht doch um ein Gewaltverbrechen handelte, wurde er obduziert. Hierbei wurden außer einer leichten Leberzirrhose keine Auffälligkeiten festgestellt. Ein noch junger und sehr fleißiger Pathologe der Ruhr-Universität wollte sich damit aber nicht zufriedengeben und veranlasste eine umfassende toxikologische Untersuchung. Erst dabei, vier Tage nach Eintreten des Todes, wurde die Ursache festgestellt: Peter Szymkowiak war an einer Phoneutria-Vergiftung verstorben, dem Biss der Brasilianischen Wanderspinne, einer der tödlichsten und aggressivsten Spinnen der Welt. Der Tod war dabei so ungewöhnlich schnell eingetreten, weil das Immunsystem aufgrund der Lebensweise des Mannes bereits vorher massiv gestört war.

9. KAPITEL

Der tödliche Spinnenbiss in Bochum sowie die Verletzung Klarissas und zweier weiterer Kinder in Braunschweig und Tübingen, die aber ähnlich glimpflich abliefen, waren bald in aller Munde. Nicht nur, dass sich die Presse darauf stürzte, auch die Polizei nahm erste Untersuchungen auf. Und da sich eine bundesweite Bedrohung abzeichnete, wurde aus der Vier-Augen-Beobachtungs-Einheit beim BKA eine offizielle Sonderkommission unter Leitung des Kriminalhauptkommissars Friedbert Kusel.

Dieser saß bereits seit zehn Minuten schweigend im Sitzungssaal 12 des BKA-Gebäudes, der sich mit seinen 30 Quadratmetern und seiner technischen Ausstattung ausgezeichnet als Besprechungsraum für die fünfköpfige Soko »Spinne« eignete. Er lauschte mit gesenktem Kopf den Ausführungen von Kommissar Smith, einer Leihgabe aus England, der bereits das dritte Jahr in Wiesbaden arbeitete. Smith fasste alle bisherigen Erkenntnisse zusammen, wobei er Kusel allerdings keine Neuigkeiten berichten konnte, da der ja von Anfang an die Entwicklung verfolgt hatte.

Außerdem waren im Raum die Kriminaltechniker Petra Häntschke und Richard Kauder sowie ein weiterer Kommissar und Kusels persönlicher Assistent Klaus Rabe.

Nachdem Smith seinen Vortrag beendet hatte, setzte er sich wieder. Alle Augen richteten sich erwartungsvoll auf Kusel. Der blickte herausfordernd zurück und meinte schließlich: »Was erwartet ihr? Wir sind ein Team und stehen ganz am Anfang. Ich weiß auch nicht mehr als ihr. Wir müssen ganz von vorne anfangen. Das heißt, bei den ersten gefundenen Plastikspinnen. Versucht, die Auffindungsorte zu koordinieren und zeitlich zuzuordnen. Bemüht euch noch einmal um Fingerabdrücke, obwohl ich da keine große Chance sehe. Und einer kümmert sich bitte um die Firmen, die dieses Spielzeug vertreiben. Klaus, du fährst mit mir in den Tierpark.«

»Gerne, Chef. Aber darf ich fragen, wieso?«

»Ich möchte herausbekommen, wo man die echten

Spinnen herbekommt. Was gibt es da für Märkte und Schwarzmärkte, alles klar?«

Alle nickten, und so war die erste Sitzung bereits nach 15 Minuten beendet. Jeder wusste, was er und sie zu tun hatte.

Um dasselbe Thema nur mit einer völlig anderen Emotionslage ging es in der Großen Heim Straße im Dortmunder Kreuzviertel.

Sabine, Philo und Raster saßen mal wieder am Küchentisch. Es war Abend, und alle drei hatten eine Flasche Bier vor sich auf dem Tisch.

»Leute, das kann nicht euer Ernst sein, dieses Spiel mit den Sammelspinnen noch weiter zu betreiben. Nicht nach dem, was in den letzten Tagen passiert ist.« Sabine war ernsthaft böse.

»Ich gebe Sabine recht«, lenkte Philo ein, dem die Sache schon einige Zeit nicht mehr geheuer war. »Wir sollten uns lieber überlegen, ob wir nicht denjenigen finden, der für all das verantwortlich ist.«

»Ist das nicht Sache der Polizei?«, fragte Raster noch unversöhnlich.

»So wie ich das verstanden habe, ist das sofort zum BKA nach Wiesbaden gegangen«, erklärte Sabine, die in Herne mit den zuständigen Beamten der Stadtpolizei gesprochen hatte. »Aber mal ganz ehrlich. Wann erwartet ihr da Ergebnisse? Und mir ist das, verdammt noch mal, wichtig, denjenigen zu finden, der fast das Leben meiner Lieblingsnichte auf dem Gewissen hat.«

»Du hast nur eine«, murmelte Raster.

»Und wenn schon.« Sabine funkelte Raster wütend an. »Wenn in deiner Familie so etwas passieren würde, dann würdest du dich auch mehr engagieren. Du hast dich doch auch bei Nora eingesetzt, als die verschwunden war. Was ist denn jetzt anders?«

»Da ging es ja auch um einen Freund, der in einer Notsituation steckte. Jetzt könnte ich mir immer noch vorstellen, dass das alles gar nicht so geplant war, versteht ihr? Der Typ wollte durch ein paar echte Spinnen die Sache interessanter machen. Nur dabei übersieht er, dass die kleinen Viecher ganz schön böse beißen können. So in etwa.«

»Das glaubst du doch selber nicht«, antwortete Philo. »Zufällig war eine der lebenden Spinnen die gefährlichste Giftspinne der Welt! So etwas passiert nicht einfach *so*.«

»Okay, okay, ich geb mich geschlagen. Vielleicht hatte ich einfach keine Lust darauf, mal wieder Detektiv zu spielen. Ich find unser beschauliches Dasein gerade richtig schön.« Raster grinste zu Sabine herüber. »Obwohl es natürlich noch viel schöner sein könnte.«

»Jaja. Ist schon gut«, unterbrach ihn Philo. »Gehen wir mal davon aus, dass es tatsächlich einen Menschen gibt, der das alles wohl überlegt und in vollem Bewusstsein geplant hat. Entweder ist der krank, oder das Motiv ist ein klein wenig komplizierter.«

Sabine war froh, dass sich die Stimmung wieder beruhigt hatte. Sie stand auf, fragte, ob jemand noch ein Bier wollte, und wanderte dann, als beide mit dem Kopf schüttelten, um den Tisch herum.

»Was kann einen Mann oder eine Frau dazu bringen, wahllos – und nichts anderes ist das hier – Menschen zu verletzen und sogar zu töten. Und dann auch noch auf so perfide Art, indem man sie vorher neugierig gemacht hat. Ich verstehe so etwas nicht.«

Alle drei schwiegen eine Zeit lang. Dann meldete sich Philo zu Wort. »Ihr habt vielleicht schon davon gehört: Es gab immer wieder mal Mörder, die eine Einzeltat verschleiern wollten, indem sie auf dieselbe Art und Weise scheinbar wahllos andere umbrachten.«

»Und dann dachte man, man hätte es mit einem Serienkiller zu tun. Aber das ist doch oberpervers, wer macht denn so was?« Raster schüttelte seinen Kopf, dass die Zöpfe nur so flogen. »Wenn es solche Menschen gibt, was ich dir Superhirn natürlich glaube, dann müssen die vollkommen abgedreht sein, oder?«

»Ja, oder sehr verzweifelt. Lasst uns mal ein bisschen rumspinnen: Wenn jemand so handelt, was für eine innere Haltung zu anderen Menschen und zum Leben allgemein kann der noch haben?« Sabine setzte sich wieder und schaute gespannt in die Gesichter ihrer beiden Freunde.

Das war Philos Gebiet. »Also. Es gibt Menschen, die aufgrund ihrer Vergangenheit oder bestimmter Erlebnisse einfach nicht mehr sozial funktionieren. Sie interessiert es einfach nicht, ob da einer mehr oder weniger über die Wupper geht. Bitte! Alles nur ganz kurz angerissen.« Philo hob beschwörend die Hände. »Er verfolgt ein ganz bestimmtes Ziel. Das will er erreichen. Kollateralschäden sind ihm egal. Genauso wie übrigens sein eigenes Leben nach vollbrachter Tat. Es geht ihm nur um das eine Ziel. Was danach kommt, ist unwichtig. Und das macht diesen Typen so außerordentlich gefährlich. Er hat bereits mit seinem Leben abgeschlossen. Dann gibt es welche, die aus einer Triebhaftigkeit heraus so geworden sind. Auch meistens vergangenheitsbedingt. Hier würde ich aber die versteckte Einzeltat ausschließen wollen. Der Triebgesteuerte denkt nicht an ein Einzelschicksal, sondern nur an die Befriedigung seiner Wünsche. Und dann gibt es natürlich noch den Auftragskiller. Dem ist das Schicksal seiner Opfer berufsbedingt egal. Wenn sein Auftrag so lauten würde, die Bezahlung stimmt und das Risiko für ihn nicht zu hoch wäre, macht er es eben.«

»So, und mit welchem von diesen drei Typen haben wir es hier zu tun?«, fragte Raster.

»Mit dem ersten«, kam es wie aus der Pistole geschossen von Sabine.

»Warum das denn?«, fragten beide Männer gleichzeitig.

»Ich kann das natürlich nicht beweisen. Aber habt ihr schon einmal von einem Triebtäter gehört, der sowohl einen Fetisch hat – in unserem Fall die Spinnen – aber andererseits seine Befriedigung durch den Tod erzielt, den er noch nicht einmal selber miterleben kann? Oder habt ihr schon einmal von einem Auftragskiller gehört, der ein solch kompliziertes Konstrukt baut oder im Auftrag ausübt, um einen bestimmten Menschen umzubringen? Du hast dich mit dem ersten Typen am längsten aufgehalten, Philo. Und ich denke, du weißt auch, warum. Es passt nämlich alles zusammen.«

»Du meinst, irgendetwas ist in der Vergangenheit passiert …«

»Was wahrscheinlich mit Spinnen zu tun hat«, fiel Philo Raster ins Wort. »Und derjenige ist jetzt so verzweifelt, dass ihm sowohl das Leben mehrerer als auch sein eigenes egal ist, nur um das Ziel zu verfolgen, nämlich den Mord an einem bestimmten Menschen? Ich weiß nicht so recht. Find ich ziemlich konstruiert.«

»Ist es auch«, gab Sabine zu. »Aber es ist für mich

momentan die einleuchtendste Erklärung. Wie gehen wir jetzt weiter vor? Was können wir machen?«

Alle drei saßen schweigend vor ihren leeren Flaschen und dachten nach.

»Ihr wisst, ich bin ein Statistikfreak«, kam es schließlich von Raster.

»Ja und?«

»Ich habe, seit die erste Spinne im Sommer aufgetaucht ist, registriert, wo sie gefunden wurden, wo sie gehandelt wurden, die erzielten Preise und so weiter. Ich wollte damit bessere Verhandlungschancen haben, versteht ihr?«

»Nee«, meinte Sabine, »aber trotzdem super, dass du diese Daten jetzt hast. Können wir damit etwas anfangen?«

»Ich denke schon«, sagte Philo und zwinkerte Raster zu. »Vielleicht sogar eine ganze Menge. Komm mein Freund! Auf, auf in dein Zimmer. Es gibt viel zu tun.«

Alleingelassen beschloss Sabine, doch noch ein Bier zu trinken, holte sich einen Spiralblock aus ihrem Zimmer und begann, ein mögliches Täterprofil zu skizzieren.

10. KAPITEL

Raster saß in dem drei mal drei Meter großen fensterlosen Raum, der mit einer hochmodernen Klimaanlage ausgestattet war. Darauf hatte er bestanden, als die Stadt Dortmund das ursprünglich als Besenkammer genutzte Zimmer zu einem Serverraum umfunktionieren ließ. Konstante 18 Grad Celsius, eine extrem niedrige Luftfeuchtigkeit und das alles ohne großartige Luftströmungen. Das kostete natürlich eine Stange Geld. Aber Raster hatte den zuständigen Mitarbeitern vorgerechnet, was Reparaturen oder Neuanschaffungen wegen eines falschen Klimas kosten würden, und hatte offensichtlich überzeugen können. Er saß gerne hier. Die Tür auf den Flur im ersten Stock des Rathauses war schall- und temperaturisoliert, und so war das leise Brummen der vier Server und der Klimaanlage das einzige gleichmäßige Geräusch, das ihn umgab.

Seit gut einem Jahr war das Dortmunder Rathaus neben dem Bochumer Rathaus und den Stadtwerken in Dortmund zu seinem dritten festen Arbeitsplatz geworden, in dem er sich um die Netzpflege und die Computer im Allgemeinen kümmerte.

Er war gerade damit beschäftigt, drei neue Rechner ins Intranet des Rathauses zu integrieren. IP-Nummern mussten vergeben und Passwörter und Rechte zugeteilt werden. Es war Routine, und Raster erledigte seine Arbeit wie immer konzentriert und gewissenhaft. Die drei neuen Mitarbeiter, für die die Rechner eingebunden wurden, hatten ihm Zettel gegeben, auf denen sie die gewünschten Passwörter notiert hatten. Der dritte und letzte Rechner stand an. IP-Nummer und Rechte waren vergeben, der PC war ordnungsgemäß angemeldet. Es brauchte nur noch das Passwort zugeteilt werden. Raster faltete den Zettel des Mitarbeiters auseinander und traute seinen Augen nicht.

mayaguana stand fein säuberlich auf dem Blatt Papier. Und dieses Wort löste so intensive Erinnerungen aus, dass ihm schwindelig wurde.

Mayaguana. Wie kam jemand gerade darauf? Wer kannte überhaupt diese kleine Insel mitten in der Karibik, östlich von Kuba, die selbst Wikipedia nur einen Siebenzeiler wert war? Doch für Raster war diese Insel ein Juwel, der Beginn einer neuen Zeitrechnung, das Ende seines alten Lebens, die Befreiung schlechthin. Und gleichzeitig Erinnerung an eine sehr unschöne Kindheit. Seine Gedanken schweiften zurück in das Jahr 1988. Er war damals 16 Jahre alt und zum dritten Mal von seinem Zuhause weggelaufen. Diesmal aber mit einem Plan. Er hatte sich einer Gruppe angeschlossen, die er in einer Dortmunder Kneipe kennengelernt hatte.

Mindestens zweimal pro Woche traf er sich damals mit seinem Freund Olaf in einem Jazzkeller an der Möllerbrücke. Sobald um sieben Uhr der Pächter Bernd Neumann die schwere Eisentür zu den Räumlichkeiten öffnete, waren die beiden dabei. Sie halfen, die Stühle von den Tischen zu holen, die Gläser vorzubereiten und die Soleier und Frikadellen auf dem Tresen zu platzieren. Dafür bekamen sie die ersten drei Stößchen Jeverpils umsonst, und mehr wurde es meistens auch nicht.

Bei einem dieser Abende, die meist um neun Uhr endeten, damit der Ärger zu Hause nicht zu groß wurde, lernte

Raster, den man damals noch einfach Hans nannte, die besagte Gruppe kennen. Es waren zwei Männer namens Martin und Johannes, die er auf Mitte 20 schätzte, und eine Frau, die ihm ein wenig älter vorkam: Bettina. Die drei sprachen laut und ausgelassen über ihre Pläne, und so kamen Hans und Olaf nicht umhin, mitzubekommen, dass die Freunde vorhatten, schon bald für immer in die Karibik aufzubrechen. Am nächsten Abend waren sie wieder da, und Hans setzte sich direkt neben sie an die Theke, um ja kein Wort zu verpassen. Was für ein Traum: Karibik, Sonne, Strand, Freiheit, Drinks, keine Verbote, kein Zuhause, keine Eltern, die einem alles vorschreiben wollten, keine Regeln, kein »das machen wir aber so nicht«, oder bei jedem Ausgehen der selten dämliche Spruch: »Blamier ja nicht unsere Innung!«, der so schrecklich ernst gemeint war. Hans war das alles unendlich leid. Er ertrug die Strenge seiner Eltern einfach nicht mehr. Die Schläge, die er bis zum 15. Lebensjahr hinnehmen musste, die ständigen Bevormundungen, angeblich aus Sorge um ihn, in Wahrheit aus Sorge, er könnte etwas anstellen, das die Eltern blamieren würde. Er war bereits zweimal nach heftigen Streitigkeiten mit seinem Vater abgehauen. Aber beide Male hatte er keinen Plan gehabt, war zunächst ziellos in Dortmund-Hörde herumgeirrt, um dann jedes Mal bei Olaf zu klingeln, der ihn zwar freundlich aufnahm, es aber auch nicht verhindern konnte, dass seine Eltern Hans postwendend nach Hause brachten.

Diesmal war alles anders. Sein Vater war beruflich in dieser Zeit viel unterwegs – er arbeitete im Verkauf einer großen Dortmunder Brauerei –, und seine Mutter war sowieso meistens mit dem Verhätscheln seines kleinen

Bruders beschäftigt. Es lief also alles ruhig bei Familie Schulz, keiner rechnete mit einem neuen Ausbruch des rebellischen Sohns, und das gab ihm Freiheiten, ohne die er sein Ziel nicht hätte erreichen können. Als Erstes knüpfte er vorsichtig Kontakt mit den drei Reisewilligen und zeigte sich interessiert an allem, was sie so vorhatten. Schon bald stellte er – natürlich rein theoretisch – die Frage, ob man sich denn wohl anschließen könnte und wenn ja, wie denn die Finanzierung aussehen würde. Erstaunlicherweise nahm ihn die Gruppe sofort ernst, fragte nach seinen Beweggründen und war trotz seines jugendlichen Alters voller Verständnis für sein Vorhaben. Erst viel später erfuhr Raster, dass alle drei eine vergleichbare Geschichte in ihren Elternhäusern erlebt hatten und daher genau wussten, wovon er sprach. Bernd Neumann, der Kneipenwirt, bekam all diese Gespräche mit und erklärte sich schließlich bereit, den Flug für Hans mitzufinanzieren. Für ihn war der 16-Jährige schon seit Langem wie ein Sohn, den er sich immer gewünscht hatte, der ihm aber verwehrt geblieben war.

Zu Hause klaute sich Hans nach und nach aus den Portemonnaies seines kleinen Bruders und seiner Mutter eine gewisse Summe zusammen, damit er nicht vollkommen mittellos vor seinen neuen Freunden dastehen musste. Er machte eine Liste mit den Dingen, die er mitnehmen wollte, und schließlich war es so weit. Zwei Tage vor dem Flug von Frankfurt über Miami nach Nassau auf den Bahamas war seine Mutter für einige Stunden mit seinem Bruder in der Stadt und er allein.

Hans platzierte einen bereits vorbereiteten Brief an seine Eltern auf dem Esstisch und einen wesentlich kürzeren an seinen zwölfjährigen Bruder Norbert auf dessen Bett, packte seine wenigen Sachen in eine Sporttasche und zog schließlich mit rasendem Herzen die Haustür hinter sich ins Schloss. Seinen Schlüssel warf er durch den engen Schlitz in den Briefkasten. Dieser Schritt war ihm damals ganz wichtig: Es war vorbei. Das Leben in Dortmund sollte endgültig zu Ende sein. Niemals wollte er zurückkommen.

Die folgenden zwei Tage versteckte er sich in der Wohnung von Martin. Es war die gefährlichste Zeit. Wenn seine Eltern und die Polizei irgendwie von seinen Reiseplänen Wind bekommen würden und die Flughäfen kontrollieren ließen, war alles aus. Aber es ging gut. Keiner hielt die kleine Gruppe auf, als man sich in den frühen Morgenstunden eines Novembertages 1988 in die engen Sitze der Boeing 737 nach Miami fallen ließ.

Raster seufzte, als er das Passwort des neuen Users in das Serverprotokoll eingab: MAYAGUANA. Bis sie dort ankommen sollten, vergingen allerdings noch einige Monate. Denn der Plan der ursprünglichen Dreiergruppe, dem sich Hans in aller Konsequenz unterordnen musste, war, auf der Hauptinsel der Bahamas zunächst Startkapital zu verdienen. Für Martin, Johannes und Bettina war dies kein Problem. Sie hatten sich schon im Vorfeld um Jobs gekümmert. Für Hans wurde es schwieriger. Da er aber durchaus als 18-Jähriger durchging und nicht überall seinen Ausweis vorlegen musste, bekam er nach zwei Wochen eine Anstellung als Hilfskellner in einer heruntergekommenen Strandbar am Western Esplanade Beach in Nassau, nicht weit von ihrem kleinen Appartement entfernt, das sie zusammen bezogen hatten. Bettina arbeitete in einem Fotolabor und Martin und Johannes in einem großen Autohaus als Mädchen für alles.

Es lief wie geplant. Sie hatten nur geringe Ausgaben, das Ersparte wuchs, und schon nach drei Monaten streckten die Vier ihre ersten Fühler Richtung Mayaguana aus. Immer wieder hatten Martin, Johannes und Bettina von der kleinen Insel geschwärmt und Hans mittlerweile mit ihren Träumen angesteckt, dort eine eigene Surferschule inklusive Bar aufzubauen. Die Insel war noch absolut unerschlossen, gleichzeitig aber ein Geheimtipp für Surfer auf der ganzen Welt …

11. KAPITEL

Friedbert Kusel neigte nicht dazu, ungeduldig zu werden, wenn ein Fall oder eine Fragestellung nicht innerhalb kurzer Zeit zu lösen war. *Kurze Zeit* war eben relativ. Bei diesem Fall hatte er allerdings damit gerechnet, schneller voranzukommen. Es gab so viele mögliche Ansatzpunkte, dass er sicher gewesen war, einer davon würde zum Ziel führen.

Da war zum einen der Ankauf von immerhin geschätzten 300 Plastikspinnen. Das musste doch zu recherchieren sein!

Zum anderen, und das war eigentlich sein persönlicher Ansatz gewesen, die Beschaffung solch exotischer Lebendspinnen. Man konnte ja kaum in eine beliebige Zoohandlung um die Ecke gehen, ein paar der giftigsten Spinnen bestellen, bezahlen und wieder davon marschieren.

Des Weiteren war da die Verteilung der Auffindungsorte bezogen natürlich auf den Zeitstrahl. Außerdem die Haltungsbedingungen der Spinnen. Man brauchte dafür ein oder mehrere Terrarien, bestimmte Nahrung, Infrarotlampen und, und, und.

Seit der ersten Sitzung im Sitzungsraum 12 waren nun zwei Wochen, etliche Einzelgespräche und weitere Sitzungen vergangen, doch Kusel hatte das Gefühl, sie kämen nicht einen Mymeter vorwärts.

Er schaute in die müden Gesichter seiner Kollegen und fragte wie schon so oft: »Und? Gibt es irgendetwas Neues? Leute, bitte sagt Ja! Wir blamieren uns hier im Haus bis auf die Knochen. Habt ihr schon von unserem Spitznamen gehört, den man unserer Soko gegeben hat?« Allgemeines Kopfschütteln.

»Statt Soko *Spinne* heißen wir jetzt Soko *Faultier*.«

Entnervtes Augenrollen allenthalben.

Nur Petra Häntschke, eine der Kriminaltechnikerinnen, wartete geduldig, bis wieder alle konzentriert waren. »Ich habe vielleicht etwas. Sicherlich kein Durchbruch, aber eine kleine Auffälligkeit.«

Interessiert schaute Kusel von seinen Papieren auf und nickte der Kollegin aufmunternd zu.

»Ich kann es, wie gesagt, nicht beweisen. Aber es gibt eine kleine Signifikanz, was den möglichen Ausgangsort angeht. Wir sind von der Theorie ausgegangen, dass der oder die Täter von einer zentralen Stadt aus agieren.« Aufgeregt strich sie sich eine blonde Strähne aus dem Gesicht. »Anfangs konnten wir diesbezüglich aber nichts finden. Die Auffindungsorte der Plastikspinnen als auch später der echten waren so unsymmetrisch in der gesamten Republik verteilt, dass wir einfach nicht weiterkamen. Allerdings war es schnell klar, dass unsere Täter bestimmte Regionen aussparen. Dazu gehören neben den Bundesländern Sachsen und Mecklenburg-Vorpommern der südlichste Teil Bayerns und das Saarland.«

Petra Häntschke machte eine Pause, die prompt von Klaus Rabe genutzt wurde: »Habt ihr denn dafür eine Erklärung gefunden?«

»Nein, eigentlich nicht. Außer vielleicht der naheliegendsten, dass diese Regionen einfach zu weit entfernt waren. Und damit kommen wir zu der eigentlichen Entdeckung: Wir haben nämlich die Funde extrapoliert.«

Außer dem Gast aus England sahen sich alle fragend an. »Kannst du uns das etwas näher erläutern?«, fragte schließlich Kusel.

»Ganz einfach«, antwortete Petra. »Wir haben nach demselben Muster oder System, was eben jetzt für uns noch nicht erkennbar war, 5000 weitere Spinnen platzieren lassen. Das ist mit der entsprechenden Software kein Problem. Und siehe da.« Jetzt ging ein strahlendes Lächeln über das vorher so angestrengte Gesicht. »Es ist Dortmund!«

Alle redeten durcheinander, bis Kusel die Hand hob und um Ruhe bat. »Wie sicher seid ihr euch?«

Richard Kauder, Petras Kollege, der bisher geschwiegen hatte, sprang ihr nun zu Hilfe. »Ziemlich sicher. Bei diesen Extrapolationen gibt es zwar Abweichungen und

Unsicherheiten, aber unsere Software geht von einer 82-prozentigen Wahrscheinlichkeit aus, dass Dortmund der Ausgangspunkt ist.«

Kusel schwieg eine Zeit lang, dann blickte er auf und sah in die erwartungsvollen Gesichter seiner Mitarbeiter.

»Okay Leute. Wir packen unsere Sachen. Übermorgen ziehen wir um. Ich kläre das mit dem Chef und mache ein Quartier klar. Ihr nutzt bitte die Zeit und geht nochmals unsere Anfangsfragen durch, diesmal aber unter der besonderen Berücksichtigung unserer neuen Erkenntnis. Und: Petra, Richard!«

Die beiden Angesprochenen schauten auf.

»Gute Arbeit!«

Nur wenige Stunden später, am selben Mittwochabend, schauten sich Philo und Raster entgeistert an. Mit etwas anderer Software aber grundsätzlich der gleichen Idee sprang auch ihnen jetzt der vermeintliche Ausgangsort der Spinnen entgegen. Nur hatte er für die beiden eine ganz andere Bedeutung. Für das BKA-Team war Dortmund so gut wie jede andere deutsche Stadt. Für Philo und Raster bedeutete das, dass der oder die Täter aus ihrer Heimatstadt kamen.

»Was heißt das für uns und unsere weitere Recherche?«, dachte Philo laut nach und starrte auf den Laptop-Bildschirm.

»Ich weiß es auch noch nicht«, antwortete Raster, »als Erstes müssen wir aber Sabine einweihen. Vielleicht hat die ja eine Idee. Wo ist sie überhaupt?«

»Bei ihrer Schwester. Wird spät werden, vielleicht schläft sie sogar da, hat sie mir gesagt. Lust auf ein Bier im' B-Trieb'?«

12. KAPITEL

Klarissa rekelte sich auf dem Sofa, und zum wiederholten Mal rutschte ihr Lockenkopf auf die Schulter ihrer Mutter. Hanna stellte ihr Weißweinglas behutsam auf den Couchtisch vor sich und nahm Klarissa in den Arm. »Hey, meine Große! Es wird jetzt aber wirklich Zeit für dich. Wir kommen noch beide mit und singen dir das schönste Gutenachtlied ever. Was hältst du davon?«

»Oder darf ich noch ein bisschen fernsehen?«, war die eindeutige Antwort.

»Keine Widerrede mehr! Jetzt wird geschlafen, mein Schatz. Morgen ist Schule, und es ist schon Viertel nach elf. Höchste Zeit.«

Widerstrebend nahm Klarissa ihr Kuschelkissen in den Arm, gab ihrer Mutter und ihrer Tante Sabine einen Kuss und verschwand in Richtung Bad.

Zehn Minuten später saßen die beiden Frauen mit hochgezogenen Beinen auf der Couch beziehungsweise dem Sessel und schauten schweigend in ihre Gläser.

»Woran denkst du?«, Sabine war schneller, denn Hanna wollte gerade dasselbe gefragt haben.

»Och. Eigentlich nichts. Ich habe gerade daran gedacht, dass diese Abende mit dir zwar viel zu selten, aber jedes Mal wunderschön sind. Mir fehlt das schon manchmal, jemanden regelmäßig zum Quatschen zu haben. Du hast ja deine beiden Jungs.«

»Ja, die hab ich. Und das ist auch meistens gut und schön so. Aber du weißt genau, dass ich dir und mir etwas anderes wünsche.«

Das Lächeln, das vorher auf ihren Gesichtern gelegen hatte, verschwand. Beide schwiegen, beide dachten an Nähe, die sie nicht hatten. Beide dachten an einen Mann an ihrer Seite. Und doch sehnten sich beide nach etwas völlig Unterschiedlichem.

Klarissas Vater hatte bereits während der Schwangerschaft voller Panik das Weite gesucht. Ein Kind käme für ihn nicht infrage. Mittlerweile bezahlte er zwar regelmäßig Unterhalt, die anfänglichen Besuche waren jedoch eingeschlafen, und weder Hanna noch Klarissa legte Wert auf eine Wiederbelebung der Pseudofamilie.

Hanna wünschte sich einen Partner, und hätte sie ihn beschreiben sollen, hätte sie gesagt: Ich wünsche mir einen Mann, der mit mir das Bett, die alltäglichen Pflichten und ein bisschen Freizeit teilt – und zwar genau in dieser Reihenfolge. Sie war pragmatisch und stand dazu.

Bei Sabine sah das anders aus. Als die Eltern bei einem Autounfall ums Leben kamen, wohnte sie als Einzige noch zu Hause. Ihre vier Geschwister waren wegen Studium oder Ausbildung bereits einige Zeit ausgezogen. Vielleicht deswegen, vielleicht aber auch wegen eines sehr engen Verhältnisses zu ihrem Vater, der auch Arzt gewesen war, entwickelte sich der plötzliche Verlust zu einem kaum beherrschbaren Trauma. Dachte sie an ihre Mutter, so konnte sie mittlerweile lachen und sich an kleinen Erinnerungen freuen, dachte sie an ihren Vater, so schossen ihr die Tränen in die Augen wie der Speichel in die Pawlow'sche Hundeschnauze. Und leider hatte diese Tatsache auch gravierende Folgen für ihre Beziehung zu Männern:

Natürlich sehnte sie sich nach einem Partner. Aber jeder potenzielle Kandidat wurde bis ins Kleinste mit ihrem Vater verglichen; und keiner hatte da bis jetzt eine reelle Chance. Ihr Zukünftiger sollte ein gebildeter, stattlicher (was ist das eigentlich, fragte sie sich oft genug), eloquenter, humorvoller und gleichzeitig einfühlsamer Mann sein. Das Aussehen spielte für sie nicht so eine entscheidende Rolle, ebenso wenig das Sexuelle. Die berühmten inneren Werte, die sie bei ihrem Vater so geschätzt hatte, waren das, worauf es ihr ankam.

»Ach Mist!«, sagte sie schniefend, während sie sich hastig die Tränen aus den Augen wischte.

»Warum klappt das bei dir denn eigentlich nicht?«, fragte Hanna. »Ich meine, du siehst toll aus, hast Geld, bist sportlich, hast kein Kind aus einer alten Beziehung und trotzdem sind alle Bekanntschaften von vornherein zum Scheitern verurteilt. Du lässt dich einfach auf nichts richtig ein. Riskier doch mal was!«

Sabine blickte auf und sah ihrer Schwester in die Augen. Jetzt oder nie, dachte sie, und fing an zu erzählen. Von ihrem Verhältnis zum Vater, von seinen Eigenschaften, die sie bei jedem potenziellen Partner suchte und ihrer Sehnsucht, die sie nach ihm oder einer Zweitausgabe umtrieb.

Hanna hörte mit weit aufgerissenen Augen zu und konnte ihren Ohren kaum trauen. »Und das schleppst du schon Jahre mit dir herum? Warum hast du mir nie davon erzählt?«

»Ich habe mich geschämt, Hanna. Ich weiß ja eigentlich, dass das unnormal ist, aber ich kann es einfach nicht abschütteln. Es ist wie ein umgedrehter Ödipuskomplex, eine Vaterfixierung, ich weiß das alles. Aber immer, wenn ich einen Mann kennenlerne, mich vielleicht sogar verliebe, fange ich nach wenigen Tagen an zu vergleichen. Es ist einfach furchtbar.« Mittlerweile saß sie neben ihrer

Schwester auf dem Sofa und legte schluchzend ihren Kopf auf Hannas Schulter.

»Ich weiß, das hört sich abgedroschen an, Schwesterherz. Aber du musst versuchen, bei jedem Mann, den du kennenlernst, das Positive in ihm ganz hochzuhalten, ohne an Vater zu denken. Immer, wenn du merkst, jetzt versuche ich, ihn wieder zu vergleichen, nimmst du dir eine Eigenschaft vor, die dir besonders gut an dem Mann gefällt, und betrachtest sie von allen Seiten wie einen gerade gefundenen Schatz. Und du wirst sehen: Auf einmal sind die großen Gefühle da, und unser Vater verblasst immer mehr.«

Sabine trank einen Schluck aus ihrem Weinglas und dachte: Wenn das so einfach wäre. Zu stark waren die Erinnerungen an ihren Vater. Vor allem an die Urlaube, die die Familie viele Jahre gemeinsam verbracht hatten. Im Winter Skifahren, meist im Vassatal jenseits des St. Pellegrino Passes. Dort gab es für alle passende Abfahrten. Die Jungs konnten sich auf den schwarzen Buckelpisten produzieren, während die Mädchen mit der Mutter und meistens auch dem Vater die blauen und roten Pisten bevorzugten. Aber egal, bei wem der Vater mitfuhr, nie hatte jemand das Gefühl, benachteiligt zu sein. Vor den Sommerferien waren die fünf Kinder immer gespannt, welches Quartier die Eltern diesmal ausgesucht hatten. Mal ging es nach Südfrankreich, ein oder zweimal nach Somerset, häufiger auch an die Ostsee oder auf eine ostfriesische Insel. Aber ganz egal wo, Sabine hatte ihren Vater als ständig präsent vor Augen. Schlugen die Kinder mal über die Stränge, gab es kaum harsche Worte oder Schimpftiraden. Meistens wurde vernünftig, manchmal natürlich auch strenger argumentiert, und das reichte.

Ihre Mutter war liebevoll, aber eher still, während der Vater alles mitmachte, wunderbare Tagesausflüge plante, mit ihnen Fahrrad fuhr, schwimmen ging oder abends auch gerne die Spielkarten herausholte. Jedenfalls sah es in Sabines durch die vielen Jahre möglicherweise leicht verklärten Sichtweise so aus. Wie soll ich das jemals vergessen, dachte sie und seufzte. Es muss doch noch so einen Mann geben, aber eben diesmal für mich …

Es wurde noch ein richtig schöner Abend. Aus der einen wurden zwei Flaschen Wein. Es wurde gelacht, geweint und herumgealbert. Beiden Schwestern tat die Zeit gut, und als sie leicht beschwipst weit nach Mitternacht in die Betten fielen, ahnte keine von ihnen, dass sich schon bald Entscheidendes in Sabines Liebesleben tun würde.

13. KAPITEL

Es war ein schrecklicher Anblick: Der Körper lag auf dem Rücken, die behaarten Beine wie im Schmerz gekrümmt, reglos, tot.

Der Dompteur stand fassungslos vor dem halbhohen Schrank mit den Vitrinen und Terrarien. Alles funktionierte einwandfrei. Das wärmende Rotlicht brannte, die

Kontrolltemperatur lag konstant bei 30 Grad, die Luftfeuchtigkeit bei 95 Prozent. Was war hier los? Zwei seiner wertvollsten Spinnen waren gestorben. Einfach so. Eine mexikanische Rotknievogelspinne und eine Sydney Trichternetzspinne. Gerade Letztere war äußerst schwer zu beschaffen gewesen und hatte ihn ein Vermögen gekostet. Zumal die private Haltung in Deutschland aufgrund der Giftigkeit umstritten war.

Dass bereits drei Exemplare auf seinen Reisen quer durch die Republik gestorben waren, war schlimm genug, aber bei den kühleren Temperaturen jetzt im November noch zu erklären. Aber hier, zu Hause? Ob es eine Infektion gab, die die Tiere tötete?

Der Dompteur durchforstete fieberhaft sämtliche ihm bekannte Spinnenforen im Internet, ohne einen Hinweis auf eine übertragbare Krankheit zu finden. Dann begab er sich mit Handfeger, Pinsel und sogar einer Lupe auf die Suche nach Kleinstlebewesen, die vielleicht Keime hereingeschleppt hatten. Nichts.

Schließlich brach er weinend auf dem Fußboden seines umgebauten Schlafzimmers zusammen. Wie sollte er je den Auftrag seiner kleinen Helfer und Freunde erfüllen, wenn es bereits jetzt solche Probleme gab. Er hatte definitiv keine finanziellen Möglichkeiten mehr, alles neu aufzubauen. Zwei Spinnen waren ihm noch geblieben. Ganze zwei! Erneut brach er schluchzend zusammen und legte seinen Kopf auf den Fußboden.

Eine Bewegung ganz hinten in der linken Ecke des Raumes ließ ihn innehalten. Seine Tränen versiegten so schnell, wie sie gekommen waren. Sollten doch noch mehr seiner Lieblinge übrig sein? Dass er die anderen Exemplare bereits tot in ihren Terrarien gesehen hatte, ignorierte er einfach. Da war etwas. Erneut huschte etwas von rechts durch sein Blickfeld, er bewegte sich nicht, konzentrierte sich nur auf die hintere linke Ecke. Jetzt sah er sie. Eine, zwei, Hunderte. Aber es waren nicht die von ihm besorgten Spinnen, nein es waren seine Helferlein, die ihm den Auftrag für all das hier gegeben hatten. Würde er jetzt seine gerechte Strafe bekommen, weil er so erbärmlich versagt hatte?

Ganz still blieb er liegen und schloss seine Augen. Er hörte ihre kleinen flinken Beinchen auf dem Steinfußboden trippeln. Immer näher. Die ersten krabbelten schon auf seine Arme, seinen Kopf und setzten sich in Augenhöhlen und Ohrmuschel.

Dann sprachen sie mit ihm. Klar und eindringlich, und der Dompteur hörte aufmerksam zu.

14. KAPITEL

Sabine, Philo und Raster saßen in der WG-Küche. Die Reste des Abendessens standen auf dem Tisch, aber keiner hatte Lust, sich zum Spülen aufzuraffen. Vernehmlich gähnend fragte Raster, wie immer ohne die Hand vor den Mund zu nehmen, »Na? Wie war's denn gestern bei deiner Schwester, Sabine? Habt ihr ein bisschen feiern können? Oder habt ihr euch mal wieder gegenseitig leidgetan, weil ihr noch immer keinen Mann abgekriegt habt?«

Erschrocken schaute Philo auf, der mit seinen Gedanken ganz woanders gewesen war. »Geht's noch? Das ist jetzt aber echt unter der Gürtellinie, Raster. Ich verlange eine Entschuldigung! Und zwar sofort!«

»Ist schon gut, Philo. Lass stecken«, antwortete Sabine müde und resigniert. »Irgendwie hat er ja recht. Aber ich hab jetzt einfach keine Lust, darüber zu reden, okay? Und du könntest dir eine etwas sensiblere Herangehensweise angewöhnen. Zur Strafe machst du gleich die Küche klar!«

»Tut mir leid, Sabine, war wirklich nicht so gemeint. Ich meine ja nur, weil du doch den besten aller Männer hier direkt bei dir hast! Was soll immer dieses Hadern und Suchen und Abwägen?«

»Ich hab dich ja auch lieb, Raster. So, jetzt mal was anderes. Habt ihr eigentlich irgendwas herausgefunden, in der Spinnensache, meine ich?«

Raster und Philo schauten sich an, bis Philo schließlich resignierend die Schulter zuckte und meinte: »Mach du, Raster. Ich kapier diese Software sowieso nicht.«

»Ich will dich ja auch gar nicht mit komplizierten Algorithmen langweilen, Sabine. Aber wir konnten durch Extrapolation der Spinnenfundorte berechnen, dass unser Täter mit einer etwa 90-prozentigen Wahrscheinlichkeit hier aus Dortmund kommt.« Zufrieden lehnte er sich zurück. »Möchte jemand ein Wasser?«

Philo nickte, während Sabine stumm vor sich hinstarrte.

»Hallo! Sabine! Möchtest du auch etwas Trinken?«

Die Angesprochene schüttelte den Kopf. »Ich denke nur nach, was das für uns heißt. Sollen wir da jetzt weiter machen? Und wenn ja, wie? Denn ob Hamburg, München oder eben hier. Ich habe keine Ahnung, wie wir weiter vorgehen könnten.«

»An dem Punkt waren wir auch bereits«, warf Philo ein und schüttete sich ein Glas Wasser ein. »Allerdings sind wir offensichtlich nicht die Einzigen, die das wissen. Ich habe heute Nachmittag mit der Polizei telefoniert, ihr wisst ja, ich habe da einen Freund sitzen.«

»Du und deine Kontakte«, lachte Sabine dazwischen.

»Jedenfalls hat der mir berichtet, dass die zuständige Einheit vom BKA aus Wiesbaden hier eingezogen ist. Mehr wusste er nicht. Außer dass dort ein gewisser Friedbert Kusel, oder so ähnlich, die Sache leitet.«

»Dann würde ich sagen, wir lassen die mal machen. Ich habe einfach keine andere Idee. Und jetzt gib mir doch bitte ein Bier, Raster. Danach gehe ich aber sofort schlafen. Ich hab' viele Notdienste in den nächsten Tagen und will morgen ausgeschlafen sein.«

Eine Stunde später waren alle Lichter der WG ausgeschaltet, und Philo, Raster und Sabine lagen jeder in seinem Bett. Sabine schlief, tief und ruhig. Philo las noch in einer philosophischen Abhandlung über die »Schrödinger Katze«, und Raster befand sich wie fast jeden Abend im Moment des Einschlafens auf seiner kleinen karibischen Insel. Diesmal aber nicht mit seinen alten Freunden, sondern mit Sabine. Die Geschichte mit den Spinnen schien sich von selber oder eben durch das BKA zu lösen. Keiner sah mehr einen Grund zur Besorgnis.

15. KAPITEL

Es war kalt geworden in Deutschland. Der Dortmunder Weihnachtsmarkt hatte sein erstes Wochenende für alle Budenbesitzer erfolgreich hinter sich gebracht. Es lag zwar noch kein Schnee, aber es machte schon jetzt Spaß, im dicken Mantel, mit Schal und Wollmütze über den Hansaplatz zu flanieren. Die Düfte von gebrannten Mandeln, Glühwein, Reibeplätzchen und Bratwurst bildeten ein atemberaubendes Konzert. Der riesige Weihnachtsbaum in der Mitte des Platzes verströmte ein helles und warmes Licht, während die Menschen drum herum, meist begleitet von angeregten Gesprächen und etwas zu lautem Lachen, ihren kulinarischen Gelüsten nachgingen oder die dargebotene Kleinkunst betrachteten. Vorweihnachtliche kindliche Sehnsüchte wurden wach, der Alltag blieb außen vor.

So beschwingt öffnete Sabine am Montag nach dem ersten Advent die Wohnungstür. Der kleine Bummel durch die Stadt hatte ihr gutgetan. Sie fühlte sich wohl, ausgeschlafen und fit. Und das war gut so, denn in einer halben Stunde begann ihre Bereitschaft für den städtischen Notarztwagen. In der Advents- und Weihnachtszeit waren die Bereitschaftsdienste erfahrungsgemäß anstrengender als sonst. Auf Glühwein hatte sie daher verzichtet, sich aber eine Tüte gebrannter Mandeln mit nach Hause gebracht, die sie jetzt in aller Ruhe bei einer Tasse Tee genießen wollte.

Es war halb sechs, und eigentlich erwartete sie jeden Moment ihre beiden Mitbewohner, mit denen sie noch den Wochenplan wie Einkaufen, Küche und Putzen besprechen wollte. Wenn sie nicht daran dachte, lief das alles recht chaotisch ab, und manchmal war ihr das egal, doch in Zeiten, in denen sie, wie jetzt, viel arbeiten musste, eben nicht.

Genüsslich steckte sie sich eine weitere Mandel in den Mund, als das unverkennbare Poltern im Wohnungsflur Rasters Erscheinen ankündigte. Im selben Moment klingelte ihr Handy. Sabine war sich zunächst sicher, dass es nur ihr privates Telefon sein konnte. Es war schließlich erst Viertel vor sechs, und der Dienst begann pünktlich, musste dann aber feststellen, dass sie sich geirrt hatte: die Klinik. Sabine machte Raster durch ein eindeutiges Handzeichen klar, dass er sich seine Worte aufsparen sollte, zu denen er gerade ansetzen wollte, und meldete sich.

»Frau Doktor Funda? Hier ist der Bereitschaftsdienst, Pfleger Stefan. Ich weiß, Sie haben eigentlich noch eine Viertelstunde, aber alle anderen sind im Einsatz, und da dachte ich, weil es dringend klang, ich könnte Sie vielleicht schon …«

»Kein Problem. Wo geht's hin und was liegt an?«

»Nach Kirchhörde. Genaue Adresse hat der Fahrer, er müsste schon bei Ihnen sein. Es geht um ein kleines Mädchen mit Schocksymptomatik, wie der Vater am Telefon erzählte, aufgrund eines Spinnenbiss.«

Sabine sprang erschrocken auf. »Ein Spinnenbiss? Weiß man, um was für eine Spinne es sich handelt?«

»Nein, noch nicht. Aber der Vater hat sie erwischt.«

»Dann ordern sie sofort einen entsprechenden Fachmann vor Ort. Wir dürfen keine Zeit verlieren. Wer weiß, welches Gegengift wir besorgen müssen.«

»Entschuldigen Sie, Frau Doktor, aber ich glaube, das ist nicht nötig. Der Vater kann das selber. Er ist der stellvertretende Direktor vom Dortmunder Zoo, ein Herr Böttger. Er meinte, er hätte das Tier in zehn Minuten identifiziert.«

»Okay, ich komme sofort. Ich brauche zwei Sanitäter zusätzlich, alles klar?«

Pfleger Stefan bestätigte und legte auf.

Raster, der das Gespräch mitbekommen hatte, war um einige Nuancen blasser geworden. »Hat es doch noch nicht aufgehört.« Es war nicht klar, ob das eine Frage oder eine Feststellung war. »Es gab seit drei Wochen keinen Fund mehr, keine lebendigen Spinnen jedenfalls«, ergänzte er, während Sabine, so schnell sie konnte, in ihre Arbeitskleidung schlüpfte.

»Ich berichte nachher!«, war alles, was sie noch rief und verschwand durch die Wohnungstür nach draußen.

Sie hastete das Treppenhaus hinunter, im Kopf alle Symptome der ihr bekannten Spinnenbisse rekapitulierend und Therapien abwägend. Unten stemmte sie die Haustür auf und musste erschrocken feststellen, dass es in den wenigen Minuten seit ihrem Nachhausekommen angefangen hatte, kräftig zu schneien.

Sie sprang in den mit eingeschaltetem Blaulicht wartenden Wagen. »Los geht's!«, rief sie dem Fahrer zu, der vorsichtig die rutschige Große Heim Straße Richtung Kreuzstraße entlang schlitterte. Keiner war auf diesen plötzlichen Schneefall eingestellt gewesen. Man hatte für das Sauerland Schnee angekündigt, aber nicht für Dortmund.

»Wo geht es denn konkret hin, wenn wir überhaupt ankommen?«, fragte Sabine. »Sie wissen, dass es sehr eilig ist.«

»Wann ist es das nicht bei euch?«, brummte der ältere Fahrer gutmütig. Sabine kannte ihn von vielen Einsätzen. Eigentlich wusste sie genau, dass er alles tun würde, um möglichst schnell ans Ziel zu kommen, aber das Thema Spinnenbiss hatte sie nervös gemacht und ihr die sonst übliche Ruhe und Gelassenheit geraubt.

»Die Straße heißt Am Flinsbach. Kennen Sie die Ecke?«

»Nein«, antwortete Sabine. »Nicht genau. Irgendwo südlich des Zoos, richtig?«

Der Fahrer nickte nur und konzentrierte sich wieder auf den Verkehr.

25 Minuten später bogen sie schließlich von der Hagener Straße in die ruhige Wohngegend Am Flinsbach ein. Fast gleichzeitig erschien ein weiterer Wagen. Zwei Sanitäter sprangen heraus und eilten mit Sabine zusammen durch den Vorgarten eines Einfamilienhauses.

Zwei Dinge fielen Sabine in diesem Moment auf. Beide ganz am Rande, mehr im Unterbewusstsein. Das eine war die Tatsache, dass es sich, soweit sie das in der Dunkelheit und bei dem Schneefall erkennen konnte, nicht um ein gewöhnliches Einfamilienhaus handelte, sondern um eine moderne Villa mit gigantischen Ausmaßen.

Das zweite nahm sie nur aus dem rechten Augenwinkel wahr. Irgendetwas bewegte sich langsam in den Büschen vor einem hell erleuchteten Zimmer im Erdgeschoss des Hauses. Es sah aus, als würde dort ein Mann kauern, ohne sich wirklich verstecken zu wollen. Aber da waren sie auch schon durch die doppelflügelige Haustür getreten und wurden von einem besorgt wirkenden Mann nach rechts in ein großzügiges Mädchenzimmer geführt.

»Das ist Lydia, meine Tochter, sagte der Mann. »Es scheint ihr wieder besser zu gehen. Sie ist wieder bei

Bewusstsein und lächelt sogar schon wieder.« Bei diesen Worten strich der Mann seiner Tochter, die auf ihrem mit rosa Bettwäsche bezogenen Bett lag, die verschwitzten Haare aus dem Gesicht. Lydia hatte ein ausgeprägtes Downsyndrom.

16. KAPITEL

Sabine schaltete sofort. »Herr Böttger, hat Lydia Herzprobleme oder sogar einen Herzfehler?«

»Nein, nein. Gott sei Dank nicht. Sie ist organisch völlig in Ordnung. Nur halt diese Behinderung …« Böttger ließ den Satz unvollendet im Raum stehen, und Sabine runzelte die Stirn. Es war eher ungewöhnlich, dass Eltern von Down-Kindern von einer *Behinderung* sprachen. Eigentlich war das nicht mehr üblich. Verstohlen musterte sie für einen Augenblick Lydias Vater. Er war groß, schlank und eigentlich ein heller Typ mit blonden, dichten und leicht gewellten Haaren, die für die momentane Mode ein wenig zu lang waren. Seine Haut war jedoch tief gebräunt, ohne dass am Kragen oder den Armen die verräterischen Ränder zu sehen gewesen wären, die auf eine Bräunungscreme hingewiesen hätten. Entweder hatte Herr Böttger viel Zeit, um regelmäßig ins Solarium zu gehen, oder er bewegte sich extrem viel an der frischen Luft. Seine Augen blickten der Situation entsprechend besorgt auf seine Tochter. Sie waren von einem intensiven Blau, ohne kalt zu wirken. Die kräftigen ebenfalls braun gebrannten Hände suchten überall Halt. An seiner Tochter, dem Bettzeug, seinem Pullover. Er trug keinen Ring.

Wo ist die Ehefrau, fragte sich Sabine instinktiv, die ein kleines warmes und nicht unangenehmes Kribbeln im Bereich ihres Solarplexus verspürte.

Verärgert schob sie den Gedanken beiseite und kümmerte sich wieder konzentriert um das Mädchen. Lydia war leicht übergewichtig, hatte schulterlange braune Haare und wunderschöne mandelförmige Augen.

»Na, wie fühlst du dich jetzt?«, fragte Sabine vorsichtig. »Hast du Schmerzen, Lydia?«

Das Mädchen schüttelte den Kopf, um gleich darauf umso heftiger zu nicken.

»Wo tut es denn weh?«

»Hier«, kam es ganz leise aus dem kleinen Mund, während sie mit dem rechten Zeigefinger auf ihren linken Unterarm zeigte.

Die Stelle war etwa drei Zentimeter groß, leicht gerötet mit zwei kaum erkennbaren Punkten im Zentrum.

»Haben Sie inzwischen bestimmen können, um was für ein Tier es sich gehandelt hat?«, fragte Sabine an den Vater gewandt. Gleichzeitig legte sie behutsam die von den Sanitätern vorbereitete Infusion in eine Vene der rechten Hand. Lydia gab keinen Mucks von sich.

»Hier. Schauen Sie selbst!« Böttger wies auf eine Ecke des Zimmers, in der ein undefinierbares Etwas lag. »Ein ganz klarer Fall eines Huntsman-Spiders oder auch Jägerspinne. Gott sei Dank«, fügte er erneut hinzu.

»Wieso?«

»Der Huntsman-Spider-Biss kann zwar höllisch wehtun, er ist aber kaum giftig. Ich frag mich nur, wie so eine Spinne hier hinkommt.«

»Wegen der Vorfälle in der letzten Monaten – Sie haben ja sicherlich auch davon gehört – werden wir auf jeden Fall die Polizei einschalten. Sie entschuldigen mich einen Moment?« Sabine gab den Sanitätern noch ein paar Hinweise, streichelte Lydia sanft den gesunden Arm und verließ daraufhin wortlos den Raum. Die beiden Pfleger schauten sich fragend an und zuckten dann resignierend mit den Schultern.

Leise trat Sabine durch die Haustür nach draußen. Sie hätte sich unbedingt eine wärmere Jacke anziehen sollen. Sofort kroch ihr die Kälte in alle Glieder. Sie schritt die drei Stufen der Eingangstreppe hinunter und wandte sich nach links. Über ihr erschien das hell erleuchtete Fenster des Kinderzimmers, das sie gerade verlassen hatte.

Unter einem Kirschlorbeerstrauch fand sie den Mann. Er schlotterte und zitterte am ganzen Leib, hielt den Kopf gesenkt und murmelte etwas vor sich hin. Erst als sich Sabine ganz nah zu ihm herunterbeugte, verstand sie die vier Worte, die er wie ein Mantra vor sich hinmurmelte: »Das wollte ich nicht. Das wollte ich nicht.«

Sabine zog sich ihre Jacke aus und legte sie dem Mann über die Schultern. Er schien sie kaum wahrzunehmen.

»Können Sie mir sagen, wie Sie heißen?«, fragte Sabine leise, aber eindringlich.

»Das wollte ich nicht. Das wollte ich nicht.«

»Was wollten Sie nicht?« Vielleicht klappte ja diese Strategie.

Etwas schien jedenfalls zu ihm durchzudringen. Sein Mantra stoppte, und er schaute Sabine aus unruhigen Augen an. »Ich wusste doch nicht, dass das Kind behindert ist. Das wollte ich nicht.«

»Es geht ihr gut«, improvisierte Sabine. »Haben *Sie* die Spinnen überall verteilt?«

»*Sie* haben mir das befohlen. Das war meine letzte. Und jetzt sind alle weg. Alle weg. Auch meine Helferlein.« Der Mann fing an zu schluchzen, und Sabine verstand überhaupt nichts mehr.

Noch einmal fragte sie nach Namen und Hintergründen, aber der Mann schwieg beharrlich. Er hatte aufgehört zu zittern. Reglos hockte er neben dem Busch, eine dünne Schneeschicht auf seinem Kopf, und stierte vor sich hin. Er hatte alles verloren: seine Frau, sein Kind, seine Freunde, seine Helfer, seine Krieger und jetzt hatte sich auch noch herausgestellt, dass der letzte und wichtigste Auftrag einem kranken Kind gegolten hatte. Wie hatten sie ihm das nur antun können. Katatonisch begann er sich langsam hin und her zu wiegen, dann fing er plötzlich leise an zu lachen. Sabine hatte so etwas noch nie gesehen, und ein Schauer, der nicht von der Kälte kam, jagte ihr den Rücken herunter: Der Mann lachte, schluchzte und weinte. Alles gleichzeitig.

Er hatte angefangen zu lachen, weil ihm in diesem Augenblick klar geworden war, was ihm damals im Flugzeug auf dem Weg von Brasilien zurück nicht eingefallen war. Diese eine Kleinigkeit, die er übersehen hatte. Es waren die Transportkisten. Er hatte sie billig bei einem Tierhändler in Brasilien erworben und nicht richtig verstanden, was dieser ihm, natürlich auf Portugiesisch, dazu gesagt hatte. Zwei Worte hatte er verstanden: »Cobra« und »doente«, sie dann aber wieder verdrängt.

Er hatte seine Spinnen in Kästen transportiert, in denen vorher kranke Schlangen gewesen waren und sie nicht gründlich desinfiziert. Deswegen waren seine Krieger eingegangen. Alles war seine Schuld. Alles.

Dies waren seine letzten klaren Gedanken, bevor ihn eine gnädige Dunkelheit umgab. In der Zukunft sollte es zwar noch hellere Momente für ihn geben, die er dann aber nicht unbedingt als angenehm empfand.

Auf jeden Fall sagte er kein Wort mehr.

Nur noch eins. Später.

ZWEITER TEIL

Elefanten

»Nach manchem Gespräch mit einem Menschen
hat man das Verlangen,
einen Hund zu streicheln,
einem Affen zuzunicken
oder vor einem Elefanten den Hut zu ziehen.«

Maxim Gorki

17. KAPITEL

Das Jahr 2015 begann feucht und mild. Es wollte einfach nicht richtig Winter werden. Der Kälteeinbruch Anfang Dezember hatte sich als eine heftige, aber kurze Episode herausgestellt. Von weißer Weihnacht war in ganz Deutschland nichts zu sehen gewesen. Sabine war über die Feiertage zu ihrer Schwester gefahren, kam aber erst zwei Tage später, am 28. Dezember wieder zurück in die WG, was Raster trotz Philos Ermahnungen maßlos ärgerte.

»Du hattest ganz klar gesagt, dass du am zweiten Feiertag wieder hier bist!«, hatte er sie lautstark begrüßt, als sie mit einem fröhlichen »Da bin ich wieder!«, bepackt mit allerlei Taschen und Tüten durch die Wohnungstür trat.

»Was soll's«, hatte sie nur lakonisch geantwortet und war in ihrem Zimmer verschwunden.

Silvester feierten alle zusammen mit einem befreundeten Pärchen in dessen Wohnung in der Arneckestraße, gleich um die Ecke. Es war ein gemütlicher Abend mit viel Sekt und Erinnerungen an eine schlimme Zeit eineinhalb Jahre zuvor, als ihre Gastgeberin unvermittelt entführt worden war.

Nun hatte der Alltag wieder begonnen, und Raster saß am Küchentisch in der WG und hatte viel nachzudenken.

Besonders beschäftigte ihn seine eigene Gefühlswelt. Er war total durcheinander. Sollte er seinem Impuls nachgeben und diesem Böttger auf den Zahn fühlen? Sabine hatte nicht viel erzählt, aber dass da was lief, war sowohl ihm als auch Philo vollkommen klar. Dieser jedoch sah das absolut entspannt. »Soll sie doch glücklich werden. Was hast du denn dagegen? Dass du nicht ihr Auserwählter sein wirst, weißt du nicht erst seit gestern. Außerdem ist das auch gut so, denn sonst könnte ich mir eine neue Bleibe suchen. Gönn ihr doch mal was. Und vielleicht wird ja sogar die große Liebe draus«, hatte er erst gestern Abend schwadroniert, als die beiden zusammen in Philos Zimmer saßen und eigentlich eine Partie Schach spielen wollten.

Wütend hatte Raster aufgeschnaubt und seinem König einen so heftigen Schubs gegeben, dass dieser in hohem Bogen vom Tisch flog.

Jetzt saß er also hier und dachte über seine Motive nach. Hatte Philo recht? War es so banal? Er war eifersüchtig und gönnte Sabine nichts? Wollte er deswegen diesem Böttger ans Leder? Oder war da noch etwas anderes, Tieferes, was ihn beschäftigte? Etwas, das Sabine erzählt hatte, und das in seinem Unterbewusstsein arbeitete, natürlich verstärkt durch eine gewisse Eifersucht, die er gar nicht leugnen wollte. Er kam einfach nicht weiter, zumal in diesem Moment sein Handy klingelte.

»Hans? Hier ist Markus aus dem Rathaus.«

Markus war der Servicemitarbeiter im Dortmunder Rathaus, der für die kleineren Computerprobleme, Softwarewartung und Installationen neuer Programme zuständig war. Er bildete quasi die Verbindung zwischen dem gesamten elektronischen Apparat der Stadtverwaltung und dem im Hintergrund arbeitenden Netzbetreuer Raster. Außerdem war er einer der wenigen Freunde Rasters, der ihn stur mit seinem echten Namen ansprach.

»Wir haben ein kleines Problem mit einem Client.«

»Wer ist es denn diesmal?«, fragte Raster genervt. Er hatte jetzt einfach keine Lust zu arbeiten. »Doch nicht schon wieder dieser Eckhard Kanisius, der ständig seine IP-Adresse ändert, weil er meint, dann schneller surfen zu können?«

»Nein, der diesmal nicht. Ehrlich gesagt, weiß ich gar nicht, um wen es sich handelt, äh, 'tschuldigung«, Markus geriet ins Stottern. »Jemand hat mir nur einen Zettel auf meinen Schreibtisch gelegt mit der Arbeitsplatznummer und dem Problem. Es ist die 27-2. Sagt dir das etwas? Muss ein relativ neuer Kollege sein.«

Raster schwieg einen Augenblick. Natürlich sagte ihm die 27-2 etwas. Da war es wieder. Dieses Wort: *mayaguana*. Ausgerechnet dieser Client machte Probleme? Konnte das ein Zufall sein?

»Ich kümmere mich drum, Markus. Bin gleich da. Ich weiß, welcher Rechner das ist.« Raster beendete das Gespräch.

20 Minuten später saß er wieder in seiner Kammer im Rathaus und überprüfte die Konnektivität des Rechners 27-2. Er überprüfte die IP-Adressen, das Protokoll, führte verschiedene Tests durch, setzte das Passwort zurück: alles, ohne einen Fehler zu finden. Da musste er mit dem Herrn wohl oder übel mal persönlich sprechen, obwohl er sich nicht gerne in die vollen und lauten Großraumbüros der Verwaltung begab. Aber hier gab es keine andere Lösung.

Er packte seine Sachen zusammen, suchte in einer Tabelle, die an seinem Monitor klebte, den genauen Standort des Rechners heraus und machte sich auf den Weg.

Nach einigem Durchfragen fand er schließlich den gesuchten Arbeitsplatz in einem kleinen Einmannbüro. Es war keiner da. Der Rechner war allerdings eingeschaltet, und Raster ging um den Schreibtisch herum, um auch von hier aus ein paar Tests laufen zu lassen. Was er dann aber auf dem Bildschirm sah, verschlug ihm den Atem. Seine Beine gaben nach, und er sank auf den Bürostuhl, ohne den Blick von dem Bild wenden zu können, das den gesamten Bildschirm ausfüllte.

Auf dem Foto sah man im Hintergrund ein tiefblaues Meer, das mit hohen steil brechenden Wellen auf einen weißen Sandstrand traf. Im rechten Bildteil erkannte man eine große Holzhütte mit einer überdachten Veranda, die rund um die Hütte angelegt war. Über der Eingangstür konnte man ein Holzbrett erkennen, in das mit ungeübter Hand der Schriftzug »Surf-IN-Mayaguana« eingebrannt worden war. Mehrere Surfbretter waren lässig an das Geländer gelehnt, eine Gruppe dunkelhäutiger Jungen hockten davor im Sand. Links und mehr im Vordergrund lachten eine Frau und drei junge Männer in die Kamera. Sie hielten sich im Arm, machten Victoryzeichen und hatten offensichtlich eine Menge Spaß. Alle vier kannte Raster nur zu gut, und vor allem der Kleinste von ihnen war ihm sehr vertraut, denn es zeigte ihn selbst vor fast 25 Jahren. Sein Gesicht und seine Beine waren braun gebrannt. Er trug ein schlabbriges gelbes T-Shirt mit einem roten schon reichlich ausgewaschen Surfbrett auf der Brust. Sein Beine steckten in schmutzigen dünnen Shorts, und seinen Kopf zierte dieselbe Frisur wie heute, nur etwas ungepflegter: Mayaguana. 1989

Er konnte es nicht fassen. Wer saß hier? Wie war derjenige an dieses Bild gekommen?

In diesem Augenblick klopfte es an der Tür, und Raster fuhr herum. Vor ihm stand in Jeans und blauem Hemd der Mann, der auf dem Bild rechts von Raster zu sehen war und mit Zeige- und Mittelfinger Häschenohren über seinen Dreadlocks zeigte. Dieselben dunklen Haare, nur jetzt wesentlich kürzer, das gleiche verschmitzte jungenhafte Lächeln auf den Lippen. Ein kleiner Bauchansatz zeigte deutlich, dass Surfen nicht mehr zu seinen Hauptaktivitäten gehörte.

»Johannes? Das gibt es doch gar nicht. Was machst du denn hier?«, Raster entfuhren in diesem Moment sämtliche Plattitüden, die den meisten Menschen in solchen Augenblicken des plötzlichen Wiedererkennens über die Lippen kamen.

»Ich dachte, du wärst noch … Aber jetzt hier? Das gibt es nicht!«, wiederholte er sich, als der Angesprochene mit weit ausgebreiteten Armen auf ihn zukam.

»Raster, mein alter Freund. Alt sind wir geworden, was? Aber deine Haare trägst du noch wie damals.« Johannes zog scherzend an Rasters Locken und umarmte ihn dann heftig.

»Hast du es endlich kapiert, wer hier unten sitzt und schuftet? Ich dachte, das Passwort hätte schon gereicht, dass du mal vorbeischaust. Aber du kamst einfach nicht, und dann hatte ich Urlaub und so weiter. Jedenfalls kam ich erst jetzt dazu, einen zweiten Anlauf zu machen.«

»Wieso hast du dich nicht einfach bei mir gemeldet? Du wusstest doch offensichtlich, wer hier das Netz betreut.«

Ein breites Grinsen ging über Johannes' Gesicht. »Haben wir es uns jemals leicht gemacht, mein Freund? Ich hatte einfach Lust, ein wenig zu spielen. Nach so langer Zeit kam es mir auf ein paar Tage mehr oder weniger nicht an.«

»Der alte Spaßvogel wie damals. Hast du denn noch Kontakt zu Bettina und Martin?«

Schlagartig wurde Johannes Gesicht ernst, und er senkte den Blick. »Sie sind beide tot.« Erschrocken wich Raster zurück. »Martin hat die Riesenwelle geholt, und Bettina ist vor zwei Jahren bei einem Autounfall ums Leben gekommen. Wir sind die Einzigen, die vom *Surf-IN-Mayaguana* noch übrig sind.«

Beide schwiegen einige Sekunden.

Bevor es den beiden zu unangenehm wurde, schlug Johannes mit der flachen Hand auf seinen Schreibtisch. »Komm, lass uns jetzt nicht Trübsal blasen. Es ist so schön, dich wiederzusehen. Ich hab noch eine Menge Arbeit, aber hast du an einem der nächsten Abende Zeit? Wir könnten irgendwo was essen und dann eine kleine Sause machen. Was hältst du davon? Ich kenn mich allerdings noch nicht so gut aus, bin erst seit ein paar Monaten wieder hier. Suchst du was aus?«

Sie verabredeten sich für den kommenden Samstagabend in einem spanischen Restaurant neben dem Theater und verabschiedeten sich dann mit einer erneuten Umarmung.

18. KAPITEL

Auch Philos Tag war alles andere als gewöhnlich verlaufen. Er hatte in den Mittagsstunden keine Vorlesungen oder Seminare zu halten und eigentlich vorgehabt, die freie Zeit für einen Spaziergang am Phönixsee zu nutzen. Er war schon lange nicht mehr da gewesen und war gespannt, welche Neuerungen es vor allem am Südufer zu bestaunen gab.

Gerade als er das Büro verlassen wollte, klopfte es an seine Tür.

»Herein!«, rief er, hoffend, dass ihm keine längere Aufgabe den geplanten Ausflug verderben würde.

Ein blonder Lockenkopf lugte durch die Tür. Zwei strahlende, ihm sehr bekannte Augen blickten ihn an und huschten dann suchend durch das große Arbeitszimmer. »Bist du allein?«

»Komm rein!«, antwortete Philo. »Ist niemand hier, wie du siehst. Schön, dich zu sehen, Nele. Hast du auch frei? Ich wollte ein wenig spazieren gehen. Möchtest du vielleicht mitkommen? Am Phönixsee erkennt uns so schnell keiner.«

Die Besitzerin des Lockenkopfs schlüpfte jetzt komplett durch die Tür und verschloss diese leise. Nele war eine ausgesprochen hübsche, zierliche 22-Jährige, die Philos Herz im Sturm erobert hatte. Lebenslustig, immer fröhlich und intelligent, hatte sie Philo vor ungefähr einem halben Jahr auf einer Semesterfeier gebeichtet, dass sie sich ihn verliebt hätte. Nach mehreren Tagen voller vehementer Abwehrversuche, diverser Gespräche darüber, wie viel der Alkohol auf der Feier zu diesem Geständnis beigetragen hätte und ob sich Nele beruflich etwas von dieser gewünschten Beziehung verspräche, war schließlich Philos anfänglicher Widerstand endgültig zusammengebrochen. Seitdem trafen sie sich heimlich, mal in seinem Büro, mal privat, redeten, besser diskutierten viel miteinander, gingen ins Theater und unternahmen für Philo wunderbare Spaziergänge und Wanderungen im angrenzenden Sauerland und der Mark. Bis auf ein Begrüßungsküsschen auf die Wange, gelegentliche Umarmungen sowie verschämtes Händchenhalten auf ihren Wanderungen durch die Wälder war es noch zu keinen Körperlichkeiten gekommen. Und dafür war Philo dankbar. Zum einen, weil ihn ständig ein schlechtes Gewissen plagte, als anerkannter Lehrkörper der Geisteswissenschaften ein Verhältnis zu einer seiner Studentinnen zu haben. Zum anderen, weil er als Erwachsener noch nie Sex gehabt hatte.

Das wiederum lag tief in seiner Kindheit verwurzelt, die er in Gießen verbracht hatte. Seine Eltern waren Angehörige einer dortigen linksradikalen Kommunarde und probierten alles aus, was in dieser Szene damals opportun war. Vieles davon konnte Philo heute belächeln, anderes würde er sogar genauso machen, wenn er sich denn trauen würde, wie er sich oft genug eingestehen musste. Wieder anderes lehnte er kategorisch ab, wie zum Beispiel das offen ausgesprochene Sympathisantentum gegenüber der RAF und anderen radikalen Gruppierungen.

Die vierte Gruppe seiner Erinnerungen behandelte seine eigenen zwangsweise gemachten Erfahrungen. Seine Eltern hatten ihn, wie alle Kinder der Kommune, in einen

Kinderladen gebracht, wo sie autoritätsfrei alle Spielarten des sogenannten ›freien Lebens‹ erfahren sollten. Und zu diesen Spielarten gehörte eben auch der Umgang mit Sex. Bereits mit drei Jahren ermunterten die betreuenden Eltern ihre Kinder, ihnen beim Sex zuzusehen und auch selbst erste sexuelle Handlungen mit und vor anderen zu praktizieren. Es galt, konsequent die Maxime des schwedischen Autors Francis Vestin aus seinem Ratgeber »Alle Macht den Kindern« durchzusetzen. Die wenigen skeptischen Eltern waren in der Minderheit, die Abstimmungen eindeutig.

Mittlerweile war Philo klar, was diese Zeit, die sich immerhin über drei Jahre hingestreckt hatte, mit ihm gemacht hatte. Er wusste inzwischen, dass diese Herangehensweise kein Einzelfall war, sondern in vielen Kinderläden der ganzen Republik praktiziert worden waren. Auch war ihm bewusst, dass mittlerweile nicht wenige seiner Leidensgenossen und -genossinnen den Mund aufmachten und offen darüber sprachen, wer damals was mit ihnen gemacht hatte, während die vermeintlichen Täter unverändert schwiegen oder alles als belanglos abtaten, dass einem schlecht werden konnte. Ihm war genauso klar, dass er dringend eine Therapie beginnen sollte, denn allein war er bis heute nicht in der Lage gewesen, mit diesen Erinnerungen fertig zu werden. Doch etwas zu wissen und dann auch umzusetzen, sind bekanntlich zwei Paar Schuhe. Er konnte nach wie vor kaum darüber reden. Aus seinem Bekanntenkreis wussten nur Sabine und Raster Bescheid, die ihn ebenfalls immer wieder drängten, sich doch endlich professionelle Hilfe zu holen, aber er schaffte es einfach nicht. Mit 20 hatte er versucht, mit seinen Eltern ein Gespräch zu führen, war aber nur auf eine Wand des Unverständnisses gestoßen. Mittlerweile hatte er den Kontakt zu ihnen komplett abgebrochen.

Und nun saß dieses wunderbare Geschöpf vor ihm und strahlte ihn an. »Spazierengehen? Am Phönixsee? Klingt verlockend. Allerdings habe ich einen schrecklichen Hunger. Ich habe noch ganz leckere Lasagne von gestern Abend auf dem Herd. Sollen wir nicht bei mir eine Kleinigkeit essen?«

Philo war noch nicht oft in Neles kleiner Studentenwohnung in der Baroper Straße gewesen, wusste aber sehr genau, wie gut Nele kochen konnte. Oft genug hatte sie ihm heimlich mittags ein Lunchpaket in sein Büro geschmuggelt und ihn mit vielen selbst gemachten Köstlichkeiten verwöhnt. Außerdem konnte er nicht leugnen, dass auch sein Magen bei der Vorstellung einer leckeren Lasagne sich genüsslich zusammenzog. Es grummelte vernehmlich.

»Siehst du«, lachte Nele. »Du hast auch Hunger.«

Eine gute Stunde später saßen beide satt und ein wenig müde an dem dreieckigen Küchentisch in Neles Wohnung.

»Ich könnt jetzt einfach so einschlafen. Hast du auch zu viel gegessen?«

Philo räusperte sich und unterdrückte ein Gähnen. »Es war so lecker. Ich danke dir. Diese Lasagne darfst du aber nicht so oft machen, sonst gehe ich dermaßen auseinander, dass du mich gar nicht mehr ansehen magst.«

Nele stand auf, stellte sich neben Philo und schaute ihm lange und ernst in die Augen. »Ich werde dich immer gerne anschauen. Aber ehrlich gesagt, würde ich es begrüßen, auch mal ein wenig mehr von dir sehen zu dürfen.«

Ein kleines verführerisches Lächeln stahl sich auf ihre Lippen, und erwartungsvoll verharrte sie so, eine Hand auf seinem rechtem Arm.

Philo hatte mit einem Mal einen komplett trockenen Mund. Die Zunge klebte an seinem Gaumen, und er brachte kein Wort heraus. Das Herz raste und schlug fest in seinem Hals. Kalter Schweiß trat auf seine Stirn.

Nele bemerkte die offenkundigen Veränderungen. »Sachse! Was hast du? Geht es dir nicht gut?« Nele sprach Philo immer nur mit seinem Nachnamen an, auch wenn das zu den wenigen Dingen gehörte, die ihm nicht gefielen. Aber was jetzt hier passierte, gefiel ihm auch ganz und gar nicht.

»Ich glaube, ich habe eine ausgewachsene Panikattacke«, nuschelte er und nahm mit zitternder Hand sein Wasserglas zum Mund, wobei einige Tropfen daneben gingen und an seinem Kinn herunterliefen.

»Na du bist mir ja ein echter Gentleman«, meinte Nele, und Philo konnte in seinem Zustand nicht wirklich erkennen, ob sie Spaß machte oder ob es ihr ernst war mit dem, was dann kam.

»Da macht dir eine attraktive junge Frau, mit der du im Übrigen bereits sechs Monate schön keusch deinen Spaß hattest, ein eindeutiges Angebot, dass sie nun endlich bereit sei. Und du kriegst einfach eine *Panikattacke*. Was ist denn los mit dir?«

»Kann ich mich wohl einen kleinen Moment hinlegen? Bitte Nele!«

»Nichts anderes hatte ich doch vor, du Einfaltspinsel. Warum dieser Umweg?«

Sie nahm Philo an der Hand und führte ihn in das Nachbarzimmer, in dem ein breites Bett, ein Kleiderschrank und diverse halb leergeräumte Kartons standen. Wieder in ihrer gewohnten fröhlichen Art drückte sie Philo auf die Matratze und zog ihm die Schuhe aus. »So, jetzt leg dich erst mal hin, mach es dir gemütlich und ich komme gleich wieder zu dir. Aber nicht einschlafen, hörst du?« Ein süßes Lachen und zwinkernde Augen begleiteten ihre Worte.

Erneut begann Philos Herz zu rasen. Wie sollte er das nur erklären? Wieso hatte er sich nicht besser auf diesen Moment vorbereitet? Die ganzen sechs Monate hatte er den Gedanken daran verdrängt, dass genau das hier passieren musste. Früher oder später. Aber wenn er jetzt ging und kniff, würde ihm Nele das verzeihen, auch ohne Erklärung seinerseits? Oder sollte er eine Geschichte erfinden? Aber ihm fiel nichts Plausibles ein. Er war gesund, sie kannte ihn gut genug. Bisher hatte er noch nie eine Panikattacke gehabt, zumindest nicht in ihrem Beisein. Der Zusammenhang musste für sie eindeutig sein. Oder sollte er ihr vielleicht doch die Wahrheit sagen? Nein, auf keinen Fall. Das wäre einfach zu peinlich. Wahrscheinlich würde sie ihn auslachen, und das könnte er nicht ertragen.

Weiter kam er nicht mit seinen Gedanken, da Nele in diesem Augenblick wieder das Zimmer betrat, allerdings splitternackt.

Das Ende kam dann heftig und für Philo unerklärlich schnell und radikal. Er sprang aus dem Bett und jammerte mehr, als dass er es sagte: »Nele, bitte sei mir nicht böse. Aber ich kann das nicht.«

»Kannst du nur jetzt nicht oder grundsätzlich?«, kam prompt die Frage mit einer Kälte, die Philo noch nie bei seiner Freundin gehört hatte.

»Ich kann einfach nicht«, antwortete er etwas ruhiger. »Im Moment kann ich dir das nicht erklären, vielleicht später.«

»Nee du. Ein Später wird's nicht geben. Interessiert mich nämlich nicht mehr.« Nele stand jetzt ganz ruhig vor ihm. Alles Freundliche, Mädchenhafte war aus ihrem Gesicht verschwunden. Die Arme unter ihrer kleinen Brust verschränkt stand sie da ohne jede Scham mit eisigem Blick und einer schneidenden Ruhe. Sie schmiss ihn nach allen Regeln der Kunst aus ihrer Wohnung und ihrem Leben. Das Letzte, was Philo noch von ihr hören musste, war: »Meine Scheine in Philosophie krieg ich auch von jemand anderem.«

Der Schmerz über die Demütigung hatte etwa zwei Stunden angehalten. Philo hatte sich mit einer Tasse Tee in sein Büro in der Uni gesetzt. Als er um drei Uhr zu seinem nächsten Seminar aufbrechen musste, war er innerlich und äußerlich schon wieder relativ ruhig.

Und jetzt am Abend, mit einem Bier in der Hand in seinem WG-Zimmer, war er sogar dankbar, dass alles so gekommen war. Erstens war damit die verbotene Beziehung zu einer Studentin Vergangenheit, er musste also auch nichts mehr verheimlichen. Zweitens war er nicht mehr der Gefahr ausgesetzt, sich den Folgen seiner verkorksten Kindheit stellen zu müssen. Und das war das Wichtigste.

Philo schüttelte sich, als würde er sich ekeln. Dann erschien ein schiefes Lachen auf seinem Gesicht.

Na ja. Vielleicht einmal in einer Therapie. Später. Viel später.

Er setzte sich bequem auf sein Bett und lehnte seinen Rücken an die Wand. Er wohnte gerne hier in der WG mit seinen beiden Freunden, und das schon über so viele Jahre hinweg. Er hoffte inständig, dass sich dieser Zustand auch mittelfristig nicht ändern möge. Bei Raster hatte er da keine Sorgen. Er liebte Sabine – und natürlich auch deren Fürsorglichkeit, die den beiden Männern so manche Putzaktion oder manchen Einkaufsweg ersparte. Philo grinste und nahm einen Schluck aus seiner Bierflasche. Sein Grinsen steigerte sich sogar in ein leises Glucksen, als er daran denken musste, wie die drei sich kennengelernt hatten.

Oktober 1989. Raster war, wie sie später erfuhren, erst wenige Wochen zuvor aus der Karibik zurückgekommen. Alle drei waren sie Jugendliche aus Dortmund-Hörde, die sich zwar sicherlich schon einmal gesehen hatten, aber in unterschiedlichen Kreisen, Schulen und Sportvereinen aufgewachsen waren. Man kannte sich nicht wirklich und schon gar nicht per Namen. An diesem bewussten Tag Ende Oktober hatten sie jedoch alle denselben Plan. Man wollte Geld am Weltspartag zur Hauptstelle der Sparkasse in Hörde bringen. So fanden sie sich zufällig zur gleichen Zeit, um etwa 16 Uhr, dort ein, wie natürlich auch einige Kinder mit ihren Müttern und ein paar Erwachsene.

Im Nachhinein stand in den Zeitungen, dass keiner, weder die Polizei noch die Bankangestellten, verstehen konnten, warum ausgerechnet an einem solch betriebsamen Nachmittag ein Bankräuber auf die Idee kam, die Hörder Sparkasse auszurauben. Aber so war es nun einmal. Raster, Sabine und Philo standen in drei unterschiedlichen Schlangen vor den Schaltern und warteten, als urplötzlich ein vermummter Mann mit Parka und einer tief über die Augen gezogenen Baseballkappe in den Raum stürzte. In der linken Hand hielt er eine große Plastiktüte von Aldi, in der rechten zur allgemeinen Bestürzung eine Pistole. »Alles hinlegen!«, brüllte er und als wäre das kein Widerspruch: »Keiner rührt sich!« hinterher. Der zweite Befehl war den Besuchern der Sparkasse und auch den Angestellten offensichtlich einleuchtender, oder alle waren vom Schock dermaßen gelähmt, dass keiner Anstalten machte, sich auf den ohnehin sehr dreckigen Fußboden zu legen. Irritiert hob der Mann die Waffe und zielte wahllos auf eine ihm nahestehende Frau. »Ich sagte: alle hinlegen!« Jetzt verstanden sie. Man legte sich teils schneller, teils langsamer hin, je nachdem, wie weit sich die Schockstarre schon gelöst hatte und je nach körperlicher Beweglichkeit. Schließlich lagen alle, wobei geraunt und getuschelt wurde, was dem Bankräuber natürlich wieder gar nicht gefiel.

»Schnauze! Sofort!«, brüllte er in die Runde, woraufhin tatsächlich augenblicklich Ruhe einkehrte. Er ging nach vorne und sprach mit der erstbesten Angestellten. Was, konnte Philo damals allerdings nicht verstehen.

Und dann passierte etwas, das für die drei späteren Freunde zu einer markanten Tugend werden sollte. Sie lagen alle drei in einem Abstand von zwei Metern zu dem nächsten auf dem Boden, hatten aber, da sie etwa gleichweit in ihrer Schlange gestanden hatten, nach rechts beziehungsweise links Sichtkontakt zueinander. Der bewaffnete Mann stand direkt vor dem mittleren von ihnen. Philo meinte sich erinnern zu können, dass da Sabine lag. Die drei suchten – warum auch immer –

den Blickkontakt zu den beiden anderen und verstanden sich sofort ohne Worte. Als hätte jemand »Achtung, fertig, los« gesagt, sprangen die drei Jugendlichen gleichzeitig auf. Raster schlug dem völlig perplex dreinschauenden Mann die Waffe aus der Hand, während die anderen sich auf ihn warfen und mit Rasters Hilfe auf dem Boden festhalten konnten. Schnell schaltete die Angestellte, die gerade noch mit dem Räuber verhandelt hatte, und warf eine Kordel über ihr Sicherheitsglas, mit der der Bankräuber an Händen und Füßen gefesselt wurde. Unbändiger Jubel brach aus. Die drei wurden gefeiert, umarmt und zu ihrem Leidwesen von einigen Müttern inniglich geküsst. Erst Minuten später wurde ihnen selber klar, was sie da vollbracht hatten, und ein verlegenes Grinsen und tiefe Röte breitete sich auf ihren Gesichtern aus.

Was Sabine, Raster und er in den nächsten Wochen erleben konnten und mussten, würde er wohl nie vergessen. Ehrungen und Interviews, Lokalfernsehen, der WDR, Empfang im Rathaus, und eine Belohnung von der Sparkasse und der Stadt Dortmund gab es obendrauf, die später zum Grundstock für ihre gemeinsame Wohnungseinrichtung in der Großen Heim Straße wurde.

19. KAPITEL

Die letzten Wochen des vergangenen Jahres waren für Sabine wie im Flug vergangen. Kaum konnte sie sich an eine ähnlich intensive Zeit erinnern. Vielleicht vor eineinhalb Jahren, als sie zusammen mit Raster und Philo einem Freund geholfen hatte, dessen entführte Frau zu finden. Nur diesmal war das Erregungsgefühl schön, beflügelnd, ja sogar beängstigend aufwühlend.

Es hatte damit begonnen, dass sie an dem Abend in Böttgers Haus beschlossen hatte, die Sanitäter zurückzuschicken. Lydias Vitalfunktionen waren stabil, sie hatte zwar noch Schmerzen an der Bissstelle, aber es gab keine Hinweise auf lebensgefährliche Komplikationen, die sich hätten zeigen können.

»Ich sage dem Bereitschaftsdienst Bescheid, dass ich noch einige Zeit hier Wache halte. Eine Einweisung ist nicht notwendig. Fahrt ihr ruhig wieder zurück. Wenn etwas Dringendes reinkommt, muss ich halt hier abgeholt werden. Ist das in Ordnung?«

Die beiden Sanitäter nickten bereitwillig und zogen ab.

Im Moment ihrer Abfahrt erschien die Polizei, die Sabine sofort benachrichtigt hatte, als ihr klar geworden war, dass der seltsame Mann vor dem Haus kein anderer als der gesuchte »Spinnenmörder« war.

Die Beamten traten ins Haus und wurden von Böttger direkt in die Küche geleitet, wo das Häufchen Elend noch immer zitternd auf einem Küchenstuhl hockte, in eine Decke gehüllt, vor sich eine dampfende Tasse Tee, die er bisher nicht angerührt hatte.

Sabine schilderte ihnen die Situation des Auffindens und die wenigen Worte, die sie von dem Unbekannten erfahren hatte.

»Haben Sie denn die Identität des Mannes feststellen können?«, fragte einer, was Sabine verneinen musste.

»Können Sie uns Ihren Namen nennen?«, versuchte er es direkt, was bei dem schlotternden Etwas keinerlei Reaktion hervorrief.

»Dürfen wir einmal Ihre Taschen durchsuchen?«

Wieder keine Antwort.

Vorsichtig legte der Beamte eine Hand auf die Schulter des Mannes, während er gleichzeitig mit der anderen die Taschen der völlig durchweichten Jacke und der Hose durchsuchte. Seinem Gesicht nach zu urteilen, rechnete er jeden Moment mit einem um sich schlagenden Verrückten, der ihn mit seinen Zähnen packen und verschlingen könnte. Schließlich förderte er eine alte Geldbörse zutage, in dem sie einen Personalausweis fanden, der den Mann als einen gewissen Karl Vollmer, wohnhaft in Dortmund auswies. Erleichtert trat der Polizist einige Schritte zurück.

Ein Anruf wurde getätigt, und nachdem der Beamte ein paar Sekunden gelauscht hatte, meinte er, sie könnten hier gar nichts tun, das wäre allein Sache des BKA.

»Wir sollen ihn mit aufs Präsidium nehmen, dann übernehmen die Kollegen. Also auf geht's!«

»Das kommt überhaupt nicht infrage!«, insistierte Sabine sofort. »Dieser Mann muss zunächst in stationäre Behandlung. Er ist total unterkühlt und scheint außerdem psychische Probleme zu haben. Ich weise ihn hiermit ein. Sie können ihn natürlich gerne bewachen, wenn Sie wollen«, fügte sie noch hinzu, während sie aus ihrem Arztkoffer eine Notfalleinweisung herauszog und ausfüllte.

»Die Krankenkasse habe ich leider nicht. Das muss einfach mal so reichen.«

Sie übergab einem der Beamten das ausgefüllte Formular. »Ich kann mich darauf verlassen, dass Sie ihn sicher in die Psychiatrie an der Münsterstraße bringen?«

Die beiden Polizisten nickten etwas irritiert, weil sie gerade anderslautende Befehle von ihrer Zentrale bekommen hatten, jetzt aber die ärztliche Gewalt anerkennen mussten. Sie verfrachteten den ins Leere schauenden Vollmer in ihren Wagen, gaben die Decke zurück und verabschiedeten sich mit der Bemerkung: »Das BKA wird sich bei Ihnen melden, Frau Doktor.«

Stirnrunzelnd ging Sabine langsam zurück ins Haus. Was war nur mit diesem Mann los? Er hatte auf sie neben seiner offensichtlichen psychischen Störung einen durchaus sympathischen Eindruck gemacht. Man sah, dass er früher viel gelacht haben musste. Seine jetzt getrübten, fast gebrochenen Augen wurden von Lachfältchen umspielt. Was trieb einen Mann dazu, ein solch perfides Spiel zu spielen? Erst Plastikspinnen auszusetzen, dann echte und teilweise lebensgefährliche Exemplare auf die Menschen loszulassen. Und jetzt dieser scheinbar gezielte Angriff auf ein kleines Mädchen? Warum? Sabine beschloss, sich weiter um die Sache zu kümmern. Doch zunächst einmal war Lydia die Hauptperson.

Diese war mittlerweile eingeschlafen, nachdem Sabine die Infusion abgehängt, den Zugang aber sicherheitshalber noch belassen hatte. Böttger hatte die Tür zu dem Kinderzimmer angelehnt und erwartete Sabine im Hausflur.

»Haben Sie etwas dagegen, wenn wir uns in die Küche setzen?«, fragte er. »Dann sind wir näher bei ihr, als wenn wir ins Wohnzimmer gehen würden.«

»Gerne«, meinte sie und folgte Böttger in die Küche, wo immer noch einsam die Tasse Tee auf dem riesigen Ahornholztisch stand.

»Möchten Sie etwas trinken, Frau Doktor? Vielleicht ein Wasser, auch einen Tee oder etwas anderes? Sie glauben gar nicht, wie dankbar ich Ihnen bin, dass Sie noch bleiben. Alleine hätte ich doch Sorge, dass irgendwelche Nachwirkungen auftreten könnten, die ich dann nicht beherrschen kann. Ich habe zwar selbst eine Pflegerausbildung, aber das ist lange her. Ich fühle mich einfach sicherer so.«

»Das verstehe ich. Und ich bleibe gerne noch etwas hier. Allerdings habe ich Bereitschaftsdienst und kann jederzeit bei einem Notfall abgerufen werden. Und ein Tee wäre wunderbar. Danke!« Sabine lächelte ihren Gastgeber an und schaute sich dann in der Küche um, während Böttger den Wasserkocher bediente.

Der Raum war sicherlich 30 Quadratmeter groß. Auf einer Seite befand sich eine zweite Tür, die offen stand. Dahinter konnte Sabine schemenhaft im Halbdunkel einen Esstisch mit acht Stühlen erkennen. Die Küche wirkte kühl und steril. Nirgends stand ein gebrauchter Gegenstand. Keine Teller, keine Töpfe, nicht einmal benutzte Gläser zeugten von einer normalen alltäglichen Nutzung. Die hochwertige Marmorarbeitsplatte glänzte, und die darauf befindlichen und in die Schränke integrierten Geräte, deren Funktion Sabine teilweise nicht erkennen konnte, sahen aus wie neu.

»Kochen Sie denn gar nicht für sich und Ihre Tochter? Es sieht alles so unbenutzt aus?«, fragte sie direkt und errötete auch sofort, als ihr bewusst wurde, dass sie das eigentlich gar nichts anging.

Lachend drehte sich Böttger zu ihr um. »Nein. Ich selber kann ehrlich gesagt gar nicht kochen. Ich bin auch einfach zu viel beruflich unterwegs. Wir haben eine Haushaltshilfe und ein Kindermädchen. Die kümmern sich um alles. Vor allem die Haushaltshilfe ist sehr ordentlich und penibel. Mir ist es sogar manchmal ein wenig zu steril hier, wenn ich mir mal selber einen kleinen Snack zubereiten will. Aber so ist sie nun mal.«

Mit diesen Worten stellte er ein Tablett auf den Tisch, auf dem sich eine Teekanne, zwei Tassen, Zitronenscheiben mit der dazugehörigen Presse, eine Zuckerdose aus feinem Porzellan, die Löffel und ein Kännchen Milch aus dem gleichen Service befand.

Wer ist hier penibel, fragte sich Sabine, während sie ein leises Stöhnen aus dem Kinderzimmer wahrnahm, das aber auch bald schon wieder erstarb.

Sie lehnte sich zurück und schaute Böttger an. »Das ist schon eine verrückte Sache mit dem Mann, der es offensichtlich direkt auf Ihre Tochter abgesehen hatte. Haben Sie irgendeine Idee, wieso? Ich meine, es handelt sich hier um *den* Mann, der die ganze Republik mit seinen Spinnen in Atem gehalten hat, aber immer im Hintergrund geblieben ist. Und jetzt dieser eindeutig persönliche Angriff?«

Sabine goss etwas Tee in ihre Tasse, gab Zucker und Zitrone dazu und nahm einen Schluck. Noch nie hatte sie einen so erlesenen Tee getrunken. Daran könnte sie sich gewöhnen.

Mark Böttger schaute ernst in seine leere Tasse und schien mit den Tränen zu kämpfen. »Ich habe mir auch schon das Hirn darüber zermartert. Aber ich habe einfach keine Idee. Warum sollte jemand so etwas tun? Ich bin einfach nur stellvertretender Direktor des Zoos. Ich habe eine behinderte Tochter, meine Frau ist vor Jahren gestorben. Wir haben keine Feinde. Also: Was soll das?«

Sabine legte beruhigend eine Hand auf seinen Arm. »Wahrscheinlich ist er einfach nur ein Spinner. Wenn auch ein gefährlicher. Ich bin mir sicher, er hat Sie und Ihre Tochter einfach aus einer Laune heraus zufällig ausgesucht. Etwas anderes kann ich mir nicht vorstellen. Hatten Sie denn jemals intensiver mit Spinnen zu tun?«

Böttger schaute auf und lachte Sabine an. »Bei meinem Job! Natürlich. Außerdem habe ich über zwei Jahre das Terrarium im hiesigen Zoo geleitet. Mit Spinnen kenne ich mich bestens aus. Aber das kann doch kein Grund sein, Ziel eines solch irrwitzigen Angriffs zu werden.«

»Da haben Sie natürlich recht«, meine Sabine kleinlaut. »Vielleicht etwas in Ihrem privaten Umfeld? Irgendwelche Neider? Ihnen scheint es doch gut zu gehen. Gibt es vielleicht jemanden, der Ihnen das nicht gönnt?«

Das Lachen war aus Böttgers Gesicht wieder vollkommen verschwunden. Er entschuldigte sich kurz und verschwand durch die Tür zu dem Esszimmer. Sabine hörte Eis in ein Glas klirren. Sekunden später erschien er wieder, einen Whiskey, wie Sabine vermutete, in der Hand.

»Bitte seien Sie mir nicht böse, aber ich brauche jetzt einfach etwas Stärkeres. Die ganze Sache hat mich doch ziemlich mitgenommen. Wissen Sie«, er nippte an seinem Drink, während er gegen die Küchenzeile gelehnt stehen blieb, »es war für meine Frau und mich schon ein gewaltiger Schock, als wir erfahren mussten, dass Lydia ein Downkind ist. Aber wir haben das irgendwie geschafft. Gott sei Dank hatten wir genug finanziellen Spielraum, alles zu tun, was notwendig war. Es funktionierte. Wir arrangierten uns mit allem und hatten unser kleines Mädchen einfach lieb. Doch dann war da dieser schreckliche Tag vor drei Jahren. Meine Frau war auf dem Weg zurück von einer Fortbildung für Eltern mit Kindern, die das Downsyndrom haben, aus Düsseldorf. Da passierte …«

»Sie müssen das nicht erzählen«, meinte Sabine, die spürte, wie sehr Böttger um Fassung rang. »Setzen Sie sich doch bitte wieder zu mir.«

Böttger schüttelte den Kopf, kam aber ihrer Aufforderung nach. »Es geht schon. Danke. Jedenfalls war da dieser Idiot von Geisterfahrer. Sie konnte nicht mehr entsprechend reagieren. Er raste frontal in ihr Auto hinein. Ich habe sie nie wieder gesehen. Ihr Körper war zu entstellt, sagte mir die Polizei später. Ich habe nur ihr Auto auf einem Foto gesehen. Schrecklich!«

Mark Böttger verbarg sein Gesicht hinter den Händen und schluchzte.

Verlegen rutschte Sabine näher und legte ihren rechten Arm um seine Schulter. »Ist schon gut«, sagte sie leise. »Ich versteh schon. Aber weinen Sie ruhig, wenn es Sie erleichtert. Der Verlust eines engen Angehörigen ist mir nicht fremd. Nehmen Sie sich alle Zeit der Welt.«

Böttger schaute aus rot geriebenen Augen auf. »Sie sind unglaublich nett, wissen Sie das? Ich wollte eigentlich nur sagen, dass …«, er holte ein Taschentuch aus seiner Hose und putzte sich die Nase, »dass privat so gar kein Grund besteht, dass uns jemand etwas antun könnte. Die Schicksalsschläge bis jetzt reichen einfach.«

Plötzlich kam Böttger eine vage Erinnerung, ja kaum mehr als eine Ahnung: Etwas vor einigen Jahren, das ihm Angst gemacht hatte. Es ging auch um ein Mädchen, und es hatte auch mit Spinnen zu tun. Aber er konnte sich beim besten Willen nicht genauer erinnern.

Sabine blieb still sitzen, drückte sanft die Schulter Böttgers und beobachtete sein Gesicht. Eine für sie nicht deutbare Regung, die nichts mit den Geschehnissen des Abends zutun haben konnte, war für Sekunden auf seinem Gesicht zu erkennen gewesen. Eine Sorgenfalte und ein Aufflackern von Angst. Dann war dieser Moment schon wieder vorbei, und Sabine war überzeugt, sich geirrt zu haben.

Nach zwei Minuten ging ein tiefer Seufzer durch den scheinbar zutiefst aufgewühlten Mann. Er setzte sich gerade auf, wischte sich mit beiden Händen übers Gesicht und stand auf. »Wollen wir vielleicht jetzt noch etwas trinken?«

Sabine ließ sich zu einem Glas stark verdünnter Weißweinschorle überreden, während sich Böttger ein weiteres großes Glas Whiskey einschenkte.

Erst früh am Morgen rief Böttger ein Taxi für Sabine, nachdem sie sicherlich zum fünften Mal nach der jetzt tief schlafenden Lydia geschaut hatten.

Eigenartig beseelt und ein wenig wie auf Wolken sank Sabine in ihr Bett. Kein weiterer Notruf störte sie, als sie in ihre Welt der Träume eintauchte.

20. KAPITEL

Dies alles war nun schon einige Wochen her, hatte aber für Sabine nur wenig von seiner Strahlkraft verloren. Raster und Philo hatten sich angewöhnt, Sabine »Honigkuchenpferd« zu nennen, da sie ständig mit einem breiten Grinsen auf dem Gesicht durch die WG schwebte, wie sie meinten.

Bereits zwei Tage nach dem Einsatz in Kirchhörde kam der erste Anruf. Mark Böttger hatte Sabine fast schüchtern gefragt, ob sie Lust hätte, sich abends mit ihm auf ein Bier oder ein kleines Abendessen zu treffen. Sie könne selbstverständlich Nein sagen, er hätte da absolutes Verständnis. Natürlich hatte Sabine *nicht* Nein gesagt, und so ergab sich ein Treffen nach dem anderen, und die Abstände wurden immer kürzer.

Böttger konnte wunderbar zuhören, wenn Sabine von ihren Erlebnissen auf dem Notarztwagen erzählte, und er brachte sie ständig mit Anekdoten aus dem Zoo zum Lachen. Wieder und wieder erwischte sie sich dabei, wie sie ihn fasziniert anschaute: Seine selbst im Winter gleichmäßig gebräunte Haut, seine starken Hände, die meist ruhig auf dem Tisch lagen, und vor allem seine blauen Augen, die Sabine verrieten, dass da viel mehr war, als einfach nur ein netter Mann mit einem interessanten Job. Dieses Geheimnis zu ergründen, wurde immer mehr ihr sehnlichster Wunsch.

Das, was sie am meisten irritierte, war allerdings etwas anderes, und das konnte sie sich selbst kaum eingestehen. Nur einmal bei ihrer Schwester Hanna in Herne verriet ihr Sabine nach einigen Gläsern Wein und mit hochrotem Kopf, was sie bewegte.

»Ich mag dir das am liebsten gar nicht erzählen«, fing sie zögerlich an. Hanna wartete geduldig ab und sagte nichts.

»Ich hab dir jetzt so viel von Mark vorgeschwärmt, aber eine Sache habe ich dir bisher nicht erzählt.« Wieder stockte sie, und diesmal ergriff ihre Schwester das Wort.

»Du meinst, dass er dich massiv an unseren Vater erinnert, denke ich mal.«

Erschrocken blickte Sabine von ihrem Glas auf. »Woher …? Wieso …?«, stotterte sie.

»Schwesterherz! Wir sprechen seit Jahren über dein Problem mit Männern, und mittlerweile weiß ich ja auch, dass du jeden potenziellen Freund mit Vater vergleichst. Ist es da nicht einfach logisch, dass dieser Mark genau dieses Kriterium erfüllt? Ich meine, du bist ja offensichtlich glücklich mit ihm.«

Sabine nickte stumm. »Findest du das schlimm oder abartig?«

Hanna goss beiden noch einen Schluck Wein ein und dachte lange nach. »Es muss nicht schlimm und schon gar nicht abartig sein, wenn du deine Objektivität nicht verlierst. Ich weiß«, beschwichtigend hob sie die Hände, »in der Liebe ist man nie wirklich objektiv. Aber es ist ein Unterschied, ob ich wegen ganz normalem Verliebtsein eine rosa Brille aufhabe oder ob ich partout will, dass der andere so ist, wie ich ihn eben gerne hätte. Verstehst du?«

Wieder nickte Sabine. »Du hast ja recht. Da ist ein gewisses Risiko. Aber ich verspreche dir, dass ich nicht die Augen verschließen werde. Wenn irgendetwas komisch ist oder mir nicht gefällt, sage ich ihm das – nachdem ich mit dir darüber gesprochen habe«, fügte sie lachend hinzu. Und damit war das Thema für diesen Abend beendet.

Sabines Tage verflogen nur so. Hatte sie Dienst, erledigte sie diesen wie immer gewissenhaft und ständig in erwartungsvoller Freude auf den Abend, wenn sie Mark wiedersehen konnte. Hatte sie keinen Dienst, ging sie den eigentlich gemeinschaftlichen Verpflichtungen in der WG nach, wobei es sie in dieser Zeit überhaupt nicht ärgerte, dass fast die gesamte Hausarbeit an ihr und ein wenig an Philo hängen blieb. Immer öfter übernachtete sie mittlerweile bei Mark, der sie mit leckeren Abendessen überraschte, wobei Sabine es noch aufregender gefunden hätte, wenn sie nicht gekauft, sondern selbst gekocht gewesen wären. Aber das schaffte Mark zeitlich einfach nicht. Ihr Verhältnis zu der kleinen Lydia wurde ebenfalls immer vertrauter, und einige Male schon hatte sie ein paar Stunden am Nachmittag mit ihr verbracht, wenn das Kindermädchen frei hatte und Mark arbeiten musste. Selbst das sexuelle Miteinander, auf das sich Sabine nach ihrem Geschmack eigentlich viel zu früh eingelassen hatte, war so harmonisch und voller Zärtlichkeiten, dass sich ihre Sorge darüber, ob sie es nicht doch etwas langsamer hätte angehen sollen, bald verflüchtigte.

Im Februar, während einer ihrer ausgiebigen Spaziergänge durch den Dortmunder Tierpark, kam der erste kleine Dämpfer in diese wunderschöne, aufregende Zeit des Kennenlernens und des sich Aufeinanderfreuens. Mark musste für zwei Wochen verreisen.

»Es wird jetzt ab dem Frühling wieder öfter vorkommen, dass ich wegmuss. Das ist halt mein Job, Liebste. Ich besuche Zoos in aller Welt, Naturschutzreservate in

Afrika und Asien, wo wir Partner haben, mit denen wir regen Austausch pflegen müssen. Bitte hab Verständnis dafür. Das Kindermädchen ist hier, und vielleicht kannst du dich ja auch ab und zu um Lydia kümmern. Und dann geht die Zeit wie im Flug vorbei. Glaub mir!« Zärtlich zog er Sabine an seine Brust, und sie kuschelte sich in seine warme Daunenjacke. Sie standen gerade vor dem Gehege der Waldhunde, die Sabine sonst immer so lustig fand. Heute jedoch konnten die dachsähnlichen Tiere kein Lächeln auf ihr Gesicht zaubern.

»Kannst du mich denn mal mitnehmen? Mich interessiert das sehr, was du da machst. Und Zeit genug hätte ich. Vielleicht nicht jetzt, aber irgendwann mal?«

»Bestimmt klappt das mal, Sabine. Nur jetzt leider nicht. Ich habe so viele Termine …« Unbestimmt hob Mark seine Arme. »Komm. Lass uns weitergehen. Mir wird kalt.«

Philo war zufrieden mit der neuen Situation. Sabine ging es gut, sie war fast ständig gut gelaunt, und er gönnte ihr das neue Glück. Andererseits gab es keine Anzeichen dafür, dass sich an der Wohnsituation etwas ändern würde. Sabine und Mark trafen sich nur außerhalb oder bei Mark zu Hause, und bisher war keine Bemerkung gefallen, dass sich Sabine wohnungstechnisch verändern wollte. Er ging seiner üblichen Arbeit nach und freute sich immer wieder, dass die unangenehme Erfahrung mit Nele überstanden war.

Bei Raster sah das Ganze allerdings anders aus. Nach wie vor quälte er sich mit Gedanken herum, wie er mit der neuen Liebe »seiner« Sabine umgehen sollte. Mal erwischte er sich bei gemeinen eifersüchtigen Fantasien, die er sofort wieder bereute, mal setzte er sich zum zigten Mal an seinen PC und googelte »Mark Böttger«, ohne irgendein interessantes Ergebnis zutage zu fördern. Seine Arbeit erledigte er unkonzentriert, und mit der Zeit wurde die Idee immer fordernder, einfach wieder einmal alleine Urlaub zu machen, um den Kopf freizubekommen.

21. KAPITEL

Beide trafen zu früh ein: Sowohl Raster als auch Johannes waren zu gespannt, was der jeweils andere zu erzählen hatte.

Raster hatte einen Tisch in einer kleinen Nische vorbestellt, damit sie sich ungestört unterhalten konnten. Er wusste, dass das Lokal gerade an einem Samstagabend gut besucht war.

Nach der freundlichen Begrüßung vertieften sich beide zunächst in die Speisekarten. Raster bestellte einen Grillspieß mit Kaninchenfleisch und Gemüse, Johannes eine gegrillte Dorade. Für beide sollte es ein paar kleine Tapas vorweg geben, die sie sich teilten. Als der Rioja gebracht worden war, die Gläser gefüllt und die ersten Schlucke getrunken waren, lehnten sich beide zurück und schauten sich lange in die Augen. Die Geräusche der Nachbartische versanken zu einem unverständlichen Gemurmel, und ohne es explizit auszusprechen, glitten sie gemeinsam in die Vergangenheit: 80er-Jahre, Karibik, Surfen, Sonne, Marihuana …

»Ich habe nie verstanden, warum du damals so urplötzlich verschwunden bist«, begann Johannes schließlich.

Raster schwieg erneut lange und schien nicht mehr anwesend zu sein, bis er seufzend aufblickte. »Du weißt doch noch, dass der einzige Kontakt, den ich nach Dortmund hatte, unser alter Kneipenwirt Bernd Neumann war.« Johannes nickte. »Wir hatten damals verabredet, dass ich mich alle paar Wochen telefonisch bei ihm melde, ihm kurz sage, dass es mir gut geht und so weiter. Er fühlte sich halt mitverantwortlich dafür, dass ein Minderjähriger einfach von Zuhause wegläuft, und auch noch gleich in die Karibik.« Johannes nickte erneut verständnisvoll.

»Ja. Und dann merkte ich eines Morgens mal wieder am Telefon, in dieser kleinen Pension, du weißt noch, westlich von unserem Strandabschnitt … Jedenfalls bemerkte ich, dass Bernd irgendwie komisch war. Nicht so wie sonst. Er war unkonzentriert, meinte, er müsse gleich die Kneipe öffnen und hätte nicht so viel Zeit.«

»War er krank, musstest du deshalb zurück? Aber das hättest du uns doch sagen können!«

»Ich habe einfach nicht locker gelassen«, fuhr Raster fort, ohne auf die Frage einzugehen, »ihn immer wieder gedrängt, doch zu sagen, was los sei, bis er mir schließlich erzählte, dass meine Mutter gestorben sei.«

»Was? Auch das hast du uns nicht gesagt! Wir waren beste Kumpels, Raster, und du haust einfach in einer Nacht-und-Nebel-Aktion ab, ohne ein Wort zu sagen? Ich verstehe das nicht!«

Raster schwenkte sein Glas und starrte traurig in das tiefe Rot des Riojas. »Das Problem war, dass sie nicht einfach so gestorben war, sondern, dass sie sich selbst getötet hat. Und mir war sofort klar, dass das nur einen Grund haben konnte.«

»Dass du von Zuhause weggelaufen warst«, ergänzte Johannes leise.

Raster nickte. »Ich habe mich so geschämt. Vorher schon wegen meiner Anrufe hier in Dortmund. Ich fand mich so uncool. Deshalb habe ich das immer gemacht, wenn ihr morgens noch geschlafen habt. Und als dann auch noch das passierte, wollte ich nur noch weg. Ich konnte einfach mit keinem darüber reden. Ich hatte das Gefühl, nicht richtig zu euch zu gehören, verstehst du? Bei euch lief alles glatt, ihr ward volljährig, erfülltet euch den Traum, den ihr immer gehabt hattet. Und ich war abhängig von euch, hatte ein schlechtes Gewissen meinen Eltern gegenüber, musste ständig in Deutschland anrufen und so weiter. Es fühlte sich einfach nicht richtig an.«

Johannes nickte versonnen und setzte gerade zu einer Erwiderung an, als die Tapas gebracht wurden. Beide widmeten sich zunächst einmal ihren Tellern, und Raster hatte zum ersten Mal die Gelegenheit, seinen alten Freund etwas genauer zu mustern. Den Eindruck, den er erst gehabt hatte, als er ihn in seinem Büro wiedergesehen hatte, musste Raster jetzt korrigieren. Der jugendlich verschmitzte Gesichtsausdruck war durch die vielen Fältchen hervorgerufen worden, die vielleicht noch vom vielen Lachen vergangener Jahre stammen mochten. In Wirklichkeit sah Johannes verbittert und ernst aus. Seine Augen wanderten unruhig hin und her, und selbst wenn er jetzt lachte, schien es, als würde nur der

Mund lachen, sonst aber nichts. Seine ganze Körperhaltung strahlte eine gewisse Verkrampfung aus. Er wirkte überhaupt nicht entspannt. Nein, Johannes ging es nicht wirklich gut. Was hatte er wohl gemacht in den letzten Jahren? Was war mit ihm passiert?

»Und was war dann hier zu Hause wirklich passiert?«, nahm Johannes nach einigen Bissen den Faden wieder auf. »Ich meine, deine Mutter hat sich doch nicht wirklich wegen dir umgebracht, oder?«

»Mein Vater hat es mir später erklärt. Er sagte, dass meine Mutter schon seit Jahren unter schweren Depressionen gelitten hätte. Wir Kinder haben das so direkt gar nicht mitbekommen. Unser Verhältnis war ja auch nicht gerade das beste, wie du weißt. Jedenfalls ist sie kurz vor dem Selbstmord auf ein neues Medikament umgestellt worden, und das hat sie offenbar nicht vertragen. Es hat allerdings lange gedauert, bis ich den Gedanken aus dem Kopf bekam, selbst schuld an ihrem Tod gewesen zu sein. Kannst du das verstehen?«

Johannes kaute langsam, schluckte bedächtig, und dann stahl sich ein Raster nur zu bekanntes Grinsen auf sein Gesicht. »Hey Mann. Gut, dass das endlich geklärt ist. Danke, dass du so offen warst!«

Auch Rasters Gesicht entspannte sich. Sie prosteten sich zu und lobten die Tapas und den Wein.

Nach dem Essen waren sich beide einig, nicht noch in eine andere Kneipe zu gehen. Stattdessen bestellten sie eine weitere Flasche Wein und schwelgten in Erinnerungen an die kurze aber intensive Zeit auf Mayaguana. Unweigerlich kam das Gespräch wenig später auf den Tod der beiden Freunde. Johannes erzählte sehr detailliert, was beiden zugestoßen war. Wieder verfinsterten sich die

Mienen der beiden, und wieder folgte ein längeres Schweigen, in der sich Raster jedoch auch fragte, woher Johannes das alles so genau wissen konnte. Er sagte aber nichts.

»Jetzt ist mal genug mit Trübsinnblasen«, meinte Raster. »Erzähl mir doch lieber mal genau, wofür du im Rathaus zuständig bist und wie du überhaupt wieder nach Dortmund gekommen bist.«

Johannes nahm einen tiefen Schluck aus seinem Glas. »Das mit Dortmund hat sich einfach so ergeben. Ich habe in Tübingen und Stuttgart studiert und danach halt einen Job gesucht. Na ja, war nicht einfach damals, im höheren Verwaltungsbereich etwas zu finden. Aber ich hatte immer noch Kontakt zu einem alten Schulfreund hier in Dortmund. Der erzählte mir, dass die im Rathaus genau so einen wie mich suchten. Und das war's auch schon.«

»Und was genau machst du da?«

»Ach, das sind so bestimmte Projekte und Einrichtungen, für die ich verwaltungstechnisch verantwortlich bin. Da ist als Größtes der Hafen. Der beschäftigt mich bestimmt die Hälfte meiner Zeit. Dann sind da ein paar Museen und nicht zu vergessen der Dortmunder Zoo.«

»Du bist für den Zoo verantwortlich?« Raster saß mittlerweile kerzengrade auf seinem Stuhl. »Kennst du zufällig auch einen gewissen Mark Böttger, den stellvertretender Direktor?«

»Ja sicher«, meinte Johannes leichthin. »Das ist mein Hauptansprechpartner. Warum fragst du?«

Raster hatte bereits den Mund geöffnet, um seinem Freund von Sabine, seinem Misstrauen gegenüber ihrem neuen Partner und seinen eigenen Gefühlen zu erzählen, beherrschte sich aber im letzten Moment. »Ach. Es geht da nur um einen Zeitungsbericht vor einigen Wochen, wo über seine gute Arbeit für den Zoo berichtet wurde. Wie viel Zeit er investiert, um den Bestand zu halten und gleichzeitig für das Wohl vor allem afrikanischer Tiere besorgt ist. War ganz interessant.«

Warum log er so schamlos? Hatte er kein Vertrauen zu seinem alten Freund? Raster wunderte sich über sich selbst, vertraute aber seinem Instinkt. Vielleicht lag es ja einfach daran, dass sie sich so lange nicht gesehen hatten.

»Ich verstehe. Ja, er ist ein engagierter Mann, das muss man ihm lassen. Und das, obwohl er es auch nicht gerade immer leicht gehabt hat«, antwortete Johannes.

»Du meinst wegen seiner Frau und seiner Tochter?«

»Ja. Erst bekommen sie ein behindertes Kind, und dann läuft ihm ausgerechnet in dieser Familienkonstellation die Frau weg, warum auch immer. Aber er hat das …«

»Entschuldige, Johannes. Die Frau ist ihm weggelaufen? So, wie ich gehört hatte, ist seine Frau bei einem Verkehrsunfall ums Leben gekommen. Das verstehe ich jetzt nicht. Bist du dir da ganz sicher?«

Johannes, der gerade sein Glas zum Mund führen wollte, hielt mitten in der Bewegung inne. Raster beobachtete ihn genau und konnte fast greifbar spüren, wie es in Johannes' Gehirn arbeitete. Was hatte er nur?

Dann brach Johannes urplötzlich in ein lautes Lachen aus. Er knallte sein Glas auf den Tisch. »Ach Quatsch! Ich Blödmann. Ich habe gerade den Mark Böttger mit einem Andreas Böttger aus dem Rathaus verwechselt. Der hat mir nämlich erst vor Kurzem erzählt, dass ihn seine Frau vor einigen Jahren verlassen hatte.« Johannes wurde wieder ernst. »Nein! Natürlich hast du recht. Marks Frau ist ganz tragisch umgekommen. Ist jetzt auch schon eine Weile her. Aber wie gesagt, er hat das alles gut weggesteckt. Ist ein prima Partner für mich. Ich komme gut mit ihm klar.«

Nach einer weiteren Stunde und einer weiteren Karaffe Wein verabschiedeten sich die beiden von einander. Jeder ging seiner Wege. Raster hatte viel nachzudenken.

22. KAPITEL

Jedes Mal war es für ihn ein unangenehmes Erlebnis. Eine Reise mit unsicherem Ausgang. Na ja, Reise war etwas untertrieben. Es war eine Tortur sondergleichen: Zunächst der Flug nach Abuja, der Hauptstadt Nigerias, das ging ja noch. Aber danach blieb vieles dem Zufall überlassen. Sollten seine Assistenten es geschafft haben, einen Charterflug zu organisieren, brauchte er nur mit einem Taxi zu einem 20 Kilometer entfernten kleinen Privatfughafen zu fahren, um dort den Anschlussflug zu nehmen. Sollte das aber nicht gelungen sein, wurde es kompliziert. Denn dann musste er selber im Hauptflughafen ein Flugzeug inklusive Pilot finden, was sich jedes Mal als äußerst schwierig darstellte und auch schon einmal zwei bis drei Tage dauern konnte. Etwa bei der Hälfte seiner Reisen in den Nordosten Nigerias war es so gewesen. Diesmal glücklicherweise nicht.

Und so stand er nun zum wiederholten Mal in brennender Hitze an der Ausfallstraße nach Norden in der Stadt Doro Gowon ganz im Nordosten Nigerias. Er hatte die vereinbarte verschlüsselte SMS abgesetzt und wartete nun. Obwohl er hier schon so oft gestanden hatte, erfasste ihn jedes Mal aufs Neue eine diffuse Angst: vor den Männern, die ihn gleich oder bald abholen würden, vor ihrer Unberechenbarkeit und vor allem vor ihrer unsäglichen Gewaltbereitschaft. Natürlich kannte man das aus den Nachrichten, und vor seiner ersten Kontaktaufnahme hatte er mit gruselndem Erschauern von den Gräueltaten gelesen und gehört. Aber damals war auch ein gewisser Unterhaltungswert dabei gewesen wie bei einem guten Horrorstreifen. Jetzt jedoch kannte er die Männer teilweise von Angesicht zu Angesicht. Und was man da las, ließ einem das Blut in den Adern gefrieren.

Aber er hatte es so gewollt. Als ihm damals ein nigerianischer Hilfsarbeiter stolz von seinem Kontakt zu der Gruppe erzählt hatte und was für ein enormes Potenzial dort zu holen war, hatte er nicht anders gekonnt, als den Köder zu schnappen. Es war ihm schon bewusst gewesen, welch großes Risiko er auf sich nahm, aber wie meistens in seinem Leben hatte das lockende Geld den Ausschlag gegeben. Nach wochenlangen Verhandlungen, noch längeren Zeiten des Schweigens – in denen er wahrscheinlich auf Herz und Nieren überprüft worden war – kam es dann endlich vor drei Jahren zum ersten Kontakt.

Schweiß bedeckte sein Gesicht, und er fror trotz der Hitze. Als er ein fernes dumpfes Grollen hörte, wusste er, dass es gleich losgehen würde. Die diffuse Angst von gerade verwandelte sich schlagartig in konkrete Panik vor dem Sack, den man ihm gleich über den Kopf ziehen würde. Er konnte ihn förmlich schon riechen: feuchte Erde, saurer Schweiß, Angst. Aber man hatte ihm klargemacht, dass es anders nicht ging.

Zwei schwere Pick-ups nährten sich in einer Staubwolke und blieben rutschend vor ihm stehen. Auf den Ladeflächen sah er etwa zwölf schwarz gekleidete und vermummte Männer, alle mit Maschinenpistolen in der Hand. Auf dem Führerhaus des ersten Wagens wehte eine Flagge mit den unverkennbaren zwei Maschinengewehren, wie ein V ausgerichtet, dazwischen der aufgeschlagene Koran und darüber der Wahlspruch der Terrormiliz »Boko Haram«: *»Vereinigung der Sunniten für den Ruf zum Islam und für den Dschihad«*.

23. KAPITEL

Philo saß konzentriert über einer Abhandlung, die sich mit den Philosophen der frühen Aufklärung beschäftigte, und bereitete damit seine nächsten Seminare vor. Er sinnierte gerade über einem komplizierten Satz von Fichte, als er einen lauten Schrei aus Rasters Zimmer hörte. Vor Schreck fiel ihm sein Kugelschreiber aus der

Hand, und sein Herz setzte für gefühlte zehn Sekunden aus. Er sprang auf, stürzte in das Nachbarzimmer und fand einen vollkommen aufgelösten Raster, der auf seinem Bett herumsprang und grölte wie ein alter Indianerhäuptling. Sein Laptop drohte durch die Hopserei vom Bett zu fliegen, und Philo konnte ihn gerade noch retten.

»Bist du von allen guten Geistern verlassen? Ich habe fast einen Herzinfarkt bekommen«, schimpfte Philo. »Was ist denn in dich gefahren? Hast du die Lottozahlen von nächster Woche geknackt? Raster! Hör doch bitte mal mit der Springerei auf und beruhige dich!«

Der Angesprochene guckte verdutzt auf Philo herunter, als würde er ihn jetzt erst wahrnehmen. »Ach, gut dass du kommst, mein alter Philosoph. Du errätst nicht, was ich ...«

Wie immer, vor allem wenn er aufgeregt war, ließ er den letzten Teil des Satzes weg, da er meinte, sein Gegenüber wüsste schon, was er sagen wollte.

Raster stieg endlich von seinem Bett herunter, nahm Philo den Laptop aus der Hand und setzte sich auf die Bettkante. Dann klopfte er einladend neben sich und grinste Philo breit an.

»Philo, du hirnbetonter Professor, ich bin eben doch der Schlaueste. Ich habe ihn endlich gefunden.«

»Wen hast du gefunden?«

»Na den Stein der Weisen, des Pudels Kern, die Kirsche auf der Ananastorte, ist doch vollkommen egal. Jedenfalls habe ich Mark Böttger gefunden. Und zwar in einem höchst diffizilen Zusammenhang.«

»Du hattest doch die Internetrecherche schon aufgegeben. Da war einfach nichts zu holen, hast du immer behauptet.«

»Ja und nein.« Raster öffnete die Klappe seines Laptops und wies auf eine Reihe von Zeichen und Buchstaben über etwa 30 Zeilen, die Philo wie Hieroglyphen vorkamen.

»Und was ist das?«, fragte er neugierig geworden.

»Das, mein lieber unwissender Freund, ist ein Algorithmus, mit dem eine Suchanfrage im Internet eine gewisse Redundanz erfährt.«

Philo schaute Raster tief in die Augen. »Lieber *wissender* Freund. Mach es nicht so spannend! Was bedeutet das alles?«

»Pass auf! Normalerweise findet das dumme Internet nur das, wonach du auch exakt suchst. Also gibst du zum Beispiel den Namen »Paul Ehrlich« ein, wird er dir keinen »Paul Ehrling« hervorzaubern. Verstehst du?«

Philo nickte.

»Die großen Suchmaschinen«, fuhr Raster fort, »wie Bing und Google haben zwar bereits ihre eigenen Algorithmen, wo Kreuzverbindungen angezeigt werden, aber es ist alles noch sehr willkürlich und vor allem davon abhängig, ob innerhalb der Seiten Links zu einem ähnlichen Wort bestehen. Sind diese nicht vorhanden, wird auch keine Verbindung aufgedeckt. Klar?«

»Geht so«, meinte Philo nachdenklich, »Aber jetzt sag doch mal endlich, wo du diesen Mark Böttger aufgetrieben hast.«

»Mit meinem Algorithmus habe ich die Suche verallgemeinert, sozusagen unkonkret gemacht. Also ob die Person jetzt Mark oder Marc heißt, ist egal. Das hätte Google auch noch geschafft. Vor allem aber bei dem Nachnamen bin ich sehr großzügig geworden. Alles, was irgendwie ähnlich klingt, ähnlich geschrieben wird wie »Böttger«, hat gezählt. Das Ergebnis war natürlich eine riesige Trefferquote. Ich glaube, an die zwei Millionen Einträge. Die habe ich dann reduziert auf die, wo ein Foto von der betreffenden Person vorhanden war. Und schwups waren es nur noch runde 400.000.«

»Entschuldige, Raster, du kannst mir nicht erzählen, dass du so viele Bilder durchgesehen hast, bis du unseren Mark Böttger gefunden hast.«

»Hab ich auch nicht«, triumphierte Raster. »Ich hab alle Bilder durch die Gesichtserkennungssoftware von Picasa gejagt, nachdem ich als Vergleichsbild ein eingescanntes Foto von dem Prospekt des Dortmunder Zoos genommen habe. Du erinnerst dich: Da ist auch ein schönes Bild von unserem lieben Herrn Böttger drin. Das Ganze hat eine halbe Stunde gedauert – und voilà!« Raster hatte mittlerweile eine Internetseite aufgerufen und schob den Laptop in Philos Richtung.

Dieser starrte mit offenem Mund auf den Bildschirm und brachte zunächst einmal kein Wort heraus.

»Hast du den Prospekt noch mal?«, fragte er schließlich.

Raster hatte ihn bereits in der Hand und reichte ihn Philo.

Philos Blick huschte von dem freundlich dreinblickenden Herrn auf der Innenseite des Prospektes zu dem, was er auf dem Bildschirm sah und zurück. »Das gibt es doch gar nicht. Wenn das Sabine sieht …«

»Dann wird sie auch dafür noch eine für sie einleuchtende Erklärung haben. So wie die im Moment drauf ist. Die sieht doch alles durch eine rosarote Brille.«

»Aber das ist doch mehr als eindeutig. Schau doch mal!« Philo wies mit dem Finger wie ein Kind, das den Großen etwas Offensichtliches erklären wollte, auf den Bildschirm.

Im Vordergrund lag ein riesiger männlicher Löwe mit einer prächtigen Mähne, dem die Zunge aus dem Maul hing, auf kurzem gelbgrünem Gras. Hinter ihm stand ein Mann in Tarnkleidung und einem Hut auf dem Kopf. Ein langes Gewehr hatte er lässig auf seine rechten Schulter gelegt. Er grinste stolz und selbstbewusst in die Kamera. Hinter dem Mann, halb unter niedrigen Bäumen versteckt, standen vier dunkelhäutige Männer mit allerlei nicht genau identifizierbarem Gepäck zu ihren Füßen.

»Was sollte Sabine denn Rechtfertigendes dazu sagen? Hier geht es um eine echte Jagdsafari, im besten Fall legal, im schlechtesten illegal. Meinst du, Sabine kann eine solche heroische Pose ihres Liebsten gutheißen? Einem Zoodirektor, dem es um die Erhaltung und Pflege der Tierbestände gehen sollte?«

»Und was ist mit Artenschutz der von Löwen gejagten Wildtiere, was ist mit Löwen-Überpopulation und nicht zu vergessen dem Geld, das durch legale Safaris in die Erhaltung der Naturschutzgebiete Afrikas geht?« Raster provozierte offensichtlich, denn sein Gesichtsausdruck widersprach ganz eindeutig dem, was er gerade argumentierte.

»Das glaubst du doch selber nicht, Raster!«

»Nein. Aber ich versuche nur, mich in die Gedanken von Sabine hineinzuversetzen. Ich habe schon einiges darüber gelesen. Diese Argumente sind tatsächlich nicht ganz von der Hand zu weisen. Allerdings erklärt das bei einem ausgesprochenen Tierfreund diese Pose nicht.«

»Wie nennt sich denn nun dieser Mann eigentlich? Ich finde hier auf dieser Seite keinen Namen.«

»Den Namen findest du nur in den *Tags*, die mit diesem Bild abgespeichert wurden. Er nennt sich *Marc Butcher*.«

24. KAPITEL

Während Mark auf Reisen war, hatte Sabine wieder mehr Zeit, sich um das Schicksal des eigenartigen Mannes zu kümmern, der unverändert schweigsam und katatonisch seine Zeit in der Dortmunder Psychiatrie verbrachte.

Sabine hatte noch im Dezember mehrfach Kontakt zum ermittelnden BKA gehabt, das mittlerweile wieder abgezogen war. Von einem gewissen KHK Friedbert Kusel hatte sie etwas mehr über die Hintergründe erfahren. Karl Vollmer war 55 Jahre alt, ehemaliger Busfahrer, bewohnte früher mit seiner Frau und seiner Tochter Saskia ein schönes Reiheneckhaus in Dortmund-Berghofen. Nach dem Tod seiner Frau und wenig später dem noch tragischeren Ableben seiner zehnjährigen Tochter, war er in eine Wohnung in Hörde umgezogen. Er wurde wegen psychischer Probleme, die eindeutig auf den Verlust der Familie zurückzuführen waren, früh berentet. Nach Angaben seines damaligen Psychologen erholte er sich dann jedoch wieder und konnte die Therapie als geheilt beenden. Und das war es. Keine weiteren Informationen zu seinem psychischen Werdegang, kein Hinweis darauf, warum er plötzlich diese verrückte Geschichte mit den Plastikspinnen anfing und dann mit echten Spinnen scheinbar wahllos Menschen schädigte und sogar tötete.

Sabine hatte viel über das Schicksal dieses Mannes nachgedacht. Sie sah ihn natürlich auch als Täter und verantwortlich für den Tod zweier Menschen, aber genauso erkannte sie in ihm ein Opfer. Offensichtlich hatte er die Schicksalsschläge, die ihn heimgesucht hatten, nicht verkraften können und war darüber krank geworden. Und wieder einmal hat keiner frühzeitig irgendwelche Anzeichen gemerkt, dachte Sabine verbittert. Sie kannte dieses Phänomen nur zu gut aus ihrer Arbeit in den diversen Notfalleinsätzen. Isolierte, einsame Menschen, deren echte oder manchmal auch nur symbolischen Hilferufe in der Anonymität von Wohnblocks, Vorstädten und gelebtem Egoismus ungehört verhallten. Wie oft hatte sie schon Einsätze gehabt, wo Leichen aus ihren Wohnungen geschafft werden mussten, die nur wegen des in den Hausflur austretenden Gestanks gefunden worden waren. Mit Schaudern dachte sie zudem an die zwei verwahrlosten Kinder, die verletzt in der hintersten Ecke eines vor Schmutz starrenden Wohnzimmers hockten. Sabine war zusammen mit der Polizei erst letzte Woche nach Dortmund-Eving gerufen worden, nachdem sich ein Nachbar über die Schreie der Kinder *beschwert* hatte. Die Eltern lagen volltrunken auf dem Fußboden beziehungsweise der Couch, der fünfjährige Junge hielt sich den gebrochenen Arm, das dreijährige Mädchen hatte eine stark blutende Platzwunde am Kopf.

»Schrecklich!«, murmelte Sabine laut, als sie durch die große Schwingtür der Städtischen Kliniken in der Beuerhausstraße trat. Der Pförtner winkte ihr freundlich zu, und Sabine nickte lächelnd zurück. Man kannte sich.

Der Weg, der vor ihr lag, war allerdings etwas Neues. Sie konnte sich nicht erinnern, schon einmal in die Katakomben und speziell ins Archiv der Klinik vorgestoßen zu sein. So fand sie den Weg auch nicht sofort, bis sie schließlich vor einer schweren eisernen Tür stand. Daneben an der Wand ein kleines unscheinbares Schild: »Archiv. Zutritt nur für Klinikpersonal«

Sie öffnete die Tür und fand sich in einem riesigen Kellerraum wieder, der zu Dreiviertel mit hohen Regalen vollgestellt war. In diesen stapelten sich nach einem ihr nicht sofort erkennbaren System tausende Krankenakten. Im vorderen Teil waren eine Art Tresen, daneben zwei Schreibtische mit Computern und Scannern. An einem dieser Schreibtische saß ein älterer Mann mit Halbglatze, der konzentriert ein Blatt nach dem anderen in einen Scanner einlegte und dann ein Computerprogramm bediente.

»Herbert! Was machst du denn hier? Ich dachte, du bist längst in Rente.« Sabine ging strahlend auf den Mann zu, der erstaunt aufblickte, seine Brille abnahm und blinzelte.

»Sabine? Frau Dr. Sabine Funda! Was für eine Überraschung.«

Er stand auf, öffnete die Arme und drückte Sabine mit einem freundlichen Lachen an seine Brust. »Als ich in Rente gehen wollte, hat mir die Klinikleitung diesen Job hier angeboten. Ich digitalisiere die alten Krankenakten. Ist zwar ziemlich nervtötend, aber es stockt meine kleine Rente recht gut auf.«

»Herbert Sawatzki! Jetzt darf ich es ja sagen: Du warst mir immer der liebste Pförtner von allen. Immer hast du uns mit Kaffee versorgt, immer hast du uns aufgerichtet, wenn wir von einem schweren Einsatz kamen. Ich habe dich nie vergessen. Glaub mir! Vielleicht kannst du mir auch jetzt helfen«, fügte sie nach einer kleinen Pause hinzu. Sie ließ Herberts Hände los, der sie immer noch festhalten wollte. »Ich suche eine Akte aus dem Jahr 2009 aus der Notfallambulanz. Kannst du mir da helfen?«

»Ich denke schon. Hast du den Namen, das Geburtsdatum und den Tag der Behandlung?«

»Saskia Vollmer. zehn Jahre alt«, murmelte er vor sich hin, nachdem Sabine ihm einen Zettel mit den wichtigsten Daten gegeben hatte. »Das müsste schon längst digitalisiert sein.« Er ging zu seinem Computer, startete ein anderes Programm und gab die Daten ein. »Hier. Alles da. Willst du es dir angucken? Ich wollte sowieso eine Kaffeepause machen.«

Sabine setzte ihr liebstes Gesicht auf. »Herbert. Kannst du eine Ausnahme machen und mir alles ausdrucken? Bitte! Ich brauch einfach etwas mehr Zeit damit. Es ist wirklich wichtig«, setzte sie noch hinterher und sah bereits, dass Herberts Widerstand zu bröckeln begann.

»Du weißt, dass ich das eigentlich nicht darf?«

Sabine nickte, ohne den Blickkontakt zu verlieren.

»Na gut. Weil du es bist. Aber ist dir auch klar, dass jeder Ausdruck protokolliert wird und mit einem Empfängernamen versehen wird?«

»Weiß ich, Herbert. Schreib ruhig meinen Namen rein. Ich stehe dafür gerade, wenn es Probleme geben sollte.«

Seufzend wandte er sich wieder dem PC zu. »Hoffentlich kriegen wir da keinen Ärger, Mädchen«, murmelte er und startete den Ausdruck.

Wieder zu Hause in der Großen Heim Straße fand sie Philo und Raster zusammen auf dessen Bett hockend, konzentriert auf Rasters Laptop starrend und tief ins Gespräch vertieft. Dieses endete jedoch abrupt, als sie das Zimmer betrat.

»Hallo! Redet ihr etwa über mich, oder warum verstummt ihr wie die Fische, wenn ich da bin?«

»Quatsch!«, reagierte Philo als Erster. »Wir überlegen gerade, wo Raster seinen nächsten Urlaub verbringt. Er meint, er wäre mal wieder dran. Warum weiß ich allerdings auch nicht. Bei der wenigen Arbeit …«

Raster verpasste ihm eine Kopfnuss, sagte aber nichts.

»Jungs, könnt ihr mir vielleicht bei einer Sache helfen? Es geht schneller, wenn wir zu dritt daran gehen.«

»Also liebste Sabine, ich habe gestern die Küche gemacht, gewischt und eingekauft. Für diese Woche bin ich raus. Vielleicht Philo?«

»Halt! Stopp! Es geht nicht um Haushaltskram. Ich hab hier eine Krankenakte von der verstorbenen Tochter dieses Spinnenfreaks. Ihr wisst schon. Ich möchte gerne wissen, woran sie wirklich gestorben ist. Irgendetwas stimmt da nicht. Die Schlussfolgerungen auf dem Totenschein sind nicht schlüssig. *Reizleitungsversagen.* Tss. Wer behauptet denn so was? Jedenfalls möchte ich alles durchsehen, was seit der Einlieferung des Mädchens passiert ist. Ich weiß«, Sabine hob beschwichtigend die Hände, »ihr seid keine Ärzte, aber ihr seid logisch denkende und für Männer erstaunlich intelligente Wesen. Vielleicht fällt euch ja sonst was auf. Wie sieht's aus?«

Nachdem sie die Krankenakte zweimal kopiert hatten, verzogen sich alle drei auf ihre Zimmer und lasen konzentriert Zeile für Zeile der Akte. Philo und Raster mit einem Medizinwörterbuch, Sabine ohne.

Eine Stunde später trafen sie sich in der Küche wieder, Sabine hatte mittlerweile Kaffee gekocht, und sie setzten sich an den Küchentisch.

»Und habt ihr was gefunden?«, fragte Sabine in die Runde. »Also ich nämlich nicht. Die Symptome sind unklar, lassen vielleicht auf eine Vergiftung oder auch eine Allergie schließen. Mehr wird mir hier nicht klar. Und bei dem, was Saskia mit ihrem Vater an diesem Tag gemacht hat, ist gerade beim Thema Allergie alles möglich.«

Die beiden Männer schwiegen zunächst eine ganze Zeit lang, bis Raster schließlich mit den Schultern zuckte. »Ich passe auch. Mir fällt da nichts auf.«

»Wartet mal. Da ist eine Sache, die nicht abschließend geklärt wurde.«

»Was meinst du, Philo?« Sabine richtete sich gespannt in ihrem Stuhl auf.

»Da ist doch von diesem fraglichen Wespenstich bei dem Zoobesuch die Rede.«

»Ja, aber eine Wespenallergie konnte sehr schnell ausgeschlossen werden«, entgegnete Sabine sofort.

»Aber wissen wir mit Sicherheit, dass es ein Wespenstich war? Der behandelnde Arzt beschreibt an der betreffenden Stelle nur eine Art Kratzer. Ist das eigentlich eine seriöse medizinische Ausdrucksweise? Was, wenn das etwas ganz anderes war. Ein Wespenstich sieht doch eher aus wie ein kleiner Punkt, wenn man ihn überhaupt noch sehen kann, oder?«

Sabine hatte schon längst die Krankenakte wieder hervorgeholt und studierte die entsprechende Stelle. »Du hast vollkommen recht, Philo. Super! Bei der Obduktion muss das eigentlich fotografiert worden sein. Das krieg ich raus. Und dann werden wir ja mal sehen. Danke Jungs! Vielen Dank!«

Philo strahlte über das ganze Gesicht, während Raster schmollte: »Hab ja nichts getan«, und sich in sein Zimmer trollte.

25. KAPITEL

Der Mann wusste oder besser ahnte, dass die Reise mittlerweile nicht mehr in den Sambisa-Wald und auch nicht in den Kasiya-Wald ging, wo die Kämpfer bisher ihre Stützpunkte gut versteckt gehalten hatten. Die militärische Lage dort war zu unsicher geworden. Auch wenn die Stadt Maiduguri und weite Teile des Bundesstaates Borno unter ihrer Herrschaft standen, war ihr neues Rückzugsgebiet der Nationalpark Tschadbecken geworden. Hier konnten sie sich im Feuchtgebiet, den weitläufigen Sümpfen und Wäldern, hervorragend verstecken. Außerdem war der Weg in die benachbarten Staaten Niger, Tschad und Kamerun nicht weit. Aber das waren alles nur Vermutungen, denn sehen konnte der Mann unter seinem blickdichten, schwarzen stinkenden Sack nichts.

Nach endlosen Stunden Gerumpel auf holprigen Pisten, ungezählten blauen Flecken, die er sich beim Durchfahren von tiefen Schlaglöchern zuzog, wurde die kleine Kolonne endlich langsamer und kam schließlich endgültig zum Stehen.

Der Sack wurde ihm vom Kopf gezogen, und er durfte die Laderampe endlich verlassen.

Wie er feststellen musste, war es wieder ein neuer Ort. Keiner, den er bisher gesehen hatte. Wieder war die Truppe umgezogen. Sie standen auf einer Lichtung eines relativ dichten niedrigen Waldes. Etwa zehn Zelte waren im Halbkreis an einem Rand der Lichtung aufgebaut worden. Daneben sah er ein großes nach vorne offenes Zelt, das sicherlich Platz für 200 Menschen bot. Das war sein

Antrieb. Darin war der Grund für all die Qualen, die er auf sich nahm. Aber nun musste er zunächst durch die schwierigen Verhandlungen.

Man geleitete ihn zu dem größten der zehn in Tarnfarben gehaltenen Zelte. Die Männer, die er auf dem Weg dorthin sah, waren fast alle maskiert und bewaffnet. Selbst hier auf ihrem eigenen Territorium. Nur einige wenige trugen keine schwarzen Tücher um ihr Gesicht gewickelt. Er wusste, dass dies die ganz kleinen Fische waren, das Kanonenfutter sozusagen, deren Erkennungswert gleich null war, zumal sie auch so gut wie kein Insiderwissen besaßen.

Im Zelt erwartete ihn hinter einem einfachen grob behauenen Schreibtisch der ihm bereits bekannte Anführer. Seinen Namen wusste er nicht und wollte ihn auch nicht wissen. Er war groß, schlank und seiner Stimme nach zu urteilen um die 50 Jahre alt. Man unterhielt sich auf Englisch, wobei dem Mann wieder einmal auffiel, wie gepflegt die Wortwahl und Aussprache seines Gegenübers war. Fast, als hätte er auf einer englischen Universität studiert. Ohne weitere Begrüßungsfloskeln wies der Soldat auf den Stuhl ihm gegenüber.

»Wir haben alles da, was du begehrst. Es ist erst vor einer Woche eine neue Lieferung gekommen. Woher, hast du vielleicht den Nachrichten entnommen.«

Dem Mann schauderte. Er hatte tatsächlich letzte Woche mitbekommen, dass wieder zehn Mädchen aus einer christlichen Schule in Zentralnigeria verschleppt worden waren. 15 Männer und Frauen waren bei dem Überfall getötet worden. Aber das ging ihn alles nichts an. Das war nicht sein Kampf. »Ich brauche fünf große und sieben kleine.«

»Gläubig oder nichtgläubig?«

»Das ist mir egal.« Die Frage zielte darauf ab, ob »Boko Haram« bereits eine Zwangsislamisierung durchgeführt hatte oder eben nicht. Für seine Zwecke war das meistens unerheblich.

»Bleiben wir bei dem bisherigen Preis?«, fragte er den Kämpfer, der sofort den Kopf schüttelte.

»Tut mir leid. Wir haben Verluste gehabt. Sowohl Waffen als auch Männer. Der Preis steigt.«

Es war fast jedes Mal dasselbe. Immer war es teurer als beim vorigen Mal. Es begannen zähe Verhandlungen über zwei Stunden, bis man sich endlich geeinigt hatte.

Dann kam die Kür der ganzen Veranstaltung: die Auswahl. Ein großes Mädchen hieß über 18 Jahre alt, klein hieß drunter. Ob die Angaben der Männer zum Alter der Mädchen immer stimmten, konnte keiner nachprüfen, aber auch das war egal. Das Schöne an der ganzen Sache war, dass der Mann jedes Mal ganz frei seine Wahl treffen konnte. Der »Boko Haram« war es egal, welche Mädchen blieben und welche wegkamen. Ihnen ging es nur um das Geld.

Nachdem alles geklärt war und auch der Treffpunkt für die Übergabe besprochen war, reichte ein Kopfnicken des Soldaten als Verabschiedung. Er würde nie einem Ungläubigen die Hand geben; sein Geld nahm er allerdings gerne.

Für den Mann war die Sache damit zunächst beendet. Das Weitere würden seine Assistenten und die Schleuser erledigen. Auf die konnte er sich 100-prozentig verlassen. Sie wurden überaus großzügig bezahlt und waren ihm seit Jahren loyale Mitarbeiter. Er würde erst wieder aktiv werden, wenn die Ware europäischen Boden betrat.

26. KAPITEL

Es war ein heller Nachmittag Anfang März. Die Frühlingssonne gewann an Kraft, und die Bäume im Rombergpark wagten, die ersten frischgrünen Blätterknospen in die Luft zu strecken. Sabine spielte gerade mit der kleinen Lydia »Mensch ärgere dich nicht«, nachdem sie die beliebte Runde durch den Tierpark gegangen waren, wo Lydia fast täglich und unermüdlich die Seelöwen beobachten wollte.

Beide hörten gleichzeitig den Schlüssel in der Haustür. Lydia sprang auf, rief »Papa, Papa« und raste zur Tür. Sabine folgte ihr in einigem Abstand und lächelte.

»Na ihr beiden, geht es euch gut? Lydia, mein kleiner Spatz, lass dich drücken.« Mark Böttger drückte seine Tochter kurz an seine Brust, bevor er sich strahlend Sabine zuwandte. »Meine Liebe, schön, wieder bei euch zu sein.« Damit drückte er auch Sabine und hauchte ihr einen flüchtigen Kuss auf die Wange. »Puh. Ich bin so kaputt von der Reise. Ich brauch erst mal eine Dusche und dann ein wenig Schlaf. Ihr seid mir nicht böse? Gebt mir ein, zwei Stunden, okay?«

Sabine und Lydia guckten sich einen Moment lang in die Augen, um dann unisono »alles klar« zu rufen.

Sie setzten ihr Spiel fort, beide jedoch nicht mehr ganz so bei der Sache, wie vorher, bevor Mark nach Hause gekommen war. Beide hingen ihren Gefühlen und Gedanken nach.

Zwei Stunden später kam ein frisch geduschter und doch unverändert angestrengt aussehender Mark die Treppe herunter und gesellte sich zu ihnen.

»Na, wie war's bei euch? Habt ihr was Besonderes erlebt?«

»Hier war nichts Großartiges. Aber erzähl du doch mal. Wo warst du, was hast du erlebt. Wir sind schon ganz gespannt.«

Böttger holte sich einen Whisky aus seinem Barschrank und ließ sich auf der Couch nieder. »Diesmal war ich erst in Bangladesch, danach in Peking und dort sogar in zwei Zoos. Es ging die ganze Zeit um Tiger. Wir möchten nämlich neue Tiger kaufen. Möglichst junge und möglichst ein Pärchen, mit denen wir eine eigene Zucht versuchen wollen.«

»Wow. Das hört sich spannend an«, antwortete Sabine. »Und bist du fündig geworden?«

»Also in Bangladesch nicht, aber in Peking wäre ein Zoo unter gewissen Umständen bereit, uns zwei Jungtiere zu überlassen. Aber lass uns darüber ein andermal sprechen. Ich träume sonst noch von Tigerbabys.«

Nachdem sie zusammen zu Abend gegessen hatten und Sabine Lydia ins Bett gebracht hatte, kam sie zurück ins Wohnzimmer, wo Mark bereits seinen dritten Whisky trank und auf den lautlos gestellten Fernseher starrte. Sabine wollte ihn nicht deswegen kritisieren. Er war bestimmt noch erschöpft von der Reise, aber eine andere Sache ärgerte sie schon. »Mark, kannst du nicht deiner Tochter richtig Gute Nacht sagen? Sie hätte so gerne noch eine kleine Geschichte von ihrem Papa gehört.«

Tief aus irgendwelchen Gedanken aufgeschreckt, antwortete er: »Äh, was? Ja klar. Entschuldige bitte! Ich bin noch gar nicht richtig wieder zurück.« Damit stand er aber sofort auf und verschwand nach oben.

Es war für Sabine das erste Mal, dass sie eine Rückkehr von einer offensichtlich so anstrengenden Reise miterlebte. Vielleicht war das ja ganz normal. Jeder steckte die Strapazen anders weg. Allerdings hatte sie sich die Begrüßung und die ersten Stunden doch etwas harmonischer vorgestellt.

Sie öffnete eine Flasche Rotwein und stellte zwei Gläser auf den Wohnzimmertisch. Dann zündete sie drei Kerzen an und löschte das Licht. Den Fernseher schaltete sie aus.

»Sie schläft jetzt«, meinte Mark, als er wieder ins Wohnzimmer trat. »Oh! Hast du es uns gemütlich gemacht? Wie schön.« Er ließ sich neben Sabine auf der Couch nieder, ignorierte das Weinglas und griff erneut nach seinem Whisky. »Jetzt erzähl doch mal, was du so getrieben hast.«

Sabine schluckte den Ärger über den verschmähten Wein herunter und überlegte, was sie über die letzten Wochen erzählen konnte. »Das einzig Interessante war, dass ich mit der Recherche über diesen Mann, der hier die Spinne platziert hat, vielleicht ein bisschen weiter gekommen bin …«

In dieser Nacht war Sabine zum ersten Mal richtig enttäuscht von Mark Böttger. Sie hatte sich auf Zärtlichkeiten und Innigkeiten gefreut nach diesen zwei Wochen. So lange waren sie schließlich noch nicht zusammen, dass man sich nicht nach dem anderen auch in sexueller Hinsicht sehnen würde. Was sie aber erleben musste, war ein egoistischer, teilweise sogar grober Mann, der nur an sich und seine Bedürfnisse dachte. Die paar Tränen, die sie nicht zurückhalten konnte, verbarg sie vor ihm, bis er eingeschlafen war. Das war nicht der Mark Böttger, den sie kennen- und liebengelernt hatte.

Aber wer war jetzt der echte?

27. KAPITEL

Nach einer erstaunlich erholsamen Nacht frühstückten Sabine und Mark gemeinsam in seiner Küche. Lydia war bereits zu ihrer Schule abgeholt worden.

Sabine war zunächst still, deckte mit Mark zusammen den Tisch, der schon Kaffee gekocht hatte, als er Lydia versorgt hatte.

»Und? Was hast du heute so vor?«, fragte Mark, als wäre in der vergangenen Nacht alles ganz normal gewesen.

»Heute Nachmittag habe ich Dienst und jetzt gleich treffe ich mich mit dem Pathologen der Kliniken, um dessen Ergebnisse der damaligen Obduktion durchzusehen. Du weißt schon, das Mädchen …«

»Jaja. Ich weiß. Sag mal. Hängst du dich da nicht ein bisschen sehr weit rein? Ich meine, was interessiert es dich, was damals mit dem Mädchen genau passiert ist? Es ist natürlich tragisch, dass sie so früh ums Leben gekommen ist. Klar. Das hat den armen Mann aus der Bahn geworfen, und er ist verrückt geworden. Dann kam diese Spinnengeschichte. Tragisch, ja. Aber das war's dann auch.« Mark schenkte ihnen beiden Kaffee nach und wartete auf Sabines Antwort.

»Ich verstehe deine Haltung grundsätzlich schon. Aber hast du denn gar kein Interesse daran zu erfahren, warum dieser Karl Vollmer zunächst so wahllos mit seinen Spinnen bundesweit hantiert und dann plötzlich ganz gezielt eine Attacke auf deine Tochter startet? – Mark? Was hast du? Du bis plötzlich so blass geworden. Geht es dir nicht gut?«

Mark starrte wie erstarrt vor sich hin. »Ach Liebes, entschuldige bitte. Nein, nein. Alles gut. Mir war gerade etwas Wichtiges eingefallen. Beruflich. Bitte entschuldige mich einen Moment. Ich muss nur eben etwas nachsehen.« Damit erhob er sich und verschwand in seinem Arbeitszimmer im vorderen Teil des Hauses.

Nach nur wenigen Minuten kam er zurück und setzte sich wieder. »Um noch mal darauf zurückzukommen, Liebste. Mach du das ruhig mit dem Pathologen. Ich verstehe das. Das Schicksal dieses Mannes ist dir eben nicht egal, und du willst mehr wissen.« Er tätschelte ihre Hand, die gerade ein Honigbrötchen zum Mund führen wollte. »Und außerdem«, er suchte Sabines Augenkontakt, »dass ich gestern so unaufmerksam war, tut mir ehrlich leid. Ich bin nach diesen Reisen häufig ein wenig neben mir. Ich bemühe mich, das zu bessern. Versprochen!«

Sabine schaute ihn an, während der Honig über ihre beiden Hände lief. In seinen Augen sah sie Wärme, Ehrlichkeit und aufrichtiges Bereuen. Keine Spur von Verschlagenheit, Falschheit oder Egoismus. »Natürlich verzeihe ich dir. Ist alles wieder gut. Jeder hat mal einen schlechten Tag. Und jetzt würde ich vorschlagen, dass wir uns die Hände waschen, sonst schmieren wir hier noch alles voll.« Beide mussten herzlich lachen, wuschen sich die Hände und führten dann das Frühstück mit munterem Geplauder fort. Alles schien wieder gut, und Sabine wollte es auch einfach so.

Um zehn Uhr betrat Sabine die Räume der Pathologie, wo bereits der Chef der Abteilung, ein Professor Udo Stahlke, auf Sabine wartete. Er war jung, höchstens 35 und erst seit zwei Jahren in Dortmund.

»Ich habe nicht so ganz verstanden, wonach wir suchen sollen, Frau Kollegin«, begann er, während sie im Aufzug in den obersten Stock fuhren, wo das Archiv der Pathologie untergebracht war. »Sie sprachen von einem ungeklärten Todesfall eines jungen Mädchens 2009, richtig?«

»Ja. Es war eine Notaufnahme mit Symptomen eines allergischen Schocks oder einer Vergiftung. Letztendlich wurde eine Reizleitungsstörung am Herzen als Todesursache postuliert.«

»Und das glauben Sie nicht.« Die Aussage war eher eine Feststellung denn eine Frage. Stahlke lächelte Sabine an. »Es hört sich auch ein wenig nach einer Verlegenheitsdiagnose an. Sie glauben nicht, wie oft auf den Totenscheinen Herzversagen oder Schlaganfall eingetragen wird. Gerade von den niedergelassenen Kollegen. Leider ist das oft falsch. Ich will nicht von der hohen Dunkelziffer der Tötungsdelikte sprechen, die dadurch unaufgeklärt bleiben, aber die Kollegen vor Ort sind oft einfach überfordert und trauen sich nicht vor den Angehörigen »unbekannte Todesursache« anzukreuzen, was schließlich eine Obduktion nach sich ziehen würde. Aber hier liegt der Fall ja anders. Das Ganze spielte sich in der

Klinik ab, und das Mädchen wurde ja obduziert. Was nicht unbedingt etwas heißen muss«, setzte er grinsend hinzu. »Was veranlasste Sie zu Ihren Zweifeln bezüglich der Diagnose?«

Mittlerweile waren sie im Archiv angekommen, dass sich nur wenig von dem der Kliniken unterschied. Nur war alles moderner, und scheinbar war man mit der Digitalisierung auch weiter vorangekommen. Die Aktenberge waren deutlich überschaubarer.

»Nun, die gesamte Symptomatik vor dem Herzstillstand passt überhaupt nicht zu einer Reizleitungsstörung. Es waren ganz eindeutig starke vegetative Reaktionen zu sehen, die klar auf irgendein Agens hindeuten, welcher Art auch immer. Hinzu kommt, dass ein vermeintlicher Wespenstich als Kratzer an einer Wade des Mädchens beschrieben wurde. Und das passt einfach nicht.«

»Ah, ich verstehe. Sie vermuten, dass hinter dem Kratzer etwas anderes steht, ein Biss oder eine Verletzung, durch die ein Toxin eingedrungen sein könnte.«

»Ja richtig. Und deshalb bin ich hier. Ich hoffe einfach, dass dieser vermeintliche Kratzer von Ihren Kollegen damals dokumentiert wurde und wir damit etwas mehr anfangen können.«

»Jetzt bin ich komplett im Bilde. Vielen Dank, Frau Kollegin. Dann wollen wir mal schauen.«

Stahlke setzte sich an einen der vier PCs und gab die Daten von Saskia ein. Zunächst erschienen seitenweise Beschreibungen der Obduktion, ein toxikologischer Befund ohne weitere Hinweise und schließlich eine genaue Fotodokumentation aller Auffälligkeiten. »Ah, hier haben wir, glaube ich, das, was Sie suchen.« Er zeigte auf eine Ausschnittsvergrößerung der Hinterseite des rechten Unterschenkels. Man erkannte eine kleine zweigeteilte Verletzung.

»Können Sie das noch weiter vergrößern, Herr Professor?«

»Bin gerade dabei.« Stahlke zoomte den Bereich noch weiter heran. »Das ist ja interessant. Sehen Sie mal. Es sind ganz eindeutig zwei parallele Einstichstellen, wie bei einem …«

»Wie bei einem Spinnenbiss. Genau«, ergänzte Sabine aufgeregt. »Und das, was der Kollege damals als Kratzer beschrieben hat, sind die spontanen kleinen Petechien, also kleine Gefäßeinblutungen um die Einstiche herum als unmittelbare Folge des Giftes.«

»Sehr gut, liebe Kollegin. Sie können gleich bei mir anfangen, wenn Sie wollen.« Stahlke lachte. »Jetzt müssen wir nur noch rauskriegen, was für ein Biest das war. Und das wird auch kein Problem sein.«

Mit diesen Worten verschwand er wortlos aus dem Archiv und ließ eine verdutzte Sabine zurück. Sie nutzte die Zeit, um sich den Obduktionsbericht in Ruhe durchzulesen, fand aber keine weiteren Hinweise.

Nach wenigen Minuten erschien Stahlke wieder. Er grinste über das ganze Gesicht. In seinen Händen hielt er einen aufgeschlagenen Wälzer, er hatte offensichtlich schon auf dem Weg zurück darin geblättert und war fündig geworden.

»Das ist tatsächlich interessant«, meinte er wieder. »Nach den beschriebenen Symptomen, den Bissspuren und der Todesart kann es sich nach diesem einschlägigen Werk nur um den Biss einer brasilianischen Wanderspinne handeln.«

Sabine hob fragend die Augenbraue. »Habe ich noch nie gehört.«

»Sie wird auch Bananenspinne oder mit ihrem lateinischen Namen *Phoneutria nigriventer* genannt. Wenn die Spinne nicht erkannt wird und nicht innerhalb weniger Stunden das Gegengift verabreicht wird, ist der Biss in nahezu 100 Prozent tödlich, insbesondere bei Kindern natürlich.«

Sabine hatte Stahlke mittlerweile das dicke Buch aus der Hand genommen und las den ganzen Artikel über die Bananenspinne durch. »Puh, die ist ja witklich gefährlich. Ein echter Mörder.«

»Sagen Sie, wo soll dieser Biss stattgefunden haben?«, fragte Stahlke, ohne auf ihre Worte zu achten.

»Im Zoo. Da war sich der Vater absolut sicher.«

»Das ist eigenartig. Ich glaube nicht, dass diese Spinnenart jemals im Dortmunder Zoo gehalten wurde. Und selbst wenn ja, wie kam sie dann aus den Terrarien nach draußen? Die Sicherheitsbedingungen dort waren auch damals schon vorbildlich.«

»Sie kennen sich aus mit dem Dortmunder Tierpark?«, fragte Sabine.

»Nun ja«, lächelte Stahlke etwas verlegen. »Ich stamme aus Unna, und da war der Dortmunder Zoo schon als Kind für mich eine besondere Attraktion. Besonders die Spinnen hatten es mir immer angetan. Von daher bin ich in dem Bereich ein wenig bewandert. Später hab ich mich sogar mit dem damaligen Leiter der Terrarien angefreundet. Einem gewissen Mark Böttger. Aber wir haben uns aus den Augen verloren.«

28. KAPITEL

Der Anruf kam unvermittelt und überraschend. Aber ist das nicht jedes Mal so, wenn das Telefon klingelt, dachte er später. Es war wohl eher der Inhalt des Gesprächs, der ihn verwirrte. Damit hatte er momentan überhaupt nicht gerechnet. Aber die Ansage war klar und unmissverständlich. Die verlangte Vorgehensweise ebenso. Und es war schließlich nicht das erste Mal. Also hatte er sich wieder beruhigt und seine alte Professionalität wiedergefunden.

Die Vorbereitungen waren überschaubar. Er benötigte einen Tag dafür.

Am Mittwoch in der zweiten Märzwoche erschien ein blonder hoch gewachsener Mann mit einem kleinen Schnauzer im Arztkittel vor der verschlossenen Tür der geschlossenen psychiatrischen Abteilung des Klinikums Nord an der Münsterstraße. Er klingelte. Die diensthabende Schwester Silvia sah auf den Monitor. Der Arzt hielt sein Schild mit seinem Namen, das ihn als einen Dr. Gruber aus der Radiologie auswies, in die Kamera. Er lächelte freundlich und sagte dann:«Ich möchte den Patienten Vollmer zum CT abholen. Mein Chef meint, das erste CT hätte noch ein paar Fragen offen gelassen. Ist das in Ordnung?«

Schwester Silvia sah überhaupt keinen Grund, dem zu widersprechen, und öffnete die Tür von ihrem Arbeitsplatz aus.

»Haben Sie denn den Auftragsschein für das CT dabei, oder müssen wir wieder tagelang hinterherrennen?« Die

Frage hörte sich strenger an, als es ihr Minenspiel aussagte, und so lächelte Dr. Gruber nur freundlich, griff in seine Kitteltasche und zog das geforderte Stück Papier heraus. »Selbstverständlich – Schwester Silvia«, der Blick auf ihr Namensschild war etwas zu lang und etwas zu tief, was Silvia erröten ließ und ihr gleichzeitig schmeichelte. Sie wusste, dass sie gut gebaut war, und kaum ein Mann schaffte es, den Blick nicht einmal auf ihre wohlgeformten Brüste schweifen zu lassen. »Brauchen Sie denn Hilfe, oder geht das so? Ich kann Ihnen eben den Transportdienst rufen, wenn Sie wollen. Überhaupt: Warum kommen Sie selbst und haben den Transportdienst nicht gleich von unten bestellt?«

»Muss ich Ihnen wirklich etwas über unsere Zivis und FSJtler sagen? Das hätte doch wieder Stunden gedauert. Nein. Setzen Sie Herrn Vollmer einfach in einen Rollstuhl, dann komme ich schon klar.«

»Sie wissen aber schon, dass er eigentlich nur unter polizeilicher Bewachung hier raus darf? Er ist nämlich in U-Haft.«

»Ich weiß. Aber sollen wir jetzt für jede Untersuchung die Polizei anmarschieren lassen? Und soweit ich informiert bin, ist Herr Vollmer doch lammfromm und bewegt sich keinen unnötigen Millimeter.«

Silvia nickte. Alles andere wäre jetzt Unsinn. Außerdem wollte Sie diesen netten Arzt nicht verprellen, vielleicht traf man sich ja mal zufällig in der Kantine. Er war zwar schon etwas älter, aber recht gut aussehend und äußerst freundlich. Sie sagte kurz einer Kollegin Bescheid, verschwand dann mit einem Rollstuhl in einem der Krankenzimmer und kam bald darauf mit einem stur vor sich hinstarrenden Mann heraus. »Hier haben

Sie Ihren Patienten und bringen Sie ihn mir heil wieder zurück!«

»Wird gemacht, Lady«, antwortete Gruber und zwinkerte Schwester Silvia zu. »Ach, eine Frage noch: Hat er nach wie vor kein Wort gesprochen?«

»Kein Sterbenswörtchen. Der arme Kerl ist stumm wie ein Fisch im Wasser.«

Und das wird er auch bleiben, dachte Gruber und verschwand in Richtung des Fahrstuhls.

Nur wenige Minuten später war Karl Vollmer in einem blauen SUV verstaut und der Rollstuhl unauffällig abgewischt in der Eingangshalle des Krankenhauses deponiert. Vollmer saß stocksteif schweigend auf der Rückbank und blickte apathisch nach draußen. Die Fahrt ging quer durch Dortmund auf die Märkische Straße Richtung Süden, durch Berghofen und weiter Richtung Schwerte. An einem Wanderparkplatz am Schwerter Wald hielt Gruber schließlich an, entledigte sich des Arztkittels und zerrte Vollmer aus dem Wagen.

»Komm, wir gehen mal ein Stückchen«, sagte er ruhig, und Vollmer trottete ohne Widerspruch neben ihm her.

Nach etwa zehn Minuten verließ Gruber den Spazierweg und zog den Patienten einige hundert Meter tief in dichtes Unterholz. An einer etwas lichteren Stelle hielt er schließlich an.

»Los! Hinknien!«, blaffte er den ruhig dastehenden Mann an. Dieser gehorchte willig, drehte aber dann seinen Kopf noch einmal Richtung Gruber, der gerade im Begriff war, einen Schalldämpfer auf seine Pistole zu schrauben.

»Es tut mir leid, Kumpel. Aber das ist nun mal mein Job.«

Vollmer sah ihn immer noch aus traurigen Augen an und dann kam doch noch ein einziges letztes Wort über seine Lippen: »Danke.«

29. KAPITEL

»Sabine hat schon wieder bei Böttger gepennt. Ich ertrag das einfach nicht mehr.« Raster nestelte nervös an seinen Locken herum.

»Es bringt überhaupt nichts, wenn du dich so aufregst. Ich bin ja mittlerweile deiner Meinung, dass der Kerl nicht ganz so koscher ist, wie er tut. Aber es ist nun mal Sabines Sache. Wir haben das jetzt schon tausend Mal durchgekaut. Die Sache mit der Safari sieht nicht sauber aus, könnte aber absolut okay sein. Wir haben einfach keine Beweise, die wir Sabine vorlegen könnten.«

»Da ist übrigens noch eine Sache, die ich sehr merkwürdig fand. Habe ich dir noch gar nicht erzählt. Du weißt doch, dass ich meinen alten Kumpel Johannes wieder getroffen habe. Der kennt Böttger gut von seiner Arbeit bei der Stadt. Er ist da für den Zoo zuständig, und Böttger ist dort sein Ansprechpartner. Auf jeden Fall plauderten wir so ein bisschen über ihn, da meinte Johannes plötzlich, dass Böttgers Frau weggelaufen sei. Ich: Halt, stopp, was ist denn hier los? Wir wissen doch von Sabine, dass Böttgers Frau bei einem Unfall ums Leben gekommen ist, spreche ihn darauf an, wobei er dann ganz komisch wird und meint, er hätte sich mit dem Böttger vertan, er kenne noch einen anderen, und dem sei seine Frau weggelaufen. Verstehst du, Philo? Das sind mir alles einfach zu viele Ungereimtheiten.«

Philo nahm einen großen Schluck aus seiner Bierflasche und dachte nach. »Aber auch das könnte stimmen. Ich meine, dein Freund könnte sich doch wirklich einfach vertan haben.«

»Ich habe mir aber gemerkt, auf wen er diese Verwechselung bezog. Er sprach von einem Andreas Böttger, der auch im Rathause arbeite. Bin ich denn blöd? Ich habe die Namen von allen Mitarbeitern, die an einem PC sitzen, im gesamten Rathaus, der Verwaltung und der Finanzverwaltung gecheckt. Es gibt keinen Andreas Böttger!«

»Wirklich merkwürdig«, meinte Philo. »Aber wie dem auch sei. Was planst du denn jetzt konkret? Wenn wir Sabine die Augen öffnen wollen, müssen wir mit Beweisen kommen, sonst haut sie uns alles um die Ohren und wir haben nur Stress mit ihr.«

»Ich habe da tatsächlich schon einen Plan.« Raster stand auf und ging zum Kühlschrank. »Möchtest du auch noch eines?«

Philo nickte und trank sein Bier leer.

»Ich möchte bei dieser Safarisache ansetzen.« Er öffnete die beiden Flaschen und setzte sich wieder. »Ich werde mich als Beauftragter eines reichen Lords aus England in eines dieser Camps begeben.«

»Raster, jetzt hör auf zu spinnen. Wie soll das denn gehen? Da fallen die doch nie drauf rein.«

»Ganz ruhig, mein kleiner Engstirn. Ich habe einen guten Freund, der in der Nähe von London wohnt. Er ist übrigens in der gleichen Branche tätig wie ich. Er wird meine Referenz, sprich mein interessierter Chef sein.«

»Und was soll das bringen?« Philo hatte noch keine Ahnung, worauf das Ganze hinauslaufen sollte.

»Ich werde eine Safari buchen, nur zum Gucken, ohne zu schießen. Im Auftrag meines Chefs, der bei einem positiven Bericht meinerseits dann eine echte Safari buchen möchte.«

»Ah, jetzt verstehe ich. So kannst du die hohen Abschusskosten sparen und hast trotzdem Einblick in die ganze Sache.«

»So ist der Plan. Weißt du eigentlich, was bei legalen Jagdsafaris so ein Abschuss kostet?«

»Nee, keine Ahnung, sag mal.«

»In Zimbabwe zum Beispiel kostet allein der Safariurlaub 200.000 Euro für zwei Wochen. Dazu kommen zum Beispiel. für einen Affen 600 Euro, einen Löwen 40.000 und einen Büffel bis zu einer Millionen Euro. Nicht schlecht, was?«

Philo wäre fast vom Stuhl gefallen und hatte die Augenbrauen bis zum Haaransatz hochgezogen. »Das ist ja unglaublich! Aber wie willst du denn bitteschön runde 200.000 Euro für diese zwei Wochen aufbringen?«

»Erstens, mein lieber armer Professor, weißt du, dass ich durch meinen Zweitjob bei der Spieleentwicklung durchaus ein kleines Vermögen gemacht habe. Und zweitens hoffe ich, dass diese Safari, die übrigens in Kenia stattfindet, deutlich günstiger ist. Und drittens werde ich verhandeln. Schließlich bekommen sie durch ein gewisses Entgegenkommen einen potenziellen neuen Großkunden.«

»Okay«, meinte Philo nur. »Und wann soll es losgehen?«

»Wenn alles klappt, in zwei Wochen. Ich werde morgen die notwendigen Anrufe tätigen. Auf der Homepage mit dem Bild von Böttger habe ich alle notwendigen Daten gefunden – nur keine Preise. Die Safaris dort werden natürlich als Fotosafaris beworben, mit der Möglichkeit einer legalen Erweiterung auf eine Jagdsafari. Dazu müsste man dann mit dem Jeep noch einige hundert Kilometer weit fahren. Sieht alles sehr seriös aus, ist es aber meiner Meinung nach nie im Leben.«

»Und was ist, wenn …«

»Stopp! Kein Wort mehr, da kommt Sabine von der Arbeit. Ich mache einfach einen Kenia-Urlaub, sonst nichts. Alles klar?«

Philo nickte und schaute zur Tür, wo eben Sabine in die Küche trat.

»Na ihr beiden! Langsam werdet ihr mir unheimlich. Ich treffe euch jetzt hier zum zweiten Mal zusammen schweigend an. Das hat es ja noch nie gegeben. Mein Geburtstag ist doch erst im Oktober. Jetzt sagt schon, was knobelt ihr aus? Nein, halt! Raster gib mir bitte erst einmal ein Wasser. Ich bin am Verdursten. Ich hatte heute einfach keine Zeit zum Trinken. Es war vielleicht viel los. Ihr glaubt es nicht.«

Raster sprang sofort auf und reichte Sabine eine Flasche Wasser plus Glas. »Mein Mond! Sag mir, was du erlebt hast.«

»Meine Sonne, meine Sterne! Du hast nicht alle Tassen im Schrank. Und lass uns bitte mit diesen dämlichen

Zitaten aus ›Game Of Thrones‹ aufhören. Du willst doch jetzt nicht allen Ernstes, dass ich dir von jedem meiner Einsätze heute Nachmittag erzähle.«

»Och, nichts lieber als das«, schaltete sich Philo ein. »Außerdem können wir uns auch eine andere Serie ausdenken. Wie wär's denn zum Beispiel mit ›The Big Bang Theory‹?«

Sabine stöhnte auf und nahm einen großen Schluck Wasser. »Nein, jetzt mal ernsthaft. Habt ihr irgendwas Erzählenswertes erlebt? Immerhin haben wir uns seit gestern Morgen nicht mehr gesehen.«

Raster und Philo sahen sich an und schüttelten den Kopf.

»Gut«, meinte Sabine. »Ich nämlich schon.« Und dann erzählte sie den beiden von ihren Entdeckungen in der Pathologie. Als sie geendet hatte, schauten sie beide Freunde erstaunt an.

»Wie? Dein Mark war damals Leiter des Terrariums und für die Spinnen zuständig? Und ausgerechnet eine Spinne beißt dieses Mädchen, dessen Vater Jahre später einen Spinnenanschlag auf die Tochter dieses ehemaligen Terrariumleiters ausübt? Hab ich das richtig zusammengefasst? Und da glaubst du noch an einen Zufall?« Rasters Stimme war von Wort zu Wort lauter und erregter geworden.

»Das glaube ich, ja«, entgegnete Sabine vollkommen unbeeindruckt. »Der neue Leiter des pathologischen Instituts kennt sich zufällig mit den Spinnen im Dortmunder Zoo aus. Der war sich sicher, dass es dort nie diese Spinnenart gegeben hat. Das Wahrscheinlichste ist, dass die Spinne mit einem Lebensmitteltransport aus Brasilien eingeflogen worden ist. Zum Beispiel in einer Bananenkiste, wie der Name schon sagt. Und dann hat sie sich irgendwie in den Zoo verirrt.«

»Ganz schön weite Strecke, wenn ich mir überlege, wo der nächste Supermarkt in der Nähe des Zoos ist«, meinte Philo skeptisch. »Eh, wo willst du hin, Raster?«

»Bin gleich wieder da«, rief er nur und stürmte in sein Zimmer, um Sekunden später mit einem Ordner wiederzukommen. »Mir ist da gerade etwas eingefallen. Ja, hier ist es. Seht ihr? Der Tote in Bochum am Bahnhof, erinnert ihr euch?« Die beiden anderen nickten. »Der ist auch von der gleichen Spinnenart gebissen worden. Ist das nicht alles etwas seltsam?«

»Ja schon«, antwortete Sabine immer noch ganz ruhig. »Aber da wissen wir ja inzwischen, dass sich Karl Vollmer alle möglichen Giftspinnen für seine diversen Attacken besorgt hatte. Ich muss in den nächsten Tagen dringend versuchen, mit ihm ins Gespräch zu kommen.«

»Aber er schweigt doch schon seit Monaten«, warf Philo ein.

»Ich muss es einfach versuchen. Vielleicht öffnet er sich ja, wenn ich ihn konkret mit dem Spinnenbiss bei seiner Tochter konfrontiere. So, aber jetzt ist Schluss für mich. Ich bin hundemüde. Gute Nacht, Jungs!«

»Gute Nacht Khaleesi!«, riefen beide aus einem Mund.

30. KAPITEL

Vollmer war weg. Soviel stand fest. Sabine konnte es einfach nicht fassen. Sie war am Freitag zum Klinikum Nord gefahren, um ihn dort zu besuchen. Sie besaß noch vom vergangenen Dezember eine Sonderbesuchserlaubnis des BKA, das ihre Rolle durchaus als hilfreich eingeschätzt hatte. In der Abteilung selbst wurde ihr jedoch nur mitgeteilt, dass Karl Vollmer verschwunden war und die Polizei eingeschaltet sei. Weitere Auskünfte gab es nicht.

Jetzt am Samstagabend saß sie mit Philo und ihrer Schwester Hanna in der Küche der WG und rätselte über das plötzliche Verschwinden des Mannes, von dem sich Sabine doch noch mehr Informationen erhofft hatte. Raster war an diesem Wochenende auf einem Hackerkongress in Hamburg.

»Er kann ja kaum weggelaufen sein. In dem Zustand, in dem er war«, meinte Philo gerade, als es an der Wohnungstür klingelte.

»Ich mach schon auf«, rief er und ließ die beiden Frauen in der Küche sitzen.

Philo öffnete die Tür und sah sich zwei Männern gegenüber. Der eine etwas beleibt und um die 50, der andere deutlich jünger und gertenschlank.

»Friedbert Kusel, BKA. Guten Abend«, stellte sich der ältere der beiden vor und hielt Philo einen Ausweis unter die Nase. »Und das ist mein Assistent Klaus Rabe.« Auch dieser zeigte seinen Ausweis, blieb aber stumm.

»Ist wohl Frau Dr. Sabine Funda zu sprechen?«

»Ja. Natürlich. Kommen Sie rein«, antwortete Philo und führte die beiden Männer in die Küche. »Besuch für dich, Sabine.«

Sabine zog erstaunt die Augenbrauen hoch, als sie den KHK Kusel mit seinem Assistenten wiedererkannte. »Das ist ja eine Überraschung. Ich dachte, Sie wären längst wieder in Wiesbaden?«

»Waren wir auch, aber die Sachlage hat sich dramatisch verändert. Und deshalb sind wir wieder hier.« Kusel schaute fragend auf die freien Stühle.

»Oh entschuldigen Sie! Nehmen Sie doch bitte Platz. Darf ich Ihnen etwas anbieten?«

Beide Männer schüttelten den Kopf. »Frau Dr. Funda, würde es Ihnen etwas ausmachen, wenn wir alleine mit Ihnen reden könnten?«

Der erste Satz des Herrn Rabe, dachte Philo belustigt.

»Grundsätzlich nicht, aber Sie können hier vor meinem Mitbewohner Friedrich Sachse und meiner Schwester Hanna Funda ganz frei sprechen. Alle sind in diese Angelegenheit vollkommen eingeweiht.« Sie zögerte. »Wenn es überhaupt um das geht, was ich denke.«

»Es geht um das Verschwinden unseres Verdächtigen Karl Vollmer, so ist es«, sagte KHK Kusel und nahm mit seinem Assistenten Platz. »Leider ist gestern seine Leiche im Schwerter Wald aufgefunden worden.«

Hanna und Sabine schauten sich erschrocken an.

»Nur, wer steckt dahin?«, fuhr Kusel fort. »Wir wissen, dass sich ein gewisser Dr. Gruber, sicherlich ein falscher Name, angeblich aus der Radiologie Zutritt zu der geschlossenen Abteilung verschafft hat. Unter Vorspiegelung falscher Tatsachen hat er leider eine unvorsichtige Schwester überreden können, ihm den Patienten für eine

CT-Untersuchung zu überlassen. Danach hat keiner mehr irgendetwas gesehen. Es ist aber klar, dass Herr Vollmer mit einem Nackenschuss regelrecht hingerichtet wurde.«

»Um Gottes willen! Wer macht denn so was?«, entfuhr es Sabine.

Kruse machte eine vage Handbewegung. »Wir haben keinerlei Spuren, weder auf den Türklinken noch auf dem Rollstuhl, den er benutzt hat. Und daher die Frage an Sie, Frau Dr. Funda: Sie hatten ja eine Besuchserlaubnis. Haben Sie in letzter Zeit davon Gebrauch gemacht? Ist Ihnen irgendetwas aufgefallen?«

Sabine dachte angestrengt nach. Zunächst musste sie diese neue Tatsache verdauen. Vollmer tot. Er war ihr seit dem Abend im Schnee vor Marks Haus wichtig geworden, obwohl sie wusste, was er alles getan hatte. Aber gerade um diese Motive war es ihr doch die ganze Zeit gegangen. Sie wollte ihn einfach besser verstehen, seine Hintergründe, warum Spinnen und vieles mehr. Und jetzt war er tot. Hingerichtet. Von wem? Wer steckte noch dahinter? Und wie konnte das überhaupt sein? Waren sie nicht alle – auch das BKA – immer von einem geistesgestörten Einzeltäter ausgegangen?

»Frau Dr. Funda?« Klaus Rabe holte sie wieder in die Gegenwart zurück.

»Entschuldigung. Ja also ich war das letzte Mal, abgesehen von gestern, vor vier Wochen bei ihm. Da erschien er mir aber unverändert, und auch die Kollegen von der Psychiatrie hatten nicht den Eindruck, dass sich sein Zustand irgendwie ändern würde. Davor war ich noch zwei Mal im Winter bei ihm.«

»Haben Sie denn eine mögliche Erklärung für dieses Geschehen? Sie haben sich ja von Anfang an auch mit dem

Fall beschäftigt. Gibt es von Ihrer Seite neue Erkenntnisse?« Rabe hatte ein Notizbuch gezückt und krakelte mit einem Kugelschreiber darin herum.

Wie im Krimi sonntagabends, dachte Sabine. Sie holte tief Luft und beschrieb den Kriminalbeamten ihre Untersuchung des Todesfalls der kleinen Saskia und was sie herausbekommen hatte. Rabe schrieb fleißig mit, und Kusel hörte konzentriert zu.

Philo fiel auf, wie genau und akribisch Sabine alles erzählte, ohne weitschweifig zu werden. Allerdings fiel ihm auch auf, dass Sabine den Namen Mark Böttger nicht erwähnte.

31. KAPITEL

Raster war verzweifelt. Er saß neben Sabine in ihrem alten Jetta. Sie waren unterwegs zum Düsseldorfer Flughafen, und Sabine fragte und fragte.

»Warum fliegst du eigentlich nach Nairobi und nicht nach Mombasa? Du willst doch an den Diani Beach. Das wäre doch viel näher?«

»Ich hab dir doch schon erzählt, dass ich mit einer Safari beginne. Tsavo Nationalpark und so weiter, und die Tour endet schließlich in Mombasa.«

»Hab ich noch nie gehört, dass das so rum läuft. Na ja. Und in welchem Hotel bist du am Diani Beach? Ich möchte mir das gerne mal auf der Karte ansehen.«

»Du, ich hab den Namen echt vergessen. Tut mir leid. Irgendwo südlich von Mombasa.«

»Ja. Da sind sie alle«, murmelte Sabine. »Und willst du einen Tauchschein machen? Soll dort echt super sein. Hanna war da schon mal. Sie hat erzählt, dass es sogar Walhaie zu sehen gibt.«

»Nee. Ich will einfach nur relaxen. Eh! Vorsicht! Hier musst du auf die A52!«

»Ich weiß. Entspann dich. Hey, du fährst in den Urlaub und machst ein Gesicht, als hättest du eine stressige Pflichtveranstaltung vor dir.«

Wenn du wüsstest, dachte Raster, während ihm der Schweiß den Nacken herunterlief. Es war einfach ekelhaft, Sabine so anlügen zu müssen. Aber die Alternative wäre, ihr von seinem Verdacht, den Jagdsafaris und Marks Rolle darin zu erzählen, und das wollte und konnte er nicht. Es war ihm klar, dass das nur endlose Diskussionen zur Folge gehabt hätte. Zudem hatte er eine fürchterliche Angst, dass Sabine ihm das nicht verzeihen könnte, dass er hinter ihrem Rücken ihren neuen Freund bespitzelte. Und Ärger oder sogar ein Ende der Freundschaft mit Sabine was das Letzte, was er wollte. Dann lieber lügen.

Irgendwie brachte er die Fahrt hinter sich, und die beiden verabschiedeten sich herzlich, wenn Raster auch spürte, dass Sabine etwas irritiert über seine teilweise ausweichenden Antworten war. Trotzdem war es ein inniger dicker Kuss auf die Wange, den er zum Abschied bekam und der ihn versöhnlich in die Schalterhalle B gehen ließ.

Der siebenstündige Flug gab ihm Gelegenheit, noch einmal alles Revue passieren zu lassen und sich auf sein bevorstehendes Abenteuer vorzubereiten. Er hatte, nachdem er seinen Freund in England gründlich gebrieft hatte, der Feuer und Flamme gewesen war, solch einen Coup mitzugestalten, die Kontaktmailadresse von der Homepage des Safariveranstalters angeschrieben. Seinen Namen hatte er vorsichtshalber nicht geändert, weil er nicht wusste, wie akribisch die Leute Nachforschungen anstellen würden. Er hatte angegeben, für einen Lord in England freiberuflich zu arbeiten – Software und so weiter – der ihn beauftragt hätte, diese Safari in seinem Sinne zu testen. Den allerdings fingierten Namen seines vermeintlichen Auftraggebers inklusive der Telefonnummer hatte er gleich mit angegeben. Dabei hatte er vorsichtshalber einen echten Lord genannt. Sein Freund hatte ihm diesen Tipp gegeben. Er wusste von einem reichen jagdbesessenen älteren Herrn in der Nähe der Pferdestadt Reading, der aber so gut wie nie zu Hause erreichbar war, da er ständig in der Weltgeschichte unterwegs war.

Zwei Tage später war eine Antwort mit einer Telefonnummer eingegangen, bei der er sich melden sollte. Sein Freund hatte ihm mittlerweile mitgeteilt, dass sich tatsächlich jemand bei ihm gemeldet hatte, der die Richtigkeit der Angaben überprüft hatte. Es hatte ihm offensichtlich richtig Spaß gemacht, zumindest am Telefon mal einen echten Lord zu spielen.

Raster hatte dann telefonisch ohne große Probleme eine Buchung durchführen können, wobei er bei dem angegebenen Preis schlucken musste. Der Veranstalter verlangte 19.000 Euro alles inklusive, wie man immer wieder betonte. Und obwohl Raster mehrfach versicherte, dass er selber doch gar nicht schießen wolle, blieb man hart. Immer mit dem Gedanken im Kopf, ich mach das für Sabine, hatte er die Summe überwiesen und bekam prompt die Reiseunterlagen inklusive Flugtickets zugeschickt.

Wie er den Papieren entnehmen konnte, die jetzt auf seinem Schoß in der Airbusmaschine lagen, würde man ihn am Flughafen abholen und in den nördlichen Teil der Masai Mara bringen. *Masai Mara.* Er hatte mittlerweile schon einiges darüber gelesen, aber vorstellen konnte er sich wenig über diesen Nationalpark in Kenia. Es war einer der größten relativ weit im Westen gelegenen Parks und grenzte fast an den Viktoriasee. Eigentlich war es kein eigenständiger Park, sondern die Verlängerung der Tansanianischen Serengeti, die südlich an Kenia grenzte. Da sich die großen Tierherden von Gnus, Gazellen und Antilopen aber nicht an Ländergrenzen hielten und regelmäßig von Süd nach Nord und umgekehrt wanderten, war dies ein zusammenhängendes riesiges Naturschutzgebiet, was in Tansania *Serengeti* und in Kenia *Masai Mara* hieß. Der Name in Kenia hatte natürlich seinen Ursprung in der Bevölkerungsgruppe der Masai, die vor allem hier ansässig waren und ihre Rinderherden hüteten.

Raster war noch nie in Afrika gewesen. Neben seiner selbst gestellten Aufgabe war er aufgeregt, dieses große Land kennenzulernen, auch wenn es sich nur um einen sehr kleinen und sicher nicht typischen Teil handelte. Er schloss die Augen und träumte von dem Film »Serengeti darf nicht sterben«, den er als Junge oftmals gesehen hatte, obwohl der Streifen damals schon zu den alten Klassikern gehört hatte. Es hatte ihn immer schon das freie Leben unter all diesen Tieren fasziniert. Er stellte sich die Tage heiß vor, die Nächte lau, am Lagerfeuer sitzend, die Geräusche der Tiere um sich herum, Gefahren, die aus dem Nichts herausbrechen konnten und doch nie wirklich tödlich waren. Wilde Jagden mit dem Jeep über endlose prärieähnliche Landschaften, immer Herden von Zebras, Gnus oder Büffeln hinterher …

Ein brutales Ruckeln der Maschine ließ ihn aus seinen Träumen unsanft aufschrecken. Sie waren gelandet. Willkommen in Afrika.

32. KAPITEL

Sabine und Philo saßen am Küchentisch ihrer WG in der Großen Heim Straße. Beide hielten eine Tasse Kaffee in den Händen, als müssten sie sich daran wärmen, obwohl draußen die Aprilsonne schien und es frühlingshafte 19 Grad warm war. Sie schwiegen, doch ihre Gedanken gingen in vollkommen unterschiedliche Richtungen.

Philo dachte an Raster. Er machte sich große Sorgen um seinen Freund. Erstens hatte er noch nichts von ihm gehört, zweitens machte er sich ständig Vorwürfe, nicht versucht zu haben, ihn von seinem Vorhaben abzubringen. Was für eine verrückte Sache. Raster begab sich da in die Höhle des Löwen, fast im wahrsten Sinn des Wortes.

Er verbrachte seine Zeit mit Kriminellen, alle sicherlich bewaffnet. Was, wenn seine Tarnung aufflog? Die Leute, die ohne mit der Wimper zu zucken wilde Tiere abschossen, und das am laufenden Band, würden doch sicherlich nicht vor einem kleinen Spinner aus Dortmund haltmachen. Warum hatte er ihn nur fliegen lassen?

Sabines Gedanken gingen in eine ganz andere Richtung. Sie wähnte Raster in einem wohlverdienten Urlaub in der Sonne Afrikas, am Strand unter Palmen, mit einem Drink in der Hand und gönnte ihm das von Herzen. Nein, sie beschäftigte nach wie vor der gewaltsame Tod von Karl Vollmer und alles, was damit zusammenhing. So war ihr der Zusammenhang zwischen dem Tod seiner Tochter Saskia und den Geschehnissen im letzten Jahr, vor allem der gezielte Angriff auf Marks Tochter, noch immer nicht klar.

Raster hatte schon recht. Die Zufälle waren seltsam: Erst der tödliche Spinnenbiss im Zoo. Mark war damals Leiter des Terrariums, dann Jahre später wieder Spinnenattacken und diesmal sogar gezielt eine auf Marks Tochter. Hatte er doch etwas damit zu tun? Aber was, um Gottes willen? Den Gedanken konnte sie kaum weiter denken, denn wer war dann für den Tod von Karl Vollmer verantwortlich? Nein. Das traute sie Mark nun wirklich nicht zu. Auf Sabines Stirn vertiefte sich die Falte direkt über ihrer Nase. Mark. Was war nur los mit ihm? Er war so anders geworden. Die ersten Wochen und Monate waren so entspannt und schön gewesen. Doch jetzt seit seiner Reise war er verkrampft und schien oft mit seinen Gedanken weit weg. Seine Freundlichkeiten wirkten bemüht, nicht mehr natürlich. Wie oft hatte er sich seit dem ersten Tag seiner Rückkehr bei ihr entschuldigen müssen? Sabine konnte es nicht mehr zählen. Andererseits forderte er, ja, das war leider das richtige Wort, von ihr, sich vermehrt um Lydia zu kümmern. Sabine tat das ja auch gern, aber mittlerweile fühlte sie sich mehr als Kindermädchen denn als Freundin oder Partnerin. Irgendetwas stimmte absolut nicht.

»Philo, ich muss …«

»Sabine, ich wollte …«

Beide fingen gleichzeitig zu sprechen an, und das löste sofort die Anspannung, die über dem Küchentisch geschwebt hatte. Sie mussten herzlich lachen und stießen mit ihren Kaffeebechern an.

»Na dann du zuerst«, sagte Philo und verschluckte sich fast an den letzten Glucksern und einem Schluck Kaffee.

Sabine wurde wieder ernst. »Ich weiß gar nicht, ob und wenn wie ich dir das sagen soll. Weißt du, ich bin einfach nicht mehr so glücklich mit Mark wie am Anfang. Er hat sich verändert, und ich weiß nicht warum und wer der echte Mark ist. Das macht mir Angst.«

»Was ist denn jetzt so anders? Beschreib das mal genauer.«

Und Sabine erzählte. Erst zögernd, dann immer flüssiger, froh, es endlich mit jemandem teilen zu können.

Philo hörte schweigend und konzentriert zu, während er sich seine eigenen Gedanken machte. Der Ansatz, Sabine von Rasters Plänen zu erzählen, war verschwunden. Es wäre absolut falsch, jetzt Öl ins Feuer zu gießen. Sabine würde sofort wieder Partei für Mark ergreifen und ihn und Raster beschimpfen. Was wäre damit gewonnen? Jetzt hatte sie ihre eigenen Zweifel, und Philo fand das gut so. Alles andere würde sich schon ergeben. Spätestens wenn Raster harte Fakten über Marks Zweitleben vorlegen würde. Wenn. Philo seufzte ausgiebig.

»Na, so mitnehmen muss dich das aber auch nicht«, meinte Sabine lachend. »Ich fand es einfach wichtig, mit dir und euch ehrlich zu sein. Wir teilen doch immer alles und sagen uns die Wahrheit, also sollt ihr auch wissen, wenn es bei meiner Beziehung zurzeit nicht so toll läuft. Aber ein Drama ist das nun auch wieder nicht.«

Philo seufzte wieder vernehmlich und schaute unglücklich auf seine Kaffeetasse.

»Oder bedrückt dich noch etwas anderes?«, fragte Sabine.

»Nein, schon gut. Lass uns von anderen Dingen reden. Was machen wir denn jetzt mit deinen Spinnen?«

Sabine lachte. »Du meinst mit dieser Bananenspinne im Zoo? Nun, ehrlich gesagt bin ich damit noch nicht fertig. Ich will da noch mal nachhaken. Hast du Lust mitzukommen?«

Philos Gesicht hellte sich schlagartig auf. »Ja sicher hab ich Lust und Zeit auch. Wohin soll's gehen?«

»Zunächst mal in den Zoo. Ich will da einem bestimmten Herrn mal auf den Zahn fühlen.«

»Aber doch nicht deinem Mark! Dann komme ich nicht mit. Das tue ich mir nicht an«, protestierte Philo.

»Aber nein. Seinem Nachfolger bei den Terrarien. Mark hat uns bereits einander vorgestellt. Und jetzt soll er mir mal ein paar Fragen beantworten.«

33. KAPITEL

Nachdem Raster seinen Koffer vom Laufband gezogen hatte, ging er in die große klimatisierte Ankunftshalle, die voller Menschen war. Er erkannte viele einfach gekleidete Farbige, die sich um jeden Koffer bemühten, und wenn der noch so klein war, viele westliche Geschäftsleute, die diese Anstrengungen zu unterbinden wussten, Touristen, die das meist nicht schafften und sich später über die unverschämte Summe wundern würden, die sie dieser Dienst des Koffertragens kosten würde. Taxifahrer, die sich anboten, Frauen, die wertlose Stadtpläne verteilten – und auch dafür Geld haben wollten sowie eine Reihe von Männer, die irgendwelche Schilder hochhielten mit Namen von Hotels, Reiseveranstaltern, Busunternehmen und anderen Dingen, deren Bedeutung sich Raster nicht erschloss. Der ohrenbetäubende Lärmpegel raubte ihm fast die Sinne.

Er zwang sich, konzentriert die vielen Schilder anzusehen, und fand schon bald, wonach er Ausschau hielt. »Special Safari. Masai Mara« stand da, wie in den Unterlagen angekündigt. Zwei Einheimische nahmen ihm wortlos das Gepäck ab und führten ihn durch das Chaos nach draußen.

Eine gnadenlose feuchte Hitze verschlug ihm den Atem. Sofort spürte er, wie am ganzen Körper der Schweiß ausbrach. So etwas hatte er selbst in der Karibik noch nicht erlebt. Die beiden Männer sahen, was mit Raster los war, und lachten. »You get used to it«, meinte der eine nur lakonisch und wies auf einen großen Jeep, der direkt vor der Halle geparkt war. Das Gepäck wurde verstaut, und Raster stieg hinter den Männern ein, die ihm eine Flasche Wasser reichten. »Du musst viel trinken in der Hitze. Und wenn du Hunger hast, sag Bescheid. Wir haben alles dabei. Die Fahrt wird sehr lang werden. Eigentlich machen wir das sonst mit einem eigenen Flugzeug, aber das ist leider kaputt, also müssen wir fahren. Es wird ungemütlich. Ich hoffe, du bist nicht empfindlich«, erklärten sie in diesem für Westeuropäer so gut verständlichen Englisch.

Raster schüttelte den Kopf und verfluchte jetzt schon seinen Plan. 19.000 Euro für das hier?

Von Nairobi selber konnte Raster so gut wie nichts sehen. Sie fuhren auf einer Umgehungsstraße nach Westen, um dann nach einer Stunde nach Südwesten abzubiegen. Etwa zwei Stunden lang war die Fahrt bequem, und Raster genoss die Klimaanlage des Jeeps und das sanfte Dahingleiten auf gut ausgebauten Straßen. Dann urplötzlich und unvermittelt bog der Fahrer rechts scheinbar in einen Feldweg ab.

»Ist das denn der richtige Weg?«, wagte Raster zu fragen. Beide Männer lachten, und der Beifahrer meinte: »Das ist der richtige Weg. Aber schwierig wird es erst in etwa einer Stunde, warte ab.«

Der Weg, oder die Straße, war ein breites braunes Band, das sich scheinbar endlos schnurgerade nach Westen zog. Die Fahrrillen waren tief ausgefahren, nur leider nicht in der Breite, die ihr Jeep hatte. Offensichtlich gab es hier vor allem Lkw-Verkehr. Jedenfalls rutschte ihr Wagen immer von der einen in die andere Rille, fuhr dann schräg, bis es wieder hinunter auf die andere Seite ging. Zu Seekrankheit durfte man hier nicht neigen. Als dann auch noch die ersten Lkws entgegen kamen, bekam es Raster richtig mit der Angst zu tun. Mit unvermindert hoher Geschwindigkeit raste man aufeinander zu, um im letzten Moment auszuweichen. Das Ganze ging tatsächlich etwa eine Stunde lang so weiter, dann machte die Straße einen weiten Bogen nach links Richtung Süden, und der Jeep schlingerte in einen kleinen von Raster gar nicht wahrgenommenen Pfad hinein, der weiter die westliche Richtung beibehielt.

»Jetzt musst du dich gut festhalten. Die nächsten vier Stunden werden ungemütlich«, meinte der Fahrer und grinste seinen Kumpel an.

Als ob sich Raster nicht schon die ganze Zeit krampfhaft festgehalten hätte. Beide Hände schmerzten von dem andauernden Festkrallen an Griffen und Polstern. Die nächsten vier Stunden sollten wirklich mit das Schlimmste sein, das Raster zumindest in Fahrzeugen erlebt hatte. Ein Schlagloch nach dem anderen brachte den Jeep an seine Belastungsgrenzen. Die Reifen und Achsen mussten nach Rasters Vorstellung Unerträgliches erleiden. Sein Rücken tat bereits nach einer halben Stunde so weh, dass er sich laufend dehnen und strecken musste, um nicht vor Schmerzen aufzuschreien.

»Wenn man hier einen Reifenschaden oder einen Achsbruch hat, kann das ganz schön kompliziert werden«, rief der Beifahrer nach hinten, bemüht, den Lärm zu überbrüllen. »Auf diese Piste verirrt sich kaum jemand.«

Aber warum fahren wir dann nicht langsamer?, dachte Raster verzweifelte und versuchte, sich abzulenken, indem er sich auf die Gegend konzentrierte, durch die sie rasten.

War das etwa Grzimeks Afrika? Eine braune öde und flache Gegend. Kaum ein Strauch oder Baum, keine Dörfer oder Tiere. Einfach nur trostlos. So hatte er sich das in seinen Träumen nicht vorgestellt. Am liebsten hätte er einfach die Fahrt verschlafen, aber daran war bei diesem Geruckel und Gestoße wahrlich nicht zu denken. Trotzdem verfiel Raster nach einiger Zeit in Art Trance. Kein Wunder bei der immer gleichbleibenden öden Landschaft. Seine Gedanken wanderten nach Deutschland, nach Dortmund, in die Große Heim Straße zu Sabine. Wusste sie eigentlich, wie er sie vergötterte? Klar, sie alle drei machten ständig Witze darüber. Aber wie ernst es ihm im Inneren war, wusste sie das? Wahrscheinlich blieb sie trotzdem immer unerreichbar für ihn. Das war ihm auch eigentlich egal – mittlerweile. Aber was nicht ging, war, dass sie sich in den Falschen verliebte und womöglich eines Tages todunglücklich wurde. Und das war seine Mission, dafür nahm er auch diese Tortur auf sich. Er konzentrierte sich wieder auf die Umgebung und stellte eine leichte Veränderung fest. Sie fuhren offensichtlich schon seit einiger Zeit stetig bergauf, zwar nur leicht, aber konstant, als würden sie einer Hochebene zustreben.

Und wieder, als könnten die Jungs da vorne Gedanken lesen, kam es von der Beifahrerseite: »Die Masai Mara liegt etwa 1500 Meter hoch, daher ist es dort auch nicht so heiß und schwül wie in Nairobi oder in Mombasa. Es ist eher angenehm warm, die Nächte sogar teilweise kalt. Es dauert jetzt nicht mehr lange.«

Die Landschaft veränderte sich stetig, je höher und südlicher sie kamen. Das Braun verlor immer mehr gegen das Grün einer Graslandschaft mit kleinen Wäldern und Büschen. Und auch die ersten Tiere zeigten sich endlich. Raster konnte einige Zebras, zwei Antilopen und sogar eine kleine Büffelherde entdecken. Der Fahrer schaltete die Klimaanlage aus und kurbelte das Fenster herunter. Eine angenehm warme und trockene Luft strömte in den Wagen, und langsam, ganz langsam begann Raster, die Fahrt zu genießen.

Nach weiteren 30 Minuten waren sie plötzlich am Ziel. Der Jeep bog von der Piste rechts ab, fuhr an einer kleinen Landebahn entlang und näherte sich dann einem Wald mit hohen Bäumen. Raster erkannte eine Horde Paviane, die neugierig den Wagen beobachtete und Anstalten machte, den Jeep zu entern. Links saß ein großer bunter Vogel stolz auf einem akazienähnlichen Baum. Ein *Sekretär*, wie er später erfahren sollte. Nach einer scharfen Biegung durchfuhren sie ein hölzernes Tor wie am Eingang einer texanischen Ranch. An dem geschwungen Querbalken war ein Schild befestigt.

Welcome To
THE SPECIAL SAFARI LODGE
The Best Fotosafari Of Whole Kenia

Wobei durch das erste o bei *Fotosafari* ein stilisiertes Gewehr gesteckt war. Ging man hier so offensiv mit Jagdsafaris um? Erstaunlich!

Dann erkannte Raster zwei große gemauerte Gebäude und dahinter eine Reihe grüner Zelte. Diese waren so groß, dass darin sicherlich fünf Mann Platz fanden. Schlafen wir hier etwa zu mehreren in einem Zelt?, fragte sich Raster besorgt. Ein wenig mehr Komfort hatte er sich doch vorgestellt. Sie hielten an, und er konnte endlich seine geschundenen Knochen strecken.

Ein Weißer im grünen Tarnanzug kam aus einem der Gebäude auf ihn zu und begrüßte ihn herzlich. Er war von kleiner, fast pyknischer Statur mit vollem weißen Haar und einer wettergegerbten tiefbraunen Hautfarbe. »Mein Name ist George Bush, wie der ehemalige Präsident, ich weiß.« Sein Händedruck war kräftig und trocken. Kleine, stechende hellblaue Augen suchten selbstbewusst Augenkontakt. »Ich möchte Sie ganz herzlich zu *Special Safaris* willkommen heißen. Ich weiß, dass Sie hier einen, sagen wir, besonderen Status haben werden, da Sie nur begutachten und nicht selber schießen wollen, aber nichtsdestotrotz soll es Ihnen hier an nichts mangeln. Ihr Gepäck wird von den Boys gleich in Ihr Zelt gebracht, bis dahin genießen Sie doch einen Cocktail mit uns. Es sind zurzeit nur drei Gäste hier, die anderen sind noch auf Safari. Insgesamt sind wir in diesen zwei Wochen zu zehnt. Eventuell kommt in der zweiten Woche noch unser Mr. Butcher dazu. Das ist der Geschäftsführer unseres kleinen Unternehmens, müssen Sie wissen. Kommen Sie!«

Raster meinte, dass ihm doch jeder den Schreck angesehen haben musste, der ihm in die Glieder gefahren war. Mark hatte ihn zwar noch nicht gesehen, er war ja nie in der WG aufgetaucht, aber begegnen wollte er ihm auch nicht unbedingt. Außerdem konnte er jetzt ja eigentlich wieder fahren. Er hatte ja die Bestätigung, die er haben wollte. Aber nein. Er musste wissen, ob es sich tatsächlich um ein illegales Geschäft handelte, und dazu musste er hier bleiben.

Doch was er dann zu sehen bekam, versüßte sein Vorhaben erheblich. Bush führte ihn zu einer vollkommen im Freien stehenden Bar. Aus Stein und Holz gebaut, bestückt mit einer Sammlung edelster Whiskys, Bränden und Säften umgeben von sattem kurz gemähtem

Gras, bei dem man sich einfach nur wünschte, Schuhe und Strümpfe auszuziehen. Grob behauene Tische und Hocker standen wie zufällig verstreut auf der Wiese. An einem saßen drei grauhaarige Herren, einer dicker als der andere. Alle drei begrüßten den Neuankömmling mit einem breiten Grinsen und festem Handschlag. Alle drei waren Texaner, die offensichtlich nicht zum ersten Mal hier zu Gast waren.

34. KAPITEL

Sie mussten ziemlich lange suchen und sich durchfragen, bis sie den Gesuchten in einem Anbau neben den Terrarien des Dortmunder Zoos fanden. Herr Bernd war ein hochgewachsener Mann mit Halbglatze und buschigen Augenbrauen. Er saß an einem kleinen Schreibtisch in dem beengten Raum umgeben von Regalen voll mit Büchern über Spinnen, Insekten, Schlangen und andere exotische Tiere, die er unter seiner Herrschaft hatte.

»Ah, Frau Dr. Funda. Das ist aber nett, dass Sie mich mal besuchen kommen«, begrüßte er Sabine und zog fragend eine seiner hervorstechenden Brauen hoch, als er Philo sah.

»Das ist ein guter Freund und Mitbewohner, Friedrich Sachse. Sehr freundlich, dass Sie einen Moment Zeit für uns haben, Herr Bernd. Ich darf gleich zur Sache kommen? Ich möchte Ihre Zeit nicht über Gebühr in Anspruch nehmen.«

»Nur zu. Worum geht es?«

»Nun, es geht eigentlich um die Zeit, bevor Sie hier Chef waren. Genauer um das Jahr 2009.«

»Da sollten Sie eher mit Ihrem Freund Herrn Böttger sprechen. Wie Sie wissen, war er damals hier für alles zuständig. Und ich war noch gar nicht in Dortmund. Ich bin erst 2010 aus Leipzig hierher gewechselt.«

»Vielleicht können Sie mit trotzdem helfen. Herr Böttger hat keine wirkliche Erinnerung an das, worum es uns geht.«

»Und das wäre?« Jetzt waren beide Augenbrauen in Habtachtstellung.

Philo schaltete sich ein. Er merkte, dass es Sabine peinlich war, den stellvertretenden Direktor und ihren Freund als unwissend darzustellen. »Es geht um Bananenspinnen. Wir wissen, dass 2009 ein Mädchen hier im Zoo von einer Bananenspinne gebissen wurde und leider auch daran verstorben ist. Haben Sie da irgendeine Erklärung?«

Bernd runzelte die Stirn, was die beiden Büsche über seinen Augen zu einem einzigen breiten Haarband zusammenwachsen ließ. Faszinierend, dachte Philo.

»Also soweit ich weiß«, antwortete Bernd, »hat es hier noch nie Brasilianische Wanderspinnen gegeben. Sie sind relativ schwer zu pflegen und brauchen viel Platz, weil sie Jäger sind. Nein, das kann ich mir einfach nicht vorstellen. Und Sie sind sich sicher, dass es diese Spinne war? Außerdem, selbst wenn es hier mal welche gegeben hätte, die Sicherheitsvorkehrungen sind so gut, da wäre nie eine rausgekommen. Das geht einfach nicht.«

Sabine guckte enttäuscht zu Philo, der kurz mit den Achseln zuckte. »Nun gut. War ja auch nur so eine Idee. Herzlichen Dank für Ihre Zeit, Herr Bernd. Dann müssen wir uns wohl doch geirrt haben.«

»Vielen Dank auch von mir«, meinte Philo und gab Herrn Bernd die Hand.

Die beiden waren schon fast zur Tür hinaus, als Bernd sie noch einmal zurückrief. »Warten Sie einen Moment. Mir ist da gerade etwas eingefallen. Wenn Sie ganz auf Nummer sicher gehen wollen, sprechen Sie doch mal mit Klaus Huber. Er war hier in den Terrarien so eine Art Maskottchen, hat schon sein ganzes Leben hier gearbeitet und gehörte quasi zum Inventar. Wenn einer etwas weiß, dann er.«

»Und wo finden wir diesen Klaus Huber? Haben Sie vielleicht eine Adresse für uns?«, fragte Sabine wieder neu Hoffnung schöpfend.

»Nein, keine Ahnung. Ich weiß nur, dass er in Hörde gewohnt hat. Aber ab 17 Uhr finden Sie ihn eigentlich immer in der Kneipe direkt neben dem Hörder Bahnhof. Da sitzt er leider jeden Abend.«

Um Punkt fünf Uhr am selben Nachmittag betraten Sabine und Philo die erwähnte Kneipe, in der es erstaunlicherweise noch kein Rauchverbot zu geben schien. Schon um diese frühe Uhrzeit waberte der Qualm durch den Raum und machte es schwer, sich zurechtzufinden. Etwa 20 Männer saßen teils am Tresen, teils an den Tischen verteilt. Die meisten mit einem Glas Bier vor sich, einige auch mit einem kleinen Pinnchen daneben. Der Lautstärkepegel war beträchtlich.

Sabine und Philo steuerten direkt auf den bierzapfenden Wirt zu. »Entschuldigen Sie, wir suchen einen Herrn Klaus Huber. Können Sie uns da helfen?«, rief Philo laut.

Der äußerst beleibte Kneipeninhaber schaute auf und machte nur eine Kopfbewegung ans andere Ende des Tresens, wo ein einsamer hagerer Mann mit schütteren Haaren vornübergebeugt auf seinen Hocker mehr hing, als saß.

»Danke!«, rief Philo und ging mit Sabine hinüber. »Herr Huber?«

»Wer will das wissen?«, fragte der Mann, ohne seinen sturen Blick von seinem Bierglas zu nehmen.

»Wir recherchieren …«

»Wir interessieren uns für Spinnen«, unterbrach ihn Sabine mit einem strengen Seitenblick. »Wir waren im Zoo, und da hat man uns gesagt, wenn jemand eine Ahnung hätte, dann wären Sie das.«

Huber schaute jetzt doch auf und stierte die beiden verwundert an.

Ich möchte nicht wissen, was der schon alles intus hat, dachte Sabine und versuchte es noch einmal. »Dürfen wir Sie zu einem kleinen Getränk einladen, Herr Huber?«

Jetzt hatte sie ihn. Plötzlich saß er kerzengerade, suchte mit seinen Blicken den Wirt und rief dem zu: »Ein Herrengedeck, Walter, aber pronto!« Dann wandte er sich Sabine zu und fragte: »Was genau wollen Sie denn wissen, schöne Frau?«

»Wir wollten uns nach Bananenspinnen erkundigen! Hat es die schon mal im Zoo gegeben? Und wenn ja, warum dann jetzt nicht mehr?«

»Oh, ein nettes, gemeines Tierchen. Muss man sehr vorsichtig mit umgehen. Wissen Sie, der Biss ist fast immer tödlich, wenn man nicht schnell genug das Gegengift verabreicht. Aber nein, um Ihre Frage zu beantworten«, er nahm einen großen Schluck aus seinem Bierglas, stürzte danach den Korn hinterher und rülpste vernehmlich »Verzeihung. Nein. Hier im Tierpark hat's die noch nie gegeben … jedenfalls nicht offiziell«, setzte er leise hinzu, sodass Sabine und Philo es kaum verstehen konnten.

»Was haben Sie gerade gesagt?«, fragte Philo.

»Ach nichts. Ist schon gut. Also was kann ich Ihnen noch über die Bananenspinne erzählen?«

»Ein weiteres Herrengedeck für Herrn Huber!«, rief Sabine dem Wirt zu. »Bitte! Wiederholen Sie doch noch einmal, was Sie gerade gesagt haben. Ich habe nur *offiziell* verstanden.«

»Ich sagte, dass es diese Spinne zumindest nicht offiziell im Zoo gab.«

»Und was heißt das? Gab es sie inoffiziell doch?«, insistierte Philo.

»Man, was seid ihr hartnäckig«, seufzte Huber, grinste dann breit, »aber auch großzügig. Zum Wohl! Also, Leute. Es gab da mal ein Gerücht. Na ja, ein bisschen mehr war das schon. Weil ich hab da so einiges beobachtet. Aber das habt ihr nicht von mir, ist das klar?« Philo und Sabine nickten kräftig.

»Vor einigen Jahren, so ab 2006 schätze ich, hat es im Zoo einen illegalen Tierhandel gegeben. Es ist aber nie bewiesen worden. Und die, die etwas mitgekriegt haben, haben ihren Job verloren.« Mit einer weit ausholenden Geste wies er auf sich. »Aber ich bin mir da ganz sicher. Es wurden auf Kosten des Tierparks alle möglichen Tiere geordert, exotische Spinnen, Schlangen, Leguane, Krokodile und so weiter. Die wurden ganz offiziell geliefert, quittiert und bezahlt. Manche von den Tierchen waren dann auch für einige Zeit in den Terrarien zu sehen, andere nie. Und dann verschwanden sie plötzlich. Nie sehr viele auf einmal, man musste sich schon sehr gut auskennen, um das zu bemerken. Aber mir machten die damals nichts vor.«

Philo räusperte sich. »Aber das muss doch dem damaligen Chef des Terrariums, wie hieß er denn noch gleich, ach ja, Böttger, aufgefallen sein, oder etwa nicht?«

»Seid ihr von der Polizei, oder was?«

»Nein, keine Sorge, Herr Huber, aber erzählen Sie doch bitte weiter.«

»Na gerade mit dem Böttger, diesem Schwein, musst du mir nicht kommen. Ich bin mir sicher, dass er hinter dieser ganzen Sauerei gesteckt hat. Wer da noch mitgemacht hat, weiß ich nicht, aber *der* auf jeden Fall.«

Sabine sank auf den nächsten freien Hocker. Sie musste sich sehr zusammenreißen, um nicht in Tränen auszubrechen. Konnte das alles denn wahr sein? Aber vielleicht irrte sich dieser Kerl auch einfach. Wahrscheinlich war er gefeuert worden, weil er damals schon zu viel getrunken hatte, und jetzt erfand er solche Märchen, um sich zu rächen oder sich wichtig zu machen. Und wenn die Geschichte doch stimmte? Eines musste sie unbedingt noch wissen. »Herr Huber. Trotzdem verstehe ich nicht so ganz, wieso eine Bananenspinne auf einem Weg im Zoo ein Mädchen beißen konnte. Ich dachte, die Sicherheitsvorkehrungen wären so perfekt. Jedenfalls ist das uns so gesagt worden.«

»Nun ja. Was ich so mitbekommen habe, war die jeweilige Übergabe der Tiere an die Käufer nicht ganz so sicher. Das wäre ja auch sonst aufgefallen, wenn da Leute mit offiziellen Behältern aus dem Zoo marschiert wären. Sie müssen sich das so vorstellen, dass der Verkauf irgendwo außerhalb des Zoos stattfand, die Übergabe aber am helllichten Tag im Zoo. Es ging ja nie um große Tiere. Es waren Babykrokodile, Babyleguane und so weiter. Alles konnte bequem in einer Tasche oder einem Karton verstaut werden. Da kam es schon mal vor, dass ein Tierchen entwischte. Wurde es dann von jemand anderem gefunden, hatte der feine Herr Böttger immer sofort eine Erklärung parat.«

»Und Sie meinen, so hätte auch eine Bananenspinne entwischen können?«, fragte Sabine, die sich am liebsten auch einen Schnaps gegönnt hätte.

»Ganz sicher sogar. Ich weiß, dass die heiß begehrt sind.«

Sabine und Philo hatten genug gehört, verabschiedeten sich von Huber und wollten nur aus der Kneipe verschwinden.

»Wissen Sie, was komisch ist?« Huber hielt sie noch einmal auf. Zögernd drehten sich beide um. Was wollte er denn noch?

»Ich musste gerade daran denken, dass ich hier in der Kneipe mal zufällig einen Mann getroffen habe. Ist schon ein paar Jahre her. Mit dem kam ich ins Gespräch, und der hat genau dasselbe gefragt wie ihr. Komische Sache.«

»Können Sie sich noch an den Namen des Mannes erinnern?«, fragte Philo.

»Warten Sie. Mit Nachnamen haben wir uns, glaub ich, gar nicht vorgestellt. Das war ein ganz normaler, kurzer deutscher Name.«

»Vielleicht Karl?«

»Ja genau. Karl. So hieß der. Komische Sache.« Und damit wandte er sich endgültig ab und beschäftigte sich wieder mit seinen Getränken.

35. KAPITEL

Auf dem Weg nach Hause sprach keiner ein Wort. Sabine fuhr mit versteinerter Miene, und Philo saß unglücklich neben ihr. Wie gerne hätte er ihr diese Enttäuschung erspart. Auch er blieb still. Sie musste da jetzt erst einmal alleine mit klarkommen. Sie würde sich schon äußern, wenn sie ihn brauchte.

Erst als Philo die Wohnungstür aufschloss und sie in den Flur traten, sah sie ihn an und fragte: »Glaubst du ihm?«

Philo nickte stumm.

Sabines Schultern sackten noch ein wenig tiefer. »Ich möchte allein sein. Okay?«

»Geht klar«, antwortete Philo. »Aber wenn du irgendwas brauchst, sagst du Bescheid, ja? Ich bin hier.«

Sabine verschwand in ihrem Zimmer und blieb da den ganzen Abend. Sie wollte auch nichts essen, sondern einfach nur in Ruhe gelassen werden, und Philo konnte sie verstehen. Ihn quälte noch etwas ganz anderes.

Er war der Meinung, dass Sabine jetzt auch von ihrem Verdacht erfahren musste, dass Mark Böttger in illegale Safaris verwickelt war. Nicht, um es Sabine noch schwerer zu machen, sondern um sie davor zu bewahren, scheibchenweise die Wahrheit zu erfahren. Das wäre nur noch schlimmer für sie. Andererseits hatte er mit Raster eine ganz klare Abmachung, dass dieser sich zunächst umfassend informieren und Beweise sammeln sollte, bevor sie Sabine damit konfrontierten. Er versuchte, Raster telefonisch zu erreichen, gelangte aber nur auf die Mailbox. Natürlich dachte er. Mitten in der Wildnis Afrikas werden ja wohl kaum Sendemasten herumstehen.

Er aß noch eine Kleinigkeit und ging dann früh schlafen. Seine Tür ließ er angelehnt, damit Sabine sah, dass sie ihn jederzeit ansprechen konnte.

Am nächsten Morgen stand er früh auf, kaufte frische Brötchen und bereitete für sie beide das Frühstück vor. Dann setzte er sich an den Küchentisch und wartete. Schließlich hörte er Sabine im Bad, und kurz darauf erschien sie in der Küche.

Die Augen waren dick geschwollen, und ihre Lippen waren zu einem dünnen Strich zusammengepresst. Philo zerriss es fast das Herz, sie so zu sehen.

»Hey! Konntest du denn wenigstens ein bisschen schlafen?«

»Ich glaub schon«, antwortete Sabine leise und setzte sich an den gedeckten Tisch.

Philo goss ihnen Kaffee ein und meinte: »Komm, wir frühstücken jetzt erst einmal, und dann machen wir beide einen ausgiebigen Spaziergang. Was hältst du davon?«

Sabine schenkte ihm ein kleines Lächeln. »Wenn du meinst, dass das hilft.«

»Ganz bestimmt!«

Tatsächlich aß sie etwas und sah danach schon deutlich besser aus. Philo hätte gewettet, dass sie einen Rückzieher machen würde, was das Spazierengehen anging, aber nach dem Frühstück zog sie sich tapfer Schuhe und eine Jacke an und sah Philo herausfordernd an. »Wollen wir?«

Sie fuhren in den Westfalenpark, wo um diese Uhrzeit und mitten in der Woche nichts los war. Sie genossen die klare Frühlingsluft und gingen einige Zeit schweigend nebeneinander her.

»Weißt du, was mich am meisten ärgert?«, begann Sabine schließlich. »Dass ich selbst daran schuld bis, dass es jetzt so weh tut.«

»Aber warum denn?«, fragte Philo zurück. »Du hast dir doch nichts vorzuwerfen. Er ist oder zumindest war der Betrüger, nicht du!«

»Das nicht. Aber ich habe mich so schnell und so kompromisslos auf ihn eingelassen, weil ich in ihm das gesehen habe, was ich unbedingt sehen wollte. Selbst in den letzten Wochen, seit seiner Reise, als er anders wurde, egoistischer, fordernder. Selbst da fand ich immer neue Ausreden und Entschuldigungen für ihn. Ich bin so dämlich!«

»Willst du ihm denn keine Chance mehr geben? Ich meine, du könntest ihn wegen der illegalen Tiergeschäfte zur Rede stellen, und wenn er dann klein beigibt, es zugibt und jetzt nichts mehr damit zu tun hat, dann könnte doch noch alles gut werden.«

Sabine blieb stehen. »Wenn, und ich betone, *wenn* das alles wäre, hättest du vielleicht recht. Aber wie gesagt. Es geht nicht nur um Dinge aus der Vergangenheit. Mir sind jetzt einfach die Augen aufgegangen. Er ist schlicht und ergreifend nicht der Mann, als der er sich anfangs ausgegeben hat. So weh es tut. Ich will ihn nicht mehr sehen.«

Sie gingen langsam weiter, und in Philo reifte ein Entschluss. Wenn Sabine jetzt schon soweit war, dass sie das mit Mark beenden wollte, durfte er die Afrikasache nicht mehr vor ihr verheimlichen. Sollte Raster denken, was er wollte. Hier ging es auch um seine Freundschaft mit Sabine. Natürlich hatte er schreckliche Angst vor ihrer Reaktion. Würde sie ihn anschreien, einfach weglaufen oder zutiefst traurig sein? Würde sie ihnen womöglich die Freundschaft kündigen und ausziehen? Nicht auszudenken, was alles passieren könnte. Aber gerade deswegen: lieber jetzt als später.

»Hast du was dagegen, wenn wir uns hier auf die Bank setzen?« Sie setzten sich, und Philo nahm Sabines Hand in seine. »Ich muss dir etwas sagen, was dir vielleicht noch mehr wehtut. Auch weil es Raster und mich betrifft.«

»Ihr habt euch ineinander verliebt, wollt heiraten und mich alleine lassen.« Immerhin konnte Sabine wieder einen Scherz machen.

»Nein. Bleib bitte ernst. Du weißt doch, dass Raster deinem Mark, also ich meine Mark Böttger, nie so richtig über den Weg getraut hat.« Sabine nickte. »Und da hat er immer weiter in diversen Suchmaschinen gewühlt und sich bemüht, etwas über ihn herauszufinden, was vielleicht nicht ganz sauber ist.« Jetzt begann Sabine, unruhig auf der Bank hin und her zu rutschen. Langsam zog sie ihre Hand zurück, doch Philo hielt sie fest.

»Und hat er etwas gefunden?«

»Na ja, wir sind uns da nicht ganz sicher. Er hat auf einer Internetseite auf jeden Fall ein Bild von einem Marc Butcher gefunden, der stolz mit einem Fuß auf einem erlegten Löwen posiert. Es ist eine amerikanische Website von einer Firma, die *Special Safaris* in Kenia anbietet.«

»Und was hat dieser Marc Butcher, oder wie der heißt, mit dem Mark Böttger zu tun?«

»Es ist derselbe Mann. Das Bild zeigt eindeutig den stellvertretenden Zoodirektor von Dortmund.«

»Und Raster ist jetzt da runter gefahren, um das alles zu überprüfen? Seid ihr denn total bescheuert? Weißt du eigentlich, wie gefährlich das sein kann?«

Philo erklärte ihr ausführlich, wie Rasters Plan aussah, und dass er eigentlich keiner Gefahr ausgesetzt war, was Sabine etwas beruhigte.

»Und das tut er alles, um mir zu beweisen, dass Mark ein Halunke ist.« Sabine lächelte. »Ihr seid mir zwei. Ich verstehe, dass ihr mir das nicht vorher sagen konntet. Ich hätte euch den Kopf abgerissen. Gut, dass du es mir aber jetzt gesagt hast.«

»Und du bist wirklich nicht böse?«

»Nein, warum denn? Das alles macht ihr, um mich zu beschützen. Nenn mir eine Frau, die da nicht gerührt wäre. Komm, lass uns weitergehen. Ich hab noch etwas auf dem Herzen.«

Sabine stand auf und ging weiter. Sie ließ einen komplett perplexen Philo zurück. Soll mal einer behaupten, man könnte die Frauen verstehen. Dann spurtete er hinter Sabine her.

»Was mir außerdem Kopfzerbrechen macht, ist die Sache mit der Ermordung von Vollmer«, fuhr Sabine unvermittelt fort. »Jemand macht sich die Mühe, ihn aus der geschlossenen Anstalt zu entführen, um ihn dann umzubringen? Warum? Und vor allem, warum gerade jetzt? Ein Zusammenhang mit der Spinnengeschichte drängt sich doch geradezu auf. Und bei dem, was wir jetzt alles wissen, steht Mark da ganz schön im Fokus.«

»Du meinst, er hat Vollmer umgebracht?«

»Nein. Zumindest nicht persönlich. Das habe ich schon überprüft.«

Philo kam aus dem Staunen nicht mehr raus. »Wann hast du das denn gemacht?«

»Noch gestern Abend. Nachdem ich meine erste Strophe geheult hatte und mir dieser schreckliche Gedanke gekommen war, dass Mark vielleicht auch noch ein Mörder sein könnte, hab ich ein paar Telefonanrufe getätigt. Er war zur fraglichen Zeit eindeutig im Zoo beschäftigt.«

»Na du bist mir ja 'ne Nummer«, meinte Philo und hakte sich bei Sabine unter. »Ich finde, du gehst ganz schön cool mit der ganzen Sache um.«

»Das täuscht, mein Lieber, das täuscht gewaltig.«

36. KAPITEL

Nachdem Raster seinen Willkommenscocktail genossen hatte und mit den drei Texanern ein wenig Smalltalk praktiziert hatte, wurde er über eine weitere perfekt gepflegte Wiese zu den Unterkünften geführt. Rechts der Wiese sah er einen etwa 15 Meter tiefen Graben, auf dessen Grund sich ein kleiner Fluss schlängelte. Einige Krokodile dösten träge an dem sandigen Ufer, während unbekannte Vögel frech und scheinbar ohne Angst um die Köpfe der Echsen herumhüpften. Jenseits des Flusses stieg der Graben genauso steil wie diesseits wieder an. Direkt an diesem gegenüberliegenden Rand stand eine halbhohe Baumgruppe, in deren Schatten eine Löwenfamilie ruhte.

Das ist fast zu kitschig, um wahr zu sein, dachte Raster. So viel Natur, wilde Tiere zum Greifen nah und mittendrin ein Camp mit einer Bar, die etwa 100 verschiedene Single Malts bereithält. Der Mann, der ihn zu seinem Zelt führte, ermahnte ihn, diesen Weg vor allem nachts nie alleine zu gehen, da es vorkam, dass einzelne Tiere sich doch einmal auf das Gelände des Camps wagten. Außerdem schärfte er ihm ein, das Zelt immer geschlossen zu halten, da sonst die Affen alles, was nicht niet- und nagelfest war, klauten. Na ja, dann muss halt immer der Letzte daran denken, der unser Zelt verlässt, dachte Raster, der immer noch davon ausging, dass mindestens fünf Männer in einem Zelt untergebracht waren. Schließlich erreichten sie das Zelt mit der Nummer acht, und der Mann öffnete es.

»Ich hoffe, Sie fühlen sich hier wohl«, sprach er in einem perfekten Englisch und verschwand wieder, nachdem er Raster auf eine Glocke am Eingang des Zeltes hingewiesen hatte, mit der er jemanden für den Weg zurück rufen könne.

Was Raster dann vorfand, befand sich jenseits seiner Vorstellungskraft. Ein einzelnes Kingsizebett aus wertvollstem Teakholz stand auf der rechten Seite des geräumigen Zeltes. Der Fußboden war mit weichen Teppichen ausgelegt. An der Wand gegenüber dem Eingang befand sich ein großer Sekretär mit bereitliegendem Schreibzeug, daneben eine Garderobe, an der sogar ein Schirm hing. Links stand ein riesiger Schrank, in den jemand bereits säuberlich seine Sachen eingeräumt hatte. Rechts neben dem Schrank führte eine Tür in den hinteren Teil des Zeltes, der rundherum gemauert war und ein großzügiges Bad beherbergte. Stand man unter der Dusche, konnte man durch schmale Öffnungen direkt auf Augenhöhe in die Wildnis hinaus schauen.

Vollkommen überwältigt und gleichzeitig zerschlagen von der Reise legte sich Raster auf das äußerst bequeme Bett und war innerhalb weniger Sekunden eingeschlafen.

Um Punkt 18 Uhr klingelte es leise an seiner Glocke. Zunächst orientierungslos sprang Raster auf und wusste gar nicht, was er machen sollte. Dann besann er sich, rieb sich den Schlaf aus den Augen und öffnete die Zeltplane. Draußen stand derselbe Mann, der ihn hierher geführt hatte, und teilte ihm mit, dass es in einer halben Stunde den Aperitif und danach das Abendessen gäbe. Mr. Bush würde sich über Pünktlichkeit freuen, er käme dann in 30 Minuten wieder.

Raster sprang unter die Dusche, wunderte sich über das heiße Wasser, das sofort zur Verfügung stand, zog sich frische Sachen an und war pünktlich um halb sieben vor seinem Zelt. Er wurde in eines der beiden großen Hauptgebäude geführt, wo nach und nach die anderen Gäste eintrafen. Man konnte zwischen Whisky, Portwein, Sherry und Champagner wählen und stand in kleinen Gruppen vor einer U-förmigen Tafel. Raster gesellte sich zu einer kleinen Gruppe, in der die scheinbar einzige weibliche Teilnehmerin zu sehen war.

»… Ich bin mir nicht sicher, ob es der Leitbüffel war. Aber es war auf jeden Fall das größte Tier in der Herde«, sagte sie gerade, als Raster hinzutrat.

Ein anderer Mann schüttelte entschieden den Kopf. »Nie im Leben der Leitbulle. Ich hab genau gesehen, wie ein anderer Bulle die Truppe angeführt hat, als sie auf uns zu kam. Und wenn du dich erinnerst, den hab ich erwischt.«

Alle lachten aus vollem Hals, während Raster den Witz nicht einmal ansatzweise verstand.

»So, und hier haben wir also unseren Sondergast.« Die Frau mit einer blonden Mähne, die einer Walküre alle Ehre gemacht hätte, streckte Raster die Hand hin. »Wir haben schon gehört: keine Lizenz zu töten, nur gucken, nicht anfassen.«

Wieder lachten alle, und Raster wäre am liebsten im Erdboden versunken. Dann jedoch stellten sich die drei Männer und die Frau freundlich vor und erwähnten ab diesem Moment seine Sonderstellung mit keinem Wort mehr. Mr. Bush hatte sie offensichtlich alle ausreichend informiert.

Die große blonde Frau kam aus New Mexiko, hieß Barbara Hower und war eine leidenschaftliche Jägerin, die die ganze Welt schon gesehen und bejagt hatte. Ein mittelgroßer, etwas schüchterner stiller Mann stellte sich als Thomas Müller aus München vor. Und spätestens da beschlich Raster das Gefühl, alle hier Anwesenden benutzten nicht ihre echten Namen. Auch George Bush kam ihm mittlerweile recht albern vor. Der zweite Mann nannte sich Edward Snowden – ist klar – aus Australien und der dritte, ein Bär von einem Mann und breit wie ein Schrank, stellte sich als Sam vor. Einfach nur Sam. Die vier kannten sich offensichtlich schon länger, denn sie sprachen sehr vertraut und offen miteinander. Das einzige Thema war die Jagd. In diesem Punkt konnte Raster schon einmal sicher sein. Aber die Frage, ob legal oder illegal, war immer noch nicht geklärt, und einfach fragen mochte er nicht.

Das Essen war vorzüglich, wenn man Antilope mochte. Daneben gab es aber auch frischen Fisch aus dem Victoriasee, gebratenen Truthahn, saftiges Kaninchen und eine unendliche Auswahl an Gemüsen, Beilagen und Soßen. Nach dem ebenso fulminanten Dessert bat Mr. Bush um Gehör und informierte die zehn Personen umfassende Truppe über die Pläne für den kommenden Tag. Es sollte um sieben Uhr in drei Wagen losgehen, wobei sich Raster an die Gruppe um Mrs. Hower halten sollte. Das Ziel wurde nur vage angesprochen. Es ging wohl nach Südwesten, Richtung Victoriasee. Als Ziel versprach Bush zumindest drei der Big Five. Alle klatschten enthusiastisch Beifall.

Nach dem Essen verzog man sich an die Bar, wo noch ein letztes Glas auf dem Programm stand, um sich dann früh zurückziehen zu können. Der nächste Tag versprach, spannend und anstrengend zu werden. Raster schwamm im Strom mit. Er wollte nicht noch mehr auffallen, als er es in seiner Rolle ohnehin schon tat. Auch er gönnte sich noch einen Whisky und lauschte den Gesprächen der Anwesenden, die unverändert nur ein Thema hatten. Welches der *Big Five* würde man wohl erwischen? Einen Löwen, einen Elefanten, einen Büffel, ein Nashorn oder einen Leoparden? Über die Kosten hörte Raster nicht ein Wort. Darüber sprach man offensichtlich in dieser Runde nicht. Er hatte fast das Gefühl, dass, sobald jemand die

Kostenfrage gestellt hätte, er sich als knauserig und damit nicht zugehörig geoutet hätte.

Um halb elf gingen alle schließlich in die zugeteilten Zelte.

Raster fand lange keinen Schlaf. Auf der einen Seite hatte er tatsächlich Angst vor dem nächsten Tag, auf der anderen Seite würde er noch einige Zeit brauchen, um sich an die nächtlichen Geräusche des wilden Afrika zu gewöhnen.

37. KAPITEL

Um sechs Uhr am nächsten Morgen wurde er durch das sanfte Klingeln geweckt. Nach einer kleinen Anstandspause wurde das Zelt geöffnet, ein Mann schlüpfte herein und stellte leise etwas auf Rasters Nachttisch. »In einer halben Stunde holen wir Sie zum Frühstück, Mister«, flüsterte eine Stimme respektvoll, dann verschwand der Mann wieder genauso leise, wie er gekommen war.

Raster drehte sich um und fand neben seinem Bett ein Tablett mit einer Tasse, Zucker- und Milchkännchen, sowie eine dampfende Teekanne mit feinstem englischen Frühstückstee.

Auf dem Weg zum Frühstück bemerkte er, wie kalt es noch war. Die Sonne würde die Luft erst im Laufe des Vormittags erwärmen. Sie befanden sich tatsächlich in einer erstaunlichen Höhe. Nach dem Essen wurden die Jeeps beladen. Raster beobachtete, wie die Gewehre und die Munition sicher im hinteren Teil der Wagen verstaut wurden. Er hatte nur seine kleine Kamera dabei. Gerade, als er es sich auf dem hinteren Sitz seines ihm zugeteilten Jeeps bequem machen wollte, kam George Bush auf ihn zugelaufen. »Entschuldigen Sie bitte Mr. Schulz. Aber Kameras sind auf unseren Touren nicht erlaubt. Sie bekommen vor Ihrer Abreise eine ausreichende Anzahl aussagekräftiger Fotos von uns. Fotografieren dürfen nur unsere Mitarbeiter. Dies gilt übrigens auch für das Gelände hier. Sind Sie so gut und händigen mir Ihre Kamera aus? Sie bekommen sie selbstverständlich an Ihrem Abreisetag zurück.«

Raster wollte protestieren, sah dann aber die ärgerlichen Blicke seiner Mitreisenden und händigte Bush die Kamera wortlos aus.

Die erste Stunde der Fahrt verlief ereignislos, bis plötzlich auf einem niedrigen Hügelkamm die Wagen anhielten. Raster konnte zunächst den Grund nicht erkennen. Das Terrain war in dieser Gegend relativ eintönig. Etwas niedriges Buschwerk, sonst nur eine scheinbar endlose Grasfläche, unterbrochen höchstens von einigen gut einen Meter hohen Termitenhügeln. Doch jetzt erkannte Raster den Grund ihres Haltens. Auf einem dieser Termitenhügel, gerade einmal 30 Meter entfernt stand quer zu ihnen die schönste Gepardin, die Raster je gesehen hatte. Nicht, dass er schon viele gesehen hatte. Aber er liebte diese stolzen, geschmeidigen und pfeilschnellen Katzen. Die Sonne war hinter ihnen aufgegangen und beschien das helle Fell des Tieres mit seinen dunklen Punkten. Offensichtlich nutzte sie die kleine Anhöhe des Hügels, um eine bessere Aussicht zu haben. Plötzlich nahm Raster eine weitere Bewegung wahr und senkte seinen Blick etwas. Und was er dann entdeckte, trieb ihm fast die Tränen in die Augen. Drei kleine, noch sehr tapsige Gepardenkinder tollten zu Füßen der Mutter herum, sprangen einander an, rollten wie ein Ball miteinander, um dann wieder mit gestreckten Beinchen auseinander zu hüpfen. Wenn man davon jetzt ein Foto machen würde und als Poster verkaufen wollte, würde einem das keiner abnehmen wollen. Die Natur ist manchmal wesentlich schöner als jeder romantische Kitsch. Aber das musste man mit eigenen Augen gesehen haben.

Die tiefe Stimme Snowdens riss Raster aus seinen verträumten Gedanken. »Die muss ich haben. Hey Boy! Hol mir mein Gewehr!«

Der angesprochene Fahrer reagierte gelassen aber deutlich: »Sir. No! Not here, and not yet!«

Und damit startete er den Wagen und folgte den anderen, die schon vorausgefahren waren.

Nach einer weiteren Stunde, in der Raster noch einige Male staunte, wenn Giraffen, Warzenschweine und Impalas ihren Weg kreuzten, erreichten sie eine Baumgruppe, die einer Wildhüterstation Schutz bot. Sie wurden angewiesen, in den Wagen zu bleiben, während die Fahrer ausstiegen und auf die Hütte zutraten. Die Tür öffnete sich, und heraus kamen zwei mit Pistolen bewaffnete Wildhüter, die die drei Männer erwarteten. Der Fahrer des ersten Jeeps war offensichtlich der Wortführer, die anderen hielten sich im Hintergrund. Es wurde palavert, diskutiert, immer wieder zeigten die Wildhüter auf die drei Jeeps und gestikulierten wild. Raster konnte kein Wort verstehen, zumal die Männer sich auf Kisuaheli unterhielten, wie Mrs. Hower beitragen konnte. Schließlich hatte man sich geeinigt. Der Fahrer des ersten Jeeps ging zu seinem Wagen und kramte eine Zeit lang vor dem Beifahrersitz herum. Dann ging er mit einem Päckchen wieder zu den anderen, die den Inhalt genau überprüften.

Und nun konnte Raster sich nicht mehr zurückhalten. Er musste hier und jetzt einfach fragen, um sicher zu sein. »Läuft das immer so mit der Bestechung, an jedem Tag, bevor die Jagd beginnt?« Er hatte sich speziell an Thomas Müller gewand, der neben ihm saß, und mit dem er Deutsch sprechen konnte.

»Nein, das ist eher die Ausnahme. Normalerweise sind die Wildhüter schon für eine ganze Saison versorgt worden. Aber hier in diesem Gebiet wechseln die Zuständigkeiten ständig. Und da müssen die Leute vor Ort direkt eine gewisse Gratifikation bekommen. Wissen Sie, seit die Anschläge in Kenia vor allem von radikalen Islamisten zugenommen haben, bleiben hier die Touristen weg. Folglich kann Kenia auch die notwendigen Wildhüter nicht mehr bezahlen. Es gibt in allen Nationalparks nur noch die Hälfte der Beamten gegenüber der Anzahl von vor zehn Jahren. Was es uns natürlich leichter macht.« Ein schmales Grinsen schlich auf sein Gesicht, was seine Augen aber nicht erreichte.

»Ich verstehe«, meinte Raster tonlos, »vielleicht können Sie mir heute Abend noch etwas mehr erzählen? Mein Arbeitgeber ist ganz begierig auf Informationen aus erster Hand.«

»Ich denke, das lässt sich einrichten. So, jetzt geht's aber endlich los.«

Die drei Wagen setzten sich erneut in Bewegung, trennten sich aber nach kurzer Wegstrecke voneinander. Rasters Wagen hielt sich mehr südlich, während die anderen weiter westlich beziehungsweise nordwestlich fuhren. Nach etwa 20 Minuten erreichten sie einen lichten Wald. 100 Meter davor hielt ihr Fahrer an und bedeutete ihnen, leise auszusteigen. Raster blieb im Wagen. Die drei Männer und Barbara Hower stiegen schweigend aus, bewegten sich plötzlich katzengleich, was man ihnen gar nicht zugetraut hätte. Sie nahmen ihre Gewehre und Munition und schlichen geduckt in Richtung Waldrand. Raster war aufgestanden und schaute durch das mittlerweile aufgeschlagene Verdeck mit Grauen dem Unvermeidlichen entgegen. Plötzlich hörte er aus dem Wald laute grunzende Geräusche sowie krachende Äste. Die drei Jäger und der Fahrer warfen sich flach auf den Boden, die Gewehre im Anschlag. Elefanten. Als Erstes kam ein halbwüchsiger Bulle aus dem Wald geprescht. Nur 20 Meter vor ihnen stoppte er abrupt, brüllte laut und schwang seinen Kopf wild hin und her. Die großen Ohren waren flach nach hinten angelegt, und alles an ihm schien in Bewegung. Dann erschienen drei weitere Elefanten, ebenfalls sehr unruhig. Ein weiterer junger und zwei ältere Exemplare, die sich nicht ganz so wild verhielten.

Der Elefant, der als Erster erschienen war, machte einen erneuten Ausfall nach vorne, und obwohl Raster genau wusste, was kommen würde, erschrak er sich fast zu Tode, als der erste Schuss fiel.

Nach drei Minuten war alles vorbei. Die Bilanz waren drei tote Elefanten und eine verletzte Elefantenkuh, die sich in den Wald zurückgezogen hatte, wahrscheinlich, um dort qualvoll zu sterben.

Raster war leichenblass auf seinen Sitz gesunken. Aber was hatte er sich denn vorgestellt? Ein paar Vögel, die mit Luftdruckgewehren von den Bäumen geholt werden? Das hier war die Realität, auf die er sich vielleicht etwas besser hätte vorbereiten sollen.

Anschließend wurden die Fotos geschossen. Immer dasselbe Motiv: Gewehr hoch in die Luft oder über der Schulter. Einen Stiefel auf dem Kadaver. Grinsen. Raster wurde es regelrecht schlecht. Der Einzige, der keinen Schuss abgegeben hatte und daher auch kein Fotomotiv darstellte, war sein neuer Freund Thomas Müller. Er stand nur daneben und beobachtete.

38. KAPITEL

Tatsächlich brauchte Sabine zwei volle Tage und Nächte, um einigermaßen mit den neuen Erkenntnissen umgehen zu können. Sie lenkte sich durch einige Zusatzschichten ab und abends ging sie mit Philo ins Kino und zu ihrem Lieblingsitaliener. Das Thema Mark Böttger wurde nicht ein einziges Mal angesprochen.

Am dritten Abend saßen beide wieder einmal in ihrer

Küche, tranken Tee, und Philo erzählte von seinen neuen Studenten, die jetzt Mitte April ihr Studium begonnen hatten.

»Ich werde Mark die treue und verliebte Freundin vorspielen. Ich werde seine Tochter versorgen, und wenn es sein muss, gehe ich auch mit ihm ins Bett.«

Philo, der gerade davon berichtet hatte, dass seine Erstsemester aussahen wie Schüler in der 11. Klasse, und der so jäh unterbrochen worden war, wusste nicht, ob er das geträumt oder wirklich gehört hatte. »Was willst du? Bist du jetzt total übergeschnappt? Du wirst diesen Kerl ganz einfach vergessen und hoffentlich nie wieder sehen!« Erbost schlug er mit der flachen Hand auf den Tisch. »Wie kannst du an so etwas nur denken? Was sollte das bringen?«

Sabine schaute ihn ganz ruhig an. »Kannst du dir das nicht denken? Was haben wir denn gegen ihn in der Hand? Selbst wenn Raster herausfindet, dass es sich bei diesen Jagdgeschichten um illegale Veranstaltungen handelt, willst du mit diesem Bildchen aus dem Internet und einem Namen, der noch nicht einmal stimmt, zur Polizei gehen? Und übrigens zu welcher? Die illegale Jagd findet in Kenia statt, hier interessiert das keinen. Und diese andere Sache: illegaler Tierhandel aus dem Zoo heraus. Vor Jahren begangen, bezeugt durch einen besoffenen ehemaligen Pfleger, der sich wahrscheinlich nur wichtig machen oder Rache üben will. Maximal eine kleine Geldstrafe. Fertig. Ich weiß, ich weiß«, sie hob beschwichtigend die Hand, als Philo protestieren wollte, »wir glauben diesem Huber, und alles ist aus unserer Sicht auch schlüssig. Aber die Polizei? Die Richter? Mehr als fragwürdig.«

»Gut. Aber selbst, wenn das so ist. Was bringt es dir, bei Mark weiterhin gut Wetter zu machen? Ich verstehe das nicht. Willst *du* jetzt plötzlich Rache? Das ist nicht die Sabine, die ich kenne.«

»Ich will keine Rache. Ich will Gerechtigkeit. Und ehrlich gesagt, glaube ich, dass wir erst einen Bruchteil dessen kennen, was Mark so treibt. Denk an den Mord an Vollmer. Wir wissen noch immer nicht, wer das war.«

Jetzt wurde Philo richtig wütend. Er sprang auf, dass sein Stuhl nach hinten knallte, und lief wild gestikulierend in der Küche hin und her. »Aber das ist es doch gerade, was ich meine. Der Mann könnte richtig gefährlich sein. Wenn er tatsächlich hinter Vollmers Tod steckt, meinst du, er nähme da auf dich Rücksicht, wenn er Gefahr wittert?«

»Jetzt beruhige dich doch erst einmal wieder. Komm, setz dich hin. Es geht doch nur um eine kurze Zeit. Ich bin mir sicher, jetzt, wo ich weiß, dass was faul ist, habe ich ganz schnell mehr Informationen, und wir können ihn überführen. Außerdem bist du ja auch noch da. Du hilfst mir dabei.«

»Und wie, wenn ich fragen darf? Ich sitze hier oder in der Uni, und du bist da draußen bei diesem Monster.«

»Nana, Philo. Jetzt übertreibst du aber gewaltig. Ich werde, wie bisher auch, die meisten Abende und Nächte hier sein. Wir können uns dann austauschen und überlegen, wie die nächsten Schritte aussehen. Und wenn – aber das glaube ich nicht – wenn ich merken sollte, dass es gefährlich wird, kann ich immer noch die Reißleine ziehen und die Sache beenden.«

39. KAPITEL

Es war Abend geworden. Die Sonne war vor zwei Stunden untergegangen, und innerhalb von Minuten war die farbintensivste Zeit des Tages ohne Übergang einer tiefen Dunkelheit gewichen. Die Jäger hatten sich nach dem Abendessen an das allabendliche große Lagerfeuer zurückgezogen, tranken Whiskey aus schweren Gläsern, rauchten Zigarren und schwärmten von ihren Abschüssen und Trophäen.

Raster saß etwas abseits und dachte nach. Einen solchen Tag wollte er nie wieder miterleben. Irgendwie musste er eine Ausrede finden, um an den nächsten Safaris nicht teilnehmen zu müssen. Außerdem wollte er unbedingt vermeiden, Mark Böttger über den Weg zu laufen, und das hieß, spätestens am kommenden Wochenende den Rückzug anzutreten.

Gerade hatte er sich eine einigermaßen plausible Erklärung zurechtgelegt, als sich neben ihm Thomas Müller niederließ.

»Na, junger Mann, wie hat Ihnen die erste Safari dieser Art gefallen? War doch das erste Mal, oder? So wie Sie Ihre Gesichtsfarbe verloren haben, als die ersten Schüsse fielen, gehe ich jedenfalls stark davon aus.«

Raster schaute in das schmale Gesicht des Mannes und hatte eigentlich so etwas wie Schadenfreude oder Häme erwartet. Stattdessen blickte er in ernste etwas wässrige Augen, die ihn neugierig musterten. »Es war tatsächlich das erste Mal für mich. Da haben Sie recht«, antwortete Raster vorsichtig. »Ist nicht so ganz mein Ding, gebe ich zu. Ich recherchiere hier nur für meinen Auftraggeber, wissen Sie?«

Müller nickte versonnen. »Ich verstehe. Aber warum schickt Ihr Auftraggeber gerade einen Mann, dem dieses Treiben hier offensichtlich zuwider ist?«

»Keine Ahnung. Vielleicht hatte er gerade keinen anderen«, wich Raster der lästigen Frage aus. »Aber sagen Sie, was passiert denn jetzt eigentlich mit den toten Elefanten?«

Müller räusperte sich und trank einen Schluck aus seinem Glas, als müsse er sich erst einmal auf das neue Thema einstellen. »Nun, das ist ganz unterschiedlich. Teilweise kaufen die Jäger die Stoßzähne und vermarkten sie selber in Asien, meistens jedoch geht dieser Teil des Gewinns hier an das Camp. Sie glauben gar nicht, wie viele Tausend Dollar da umgesetzt werden. Das Gleiche gilt für die Trophäen, die Köpfe oder bei den großen Katzen die ganzen Körper. Manchen reicht das Foto, andere lassen sich für Unsummen die Tiere präparieren und nach Hause schicken. Der Rest vergammelt oder wird gefressen.«

»Das ist ja widerlich«, entfuhr es Raster. »Oh, entschuldigen Sie. Ich meine das mit dem gefressen werden.«

»Ich versteh schon«, meinte Müller nachdenklich und steckte sich eine Zigarette an.

»Kennen Sie eigentlich den Leiter des Camps, diesen Mister Butcher? Raster versuchte erneut, auf unverfängliches Terrain zu gelangen. »Der muss ja ein Vermögen mit diesem Unternehmen machen, meinen Sie nicht?«

»Ja, ich kenne ihn tatsächlich. Ist ja interessant, dass Sie nach ihm fragen. Normalerweise kennen Neuankömmlinge nicht einmal seinen Namen.«

»Ach, Mr. Bush erwähnte ihn bei meiner Ankunft. Es interessiert mich einfach, was das für ein Mann ist, der so etwas durchzieht. So ganz ungefährlich ist das ja bestimmt nicht.«

Raster biss sich auf die Lippen. Egal welches Thema er ansprach, es wurde immer verfänglicher. Er musste wirklich aufpassen. Was wusste er denn von diesem Thomas Müller? Wenn der engere Kontakte zu Böttger hatte und ihm von diesem neugierigen Mann erzählte, der zudem Jagdsafaris ablehnte? Wer weiß, was dann passieren konnte.

Aber Müller antwortete unaufgeregt und so, als hätte ihn Rasters Aussage in keiner Weise beunruhigt. »Da haben Sie absolut recht. Ein interessanter Mann, der das Risiko nicht scheut«, er starrte gedankenverloren in die hoch aufschießenden Flammen. »Ich beschäftige mich schon sehr lange mit ihm, fast zu lange.«

Raster hatte das Gesagte kaum verstehen können, so leise hatte Müller den letzten Satz genuschelt. Aber er hatte es verstanden und war nicht wenig überrascht. Hatte er hier vielleicht einen Verbündeten gefunden? Aber wenn nicht, konnte es brenzlich werden, daher ließ er den Satz unkommentiert und tat so, als hätte er nichts gehört.

Ein Ruck ging durch Thomas Müller, als hätte er eine Entscheidung getroffen. Er drehte sich zu Raster und fragte wieder in normaler Lautstärke: »Wo wohnen Sie eigentlich? Ihr Auftraggeber ist ja wohl Engländer, wie ich gehört habe, aber Sie sind eindeutig Deutscher.«

Raster überlegte kurz, ob er sich auch eine falsche Identität zulegen sollte, entschied sich dann aber dagegen. Die Wahrheit war einfacher zu erklären und außerdem in keiner Weise verfänglich. »Ich komme aus Dortmund und bin da für diverse städtische Netzwerke zuständig. Die Sache hier ist quasi nur eine Gefälligkeit einem alten Bekannten gegenüber.«

Müller nickte, warf seinen Zigarettenstummel ins Feuer und trank sein Glas aus. »Nun, Mr. Netzwerkexperte aus Dortmund. Es ist spät geworden. Ich wünsche Ihnen noch eine gute Nacht.«

Er reichte Raster die Hand. Der Händedruck war eindeutig länger als normal und wurde Raster schon langsam unangenehm, während ihm Thomas Müller tief und ernst in die Augen sah.

»Passen Sie gut auf sich auf!«

Mit diesen Worten stand er auf und verschwand in der Dunkelheit.

40. KAPITEL

Am nächsten Morgen erschien Raster mit hochrotem Kopf und schniefender Nase beim Frühstück. Seine Augen tränten, und insgesamt machte er einen sehr bemitleidenswerten Eindruck.

Noch bevor er sich hinsetzen konnte, kam George Bush auf ihn zu: »Sie Armer! Da haben Sie sich aber eine ordentliche Erkältung zugezogen. Wollen Sie heute vielleicht im Camp bleiben?«, erkundigte er sich mitfühlend.

»Ehrlich gesagt möchte ich sogar so bald wie möglich nach Hause fliegen«, antwortete Raster näselnd. »Ich kenn' das von mir: Fieber bis 39,5, diese Erkältung … da hab ich bestimmt zwei Wochen was davon.«

»Das tut mir schrecklich leid, aber ich verstehe das natürlich. Andererseits trifft es sich ganz gut, da unser Chef bereits heute Abend hier ankommt. Erstens lernen Sie ihn dann noch kennen, und zweitens kommt er mit einem kleinen Motorflieger, der Sie morgen nach Nairobi bringen kann. Was halten Sie davon?«

Raster hielt von der ersten Tatsache überhaupt nichts, machte aber gute Miene zum bösen Spiel und bedankte sich artig.

Nach dem Frühstück eilte Raster, so schnell es ging, zurück in sein Zelt, angeblich, um sich noch einmal hinzulegen. In Wirklichkeit stürzte er in sein Bad, um sich die Eukalyptussalbe aus dem Gesicht zu waschen, die er sich vor dem Frühstück unter die Nase und die Augen gerieben hatte. Die Idee war ihm noch in der Nacht gekommen, als er eine leichte Hustenattacke bekam. Er erinnerte sich daran, immer eine scharfe Kräutersalbe zum Einreiben für solche Fälle in seinem Kulturbeutel dabei zu haben. Eben auch eine sichere Methode, eine hässliche Erkältung vorzutäuschen.

Den Tag verbrachte er hauptsächlich in seinem Zelt. Nur einmal machte er eine kleine Runde durch das Camp, das bis auf einige Angestellte wie ausgestorben wirkte.

Raster ertappte sich bei dem Gedanken, das Zelt des merkwürdigen Thomas Müller zu untersuchen, verwarf diesen Gedanken aber sofort wieder, als ihm klar wurde, dass der Weg von seinem Zelt zum eigentlichen Camp nur in Begleitung stattfinden durfte. Angeblich galt diese Regelung, um Angriffen von Tieren auf diesem Weg vorzubeugen. Die begleitenden Männer hatten entsprechend auch immer zwei Holzstöcke dabei, die sie auf dem gesamten Weg gegeneinander schlugen, um Krach zu machen. Aber Raster konnte sich gut vorstellen, dass ein gewollter Nebeneffekt dieser Maßnahme war, dass keiner auf die Idee kommen konnte, mal eben in das leere Zelt eines anderen Besuchers zu schlüpfen, zu welchem Zweck auch immer.

So begnügte er sich damit, zwischen den Hauptgebäuden herum zu schlendern. Er beobachtete die Paviane, die laut kreischend vor dem Zugangstor des Camps in den Bäumen herum tollten, als würden sie sich an ein ungeschriebenes Gesetz halten, das Camp selber unter keinen Umständen zu betreten, auch wenn das Tor offen stand. Auf dem Weg stolzierte ein großer Sekretärvogel keine 15 Meter von ihm entfernt, der ihm nur ab und zu einen mitleidig wirkenden Blick zuwarf. Auf seinen langen Beinen, dem zweigeteilten Federkleid – unten schwarz und oben weiß – und seiner eigenartigen Federhaube sah der Greifvogel aber eher zum Lachen als zum Fürchten aus.

Raster setzte sich schließlich an einen der grob behauenen Holztische auf die Wiese nahe am Rand des Flussgrabens, den er schon bei seiner Ankunft bewundert hatte, und ließ sich einen Kaffee servieren. Diesmal stand eine kleine Herde Wasserbüffel zwischen den Bäumen auf der anderen Seite, die neugierig zum Camp herüberschauten. Unten im Wasser glitten wieder träge zwei Krokodile in der heißen Nachmittagssonne dahin.

Was für ein Paradies, dachte Raster. Wie konnte man nur eine solche Fauna für ein paar Euro zerstören, statt sie zu pflegen und zu beschützen? Wo gab es denn noch so artenreiche Landstriche auf der Welt? Und ausgerechnet seine Sabine war nun mit einem Mann zusammen, der genau das hier für den eigenen Profit opferte. Das durfte und konnte einfach nicht sein. Andererseits, von der wirtschaftlichen Seite her gesehen, war das Ganze schon attraktiv. Raster dachte an die Summen, die er Philo genannt hatte.

Sein Blick wanderte wieder hinab zu den beiden Krokodilen im Wasser, die, anders als vorhin, so still lagen, dass Raster sie kaum erkennen konnte. Ihre Köpfe wiesen in Richtung des sandigen Ufers. Und jetzt erkannte Raster auch den Grund für diese Verhaltensänderung. Auf eben jenem Uferstreifen pickten zwei ahnungslose Wildhühner im Sand und näherten sich dabei immer mehr dem Wasser. Unwillkürlich hielt Raster den Atem an. Was hätte er jetzt für ein Fernglas gegeben. Im selben Moment drückte ihm einer der farbigen Angestellten, der unbemerkt herangetreten war und ebenfalls das Schauspiel beobachtete, einen Feldstecher in die Hand.

Kaum hatte Raster die Optik richtig eingestellt, da schossen beide Krokodile mit einer ungeahnten Geschwindigkeit aus dem Fluss auf die beiden Hühner zu. Das eine flog laut gackernd davon, während das andere leblos im Maul des schnelleren Reptils hing, das sich schon wieder gemächlich auf dem Rückzug ins Wasser befand.

Fressen und gefressen werden, oder hier besser: Picken und verschlungen werden, dachte Raster, und plötzlich fiel ihm wieder Mark Böttger ein.

Am Abend wurden wie gewohnt die Bewohner des Camps zum gemeinsamen Abendessen abgeholt. Raster hatte sich entschieden, diesmal die Tortur mit der Eukalyptussalbe auszulassen und sich stattdessen voller Opferbereitschaft die Nase fünf Minuten lang mit einem Frotteehandtuch abgerubbelt. Der Effekt war auch nicht schlecht und nicht ganz so schmerzhaft wie am Morgen.

Mr. Butcher, den Raster sofort als Mark Böttger erkannte, war offensichtlich unbemerkt am frühen Abend eingetroffen. Angeregt ins Gespräch mit George Bush vertieft stand er an einem der Stehtische im Foyer und nippte an seinem Whiskey. Raster hatte sich neben Barbara Hower und Edward Snowden postiert, die, ohne ihn zu beachten, über die Erlebnisse des Tages diskutierten.

Er trank schluckweise seinen heißen Grünen Tee und versuchte unauffällig, Böttger und Bush im Auge zu behalten. Plötzlich wies Bush auf ihn, nahm Böttger am Arm und zog ihn Richtung Rasters Stehtisch. Fast hätte sich Raster vor Schreck verschluckt, als er sich klar machte, dass ein Aufeinandertreffen unvermeidlich war. Nur die Ruhe bewahren, bleib bei deiner Geschichte, erzähl nicht zu viel und vor allem sei einfach krank, ermahnte er sich. Die beiden Männer traten zu Raster an den Tisch, begrüßten kurz Mrs. Hower und Mr. Snowden, die den Chef offensichtlich kannten und bereits begrüßt hatten. Dann stellte Bush Raster vor. Mark Böttger gab Raster die Hand und schaute ihm neugierig in die Augen. »Wie gefällt es Ihnen hier, Mr. Schulz? Sie haben ja einen wichtigen Auftrag zu erledigen, wie ich hörte.«

Der Mann brachte es echt fertig, sogar mit einem leichten englischen Akzent zu sprechen. Unglaublich, dachte Raster.

»Vielen Dank Mr. Butcher. Ich bin mir sicher, dass mein Auftraggeber sehr zufrieden sein wird über das, was ich ihm von hier berichten kann. Leider bin ich erkrankt und muss früher als geplant abreisen. Aber das wird meine Beurteilung in keiner Weise beeinträchtigen.«

»Das freut mich, das freut mich«, lächelte Böttger, der in seinem hellen Leinenanzug mit dem braun gebrannten Teint und seinem sportlichen Auftreten eine wirklich gute Figur machte.

In dem Punkt kann ich Sabine verstehen, dachte Raster neidisch. »Meinen Sie denn, Mr. Butcher, dass ich das Angebot von Mr. Bush annehmen könnte, morgen Früh mit Ihrer Maschine nach Nairobi zu fliegen?«

»Das ist gar kein Problem. Der Pilot fliegt sowieso dorthin zurück. Ob Sie nun mitfliegen oder nicht. Keine Sorge. Es entstehen Ihnen daher auch keine Extrakosten. So, und nun genießen Sie mal Ihren letzten Abend. Lassen Sie sich noch ein wenig verwöhnen!«

Raster nickte dankbar, und die beiden Männer zogen weiter zu den anderen Gästen, wobei ihm auffiel, dass Thomas Müller heute noch gar nicht aufgetaucht war.

Das Dinner war wieder vorzüglich, und wie schon am Vorabend verzogen sich die Herren und die Dame nach dem Essen ans Lagerfeuer zu ihren Drinks.

Nach einem Zwischenstopp auf der Toilette wollte Raster sich vor den abendlichen Getränken drücken und gleich in sein Zelt verschwinden. Als er die Toilette verließ, war das Haupthaus augenscheinlich menschenleer. Aus dem hinteren Gebäudeteil hörte er zwar leises Geschirrklappern, aber das Foyer war wie ausgestorben. Die Gläser waren von den Stehtischen bereits abgeräumt worden, und das vorher helle Licht war auf ein Minimum gedimmt.

Unwillkürlich leise schritt Raster durch den fast dunklen Raum Richtung Ausgang, als er einen Lichtstreifen wahrnahm, der aus einem der Büroräume kam, die links neben dem Foyer angesiedelt waren. Die Tür stand einen Spalt offen, und neugierig trat Raster näher.

Gedämpfte Stimmen drangen aus dem Raum, und um nicht plötzlich überrascht zu werden, stellte sich Raster auf die Anschlagseite der Tür und versuchte angestrengt, etwas von dem drinnen Gesprochenen zu verstehen. Den Stimmen nach handelte es sich um Böttger und Bush, die sich leise unterhielten.

Trotz höchster Konzentration, aber auch immer mit der Angst, erwischt zu werden, konnte Raster nur Bruchstücke aufschnappen, geschweige denn einen echten Zusammenhang der Unterhaltung erkennen.

»Wie lief es denn in Nigeria?«, fragte Bush gerade.

»Gut. Alles bestens … konnte einiges erreichen. Die Männer … immer brutaler.«

»Aber wenn sich das Geschäft doch … Du machst doch weiter, oder?«

»Ja, sicher. Meine … Sorge ist, dass … Die Ware wird in wenigen Wochen … Lief hier alles …«

»… okay.«

»Und dieser Schulz? Ist der …«

Die Antwort auf diese für ihn so wichtige Frage konnte Raster überhaupt nicht mehr verstehen, zumal er in diesem Augenblick eine Bewegung aus den Augenwinkeln wahrnahm. Erschrocken schaute er sich um. Ein Mann trat für ein paar Sekunden aus dem Schatten in den Lichtschein der Tür. Thomas Müller. Offensichtlich hatte er sich die ganze Zeit auf der anderen Seite versteckt und ebenfalls gelauscht. Er sagte nichts, sondern führte nur beschwörend seinen linken Zeigefinger an die Lippen. Dann machte er Raster ein eindeutiges Zeichen, er solle verschwinden, wonach er sich wieder in den dunklen Schatten einer Wandnische zurückzog.

DRITTER TEIL

Menschen

»Wer der Meinung ist, dass man für Geld alles haben kann, gerät leicht in den Verdacht, dass er für Geld alles zu tun bereit ist.«

Benjamin Franklin

41. KAPITEL

Sonntagmorgen in Dortmund. Die drei WG-Bewohner hatten frei, und die Sonne schien warm vom wolkenlosen Himmel. Dennoch war die Stimmung der kleinen Gemeinschaft alles andere als sommerlich. Jeder werkelte für sich in der Küche herum, nahm sich einen Becher Kaffee aus der Kanne und schmierte sich eine Scheibe Brot, ohne für die anderen den Tisch zu decken.

Philo war der Erste, der es nicht mehr aushielt. »Leute, so geht das doch nicht weiter. Du bist seit über einer Woche wieder zurück«, sagte er an Raster gewandt, »und abgesehen von deinem Bericht aus Kenia haben wir kaum mehr als drei Worte miteinander gewechselt. Was ist denn bloß los mit euch beiden?«

»Ich kann dir sagen, was los ist«, meinte Sabine, die Raster wütende Blicke zuwarf. »Ich kann einfach nicht begreifen, dass dieser wild gelockte Ameisenbär ohne ein Wort der Erklärung nach Kenia fliegt, um meinen Freund auszuspionieren. Nein, sogar angelogen hat er mich noch auf der Fahrt zum Flughafen. Von wegen Safari und dann Diani Beach in Mombasa. Dass ich nicht lache. Ich fass es einfach nicht! Und das will ein Freund sein.« Heftig setzte sie ihren Becher auf die Arbeitsplatte.

»Ich verstehe dich nicht, Sabine«, erwiderte Philo. »Als ich dir davon im Park erzählt habe, warst du doch vollkommen gelassen, meintest, das wäre schon in Ordnung, weil wir das ja nur für dich tun würden und so weiter. Warum dann jetzt diese ganze Aufregung?«

»Weil ich damals total durcheinander war wegen dem, was wir herausgefunden hatten. Ich hab da gar nicht drüber nachgedacht, wie sehr mich Raster hintergangen hat!« Wütend und mit roten Wangen blitzte sie den Angesprochenen an.

»Aber dass dein sogenannter Freund Mark nicht koscher ist, hast du ja mittlerweile selbst herausgefunden, oder? Die ganze Sache mit dem armen Spinnenspinner, du weißt schon …«

Unwillkürlich mussten Sabine und Philo bei dieser Formulierung grinsen.

Sabine zwang sich jedoch dazu, sofort wieder ein wütendes Gesicht aufzusetzen. »Das ist aber doch kein Grund, mich dermaßen zu belügen und mich über deine Pläne komplett im Unklaren zu lassen. Wir reden doch sonst über alles.«

»Ich wusste ganz genau, dass du versuchen würdest, mich davon abzubringen. Dabei wollte ich nur beweisen, was dieser Böttger wirklich für ein Arschloch ist, damit du endlich deine Finger von ihm lässt. Und übrigens vielen Dank, Philo, dass du mich verraten hast!« Jetzt war es an Raster, seinen Kaffeebecher auf den Küchentisch zu knallen.

»Beruhigt euch doch erst mal wieder, Leute! So einen Streit hatten wir nicht, seit wir zusammen wohnen. Das kann doch nicht wahr sein. Passt mal auf! Ich habe noch einige Arbeiten zu korrigieren, und danach, so um fünf, gehen wir wie früher zusammen ins ›Erdmann‹, trinken ein, zwei Bier und beratschlagen, wie es jetzt weitergehen soll. Einverstanden?«

Philo erhielt als Antwort zwar nur ein zweistimmiges Grummeln, aber dennoch versammelten sich die drei zu der vereinbarten Uhrzeit, um das kurze Stück in die Ritterhausstraße zu laufen.

»Bist du denn sicher, dass da heute kein Event stattfindet und keine Fußballübertragung läuft? Weil dann hätte ich keine Lust dazu«, fragte Sabine, als sie gerade die Kreuzstraße überquerten.

»Nein, wir werden unsere Ruhe haben. Natürlich wird was los sein bei diesem Wetter, aber wir finden schon ein ruhiges Plätzchen«, antwortete Philo, und auch damit sollte er recht behalten.

Sie suchten sich einen schattigen Tisch möglichst weit weg von dem Spielplatz, wo noch einige Kleinkinder kreischend und johlend die Rutsche ausprobierten.

Nachdem alle drei ein Glas Bier vor sich stehen hatten, überlegte Philo, der sich als Moderator für die vertrackte Situation fühlte, wie er am besten den Faden wieder aufnehmen konnte. Er hatte sich heute tatsächlich kein Oberhemd, sondern ein schlichtes blaues T-Shirt und Jeans angezogen und sah richtig lässig aus, wenn man von den streng gescheitelten Haaren einmal absah. »Dass du so was überhaupt hast«, war Rasters kurze Bemerkung gewesen, als sie das Haus verließen, aber Philo hatte den Satz kommentarlos hingenommen. Sabine sah wie immer blendend aus. Über einer hellen Dreiviertelhose trug sie eine ärmellose weiße Bluse, die mit verschiedenen pastellfarbenen Fantasiefiguren bedruckt war. Ihre Haare waren wie meistens etwas strubbelig, was sie mal wieder mindestens zehn Jahre jünger machte, dachte Philo und bemerkte auch Rasters Blicke, die immer häufiger verklärt und gar nicht mehr zornig zu Sabine wanderten. Diese tat, als merkte sie nichts, und beobachtete das bunte Treiben an den anderen Tischen und im angrenzenden Westpark.

»Erst einmal, Raster, tut es mir wirklich leid, dass ich dich an Sabine verraten hab. Aber nachdem wir das mit dem illegalen Tierhandel herausgefunden hatten, konnte ich Sabine nicht weiter im Unklaren darüber lassen, was du wirklich vorhattest. Du hättest es genauso gemacht.«

Nachdenklich schaute Raster ihn an. »Da hast du wahrscheinlich recht. Ich hätte Sabine dann auch nicht mehr belügen können. Aber dass ich dir nicht die Wahrheit gesagt habe, Sabine«, Raster legte eine Hand auf Sabines Arm, die ihn gewähren ließ, »lag doch nur daran, dass ich dich nicht beunruhigen wollte und Diskussionen über dieses Unternehmen …«

»Vermeiden wollte, wolltest du sagen. Danke, Raster. Ja, ich habe es verstanden. Okay, lass uns aufhören mit dem blöden Streit. Es sind, glaub ich, auch ein bisschen meine Nerven. Es ist nicht gerade einfach, mit so einem Mann zusammen zu sein. Komm, lass dich mal drücken!«

Sabine nahm Raster in den Arm und drückte ihn fest, während Philo erleichtert einen tiefen Seufzer in den Dortmunder Himmel schickte.

Es war Raster, der sich aus der Umarmung wieder löste und Sabine an ihren Oberarmen festhielt. »Was hast du gerade gesagt? Ich hab mich ja wohl verhört. Du bist noch mit diesem Kerl zusammen? Hab ich dir noch nicht genug erzählt, was das für ein Mensch ist? Du wirst dich sofort von ihm trennen, hörst du?«

Auch Philo war näher an den Tisch gerückt und runzelte die Stirn. »Da hat Raster einfach recht, Sabine. Du kannst doch jetzt nicht noch an deinem Vorhaben festhalten, mit Mark zusammen zu bleiben. Nach all dem, was wir jetzt wissen!«

Sabine lehnte sich entspannt zurück und musterte ihre

beiden Freunde lächelnd. »Gerade deshalb bleibe ich mit ihm zusammen. Wenn ich mich jetzt trenne, haben wir keine Chance, irgendetwas herauszubekommen. Weder über den Mord an Karl Vollmer noch wird man ihn wegen seiner illegalen Jagdsafaris belangen können. Geschweige denn, dass wir erfahren werden, was denn das für dubiose andere Geschäfte sind, in die er verwickelt ist. Also bleibe ich bei ihm. Punkt.«

Philo und Raster waren so entsetzt, dass ihnen zunächst keine passende Antwort einfiel.

»Und wenn es euch um das Thema Bett gehen sollte«, fügte Sabine noch grinsend hinzu, »so kann ich euch beruhigen. Ich werde mir ab sofort irgendeine Krankheit zulegen, die diese Frage für die nächsten Wochen erledigen wird.«

Der Abend wurde lang, und selbst, als man bereits wieder zu Hause war, versuchten die beiden Männer verzweifelt, Sabine von ihrem Vorhaben abzubringen. Aber weder Bitten und Betteln noch Argumente konnten sie überzeugen.

»Letztendlich kann uns dieser Böttger doch ganz egal sein. Was haben wir denn eigentlich mit ihm zu schaffen. Vergessen wir das alles einfach!«, versuchte es Philo gerade wieder.

»Ich kann dir sagen, warum ich das nicht kann«, erwiderte Sabine und nippte an ihrem heißen Tee. »Wegen Karl Vollmer, seiner Tochter und auch Marks Tochter kann ich das nicht einfach auf sich beruhen lassen. Diese Menschen sind alle irgendwie in mein Leben getreten, und ich habe dadurch eine gewisse Verantwortung bekommen. Lasst es gut sein, Jungs! Ihr könnt mich nicht umstimmen.«

Schließlich einigten sie sich zumindest auf gewisse Absprachen wie einen SMS-Code, falls Sabine mal nicht sprechen konnte, aber Hilfe brauchte. Sie ließ die Handyortung ihres Smartphones freischalten, damit Raster sie jederzeit finden konnte, und sie verabredeten, dass sie sich immer gegenseitig auf dem Laufenden hielten, wer was wann vorhatte. Diese Regelung entsprach zwar überhaupt nicht ihrem sonstigen Umgang miteinander, aber alle sahen eine klare Notwendigkeit dieser Vorsichtsmaßnahme.

Endlich wünschten sie sich gegenseitig eine gute Nacht und zogen sich ins eigene Zimmer zurück. Alle drei nachdenklich und mit einem zweifelnden, sorgenvollen Gefühl, das in der Magengegend drückte, ob diese Entscheidungen tatsächlich richtig waren und welche Konsequenzen sie zu befürchten hatten.

42. KAPITEL

In den kommenden zwei Wochen veränderte sich der Alltag in der Wohngemeinschaft. Sabine ließ sich zu mehr Notarztschichten einteilen als sonst, Philo hatte reichlich mit Abschlussklausuren seiner Studenten zu tun, die sich wie immer vor den Semesterferien ballten, und Raster plagte sich mit dem Update einer Sicherheitssoftware herum.

Der Sommer versprach heiß zu werden. Kaum ein Regenschauer unterbrach die strahlenden Sonnentage, und die Dortmunder Gastronomen verzeichneten Rekordumsätze in den Biergärten der Stadt.

Und doch lag ein deutlich spürbarer Schatten über der Großen Heim Straße. Sabine arbeitete verbissener als früher, es fehlte die ihr sonst so eigene Leichtigkeit. Und Rasters lockere Sprüche sowie seine vielfachen Macken, die einen zum Lachen oder zur Verzweiflung bringen konnten, gingen ihm in diesen Tagen vollkommen ab. Er kleidete sich sogar dezenter und achtete auf saubere T-Shirts und Hosen.

Die Veränderungen bei Philo waren am wenigsten deutlich zu spüren. Ein Außenstehender hätte wahrscheinlich gar nichts bemerkt, aber innerlich fühlte er sich zerrissen und tief traurig.

Manchmal gab es abends, wenn sie zusammen saßen, kleine Ansätze eines Gesprächs über ihre Befindlichkeiten, aber nie kam es zum Durchbruch, einer Lösung oder auch nur zu einer Diskussion wie noch im Biergarten bei »Erdmann«.

Letztlich spürten alle drei die Unnatürlichkeit der Situation, in der sie sich befanden. Sabine in einer Partnerschaft, die keiner wollte und alle als gefährlich einstuften. Und dazu die fehlende Idee, was man tun könnte, der zündende Funke, der die Sache zur Aufklärung führen und damit den Zustand bereinigen konnte.

Schließlich war es Sabine, die einen Entschluss fasste. Sie hatte Mark nur an wenigen Abenden gesehen, teils weil er sehr beschäftigt war, teils weil sie oft Spät- oder

Nachtdienst hatte. Entsprechend gab es überhaupt keine neuen Informationen, die verwertet werden konnten. Ihre Erklärung, in nächster Zeit auf jeden körperlichen Kontakt verzichten zu müssen, hatte Mark mit einem Kopfnicken zur Kenntnis genommen. Nicht einmal eine Nachfrage war es ihm wert gewesen. Sabine war das nur recht. Andererseits kam sie so überhaupt nicht weiter. Je lockerer die Beziehung, desto weniger kam sie an Mark heran. Wie sollte sie mögliche Schwachstellen bei ihm erkennen, wenn sie so auf Abstand gingen. Es musste eine Provokation her, sie musste ihn irgendwie aus der Reserve locken.

An einem Donnerstagabend knapp zwei Wochen nach der Diskussion im »Erdmann« besuchte Sabine Mark und seine Tochter Lydia. Sie spielte einige Zeit mit der Kleinen, die sich immer freute, wenn Sabine da war, kochte dann für Mark und sich ein Pastagericht, von dem sie wusste, dass er es besonders gerne aß, und war insgesamt so herzlich, fürsorglich und zärtlich wie seit Wochen nicht mehr. Nachdem sie Lydia ins Bett gebracht und die Küche aufgeräumt hatte, setzte sie sich mit einem Glas Weißwein zu Mark, der wie immer einen Whiskey vorzog.

»Sag mal, Liebling. Hast du nicht Lust, mit mir am Wochenende einen Spaziergang durch deinen Zoo zu machen? Wir waren so lange nicht mehr dort. Es gibt bestimmt neue Tiere, die du mir zeigen kannst. Ich war zum Beispiel seit letztem Jahr nicht mehr im Amazonashaus. Bitte sag Ja!«

»Du weißt doch, dass ich da nicht so drauf stehe, auch noch am Wochenende Zeit an meinem Arbeitsplatz zu verbringen. Können wir nicht etwas anderes machen, irgendwohin fahren? Wie wäre es mit einem Altstadtbummel in Düsseldorf?«

Sabine kuschelte ihren Kopf an Marks Schulter, während sie ihn mit dem süßesten Augenaufschlag anlächelte, den sie aufbringen konnte. »Bitte!«

Drei Tage später, sonntagabends um Punkt halb sieben, trafen Mark und Sabine am Dortmunder Tierpark ein. Lydia war unter Protest bei einer Klassenkameradin untergebracht. Dieses Mal hatte Sabine darauf bestanden, dass sie unbedingt mit Mark allein sein wollte. Die letzten Besucher hatten gerade das Gelände verlassen, und Mark führte Sabine durch einen Nebeneingang zwischen den Verwaltungsgebäuden hinein. Eine merkwürdige Stille umfing sie. Es war nicht die Stille der fehlenden Geräusche, sondern die Stille der fremden Laute. Von einem auf den anderen Moment blieb alles, was man gewohnt war wie Verkehrslärm, rufende Menschen oder krakelende Kinder außen vor. Stattdessen hörte man seltsam verzerrt Seelöwen schreien, eine Raubkatze brüllen und Affen kreischen. Schloss man die Augen, war es ein Leichtes, sich in ein imaginäres Paradies hinein zu denken. Sabine liebte diesen Moment des Übergangs. Alles war plötzlich so geheimnisvoll, so anders, und wie jedes Mal, wenn sie mit Mark außerhalb der Öffnungszeiten den Zoo besuchte, blieb sie stehen und ließ die fremdartigen Geräusche auf sich wirken.

Mark schaute derweilen ungeduldig auf seine Armbanduhr. »Sabine, entschuldige bitte. Aber ich erwarte heute Abend noch einen wichtigen Besuch, wie du weißt. Wir sollten langsam los.«

Sie gingen zunächst Richtung Südeingang vorbei an

dem Giraffenhaus, links zu den Großkatzen und wieder links Richtung Spielplatz. Sabine wäre gerne eine größere Runde gegangen, aber sie merkte, dass Mark ungeduldig und mit seinen Gedanken ganz woanders war. So strebten sie schon bald dem dreistöckigen Amazonashaus zu. Unterwegs trafen sie einige Angestellte, die teilweise den Müll forträumen oder sich noch um die Tiere kümmern mussten. Alle begrüßten Mark höflich, aber auch mit einer gewissen Ängstlichkeit in der Stimme, wie es Sabine vorkam, während Mark allenfalls ein kurzes Nicken zustande brachte. Mit seinem Generalschlüssel öffnete er die Glastür des großen Gebäudes, und sofort umfing sie die Schwüle des tropischen Regenwaldes.

»Habt ihr hier irgendwelche neuen Tiere, die ich noch nicht kenne?«, fragte Sabine, während sie langsam zwischen den Terrarien hindurch schlenderten.

»Eigentlich nicht«, überlegte Mark. »Eher im Gegenteil. Von einigen unserer Spinnen mussten wir uns trennen.«

»Welche Spinnen sind denn jetzt noch da?«

»Also am beliebtesten ist die Brasilianische Vogelspinne. Allein schon wegen ihrer Größe. Sie ist gleich da vorn.«

Sie traten vor das Terrarium, wo Sabine sofort die große, sehr munter wirkende komplett behaarte Spinne auffiel. »Die ist ja riesig! Ist sie auch giftig?«

»Na ja. Diese Art beschießt ihre Feinde mit sogenannten Brennhaaren. Das sind giftige Haare mit kleinen Widerhaken, die in der Haut steckenbleiben und starken Juckreiz auslösen. Der Biss ist auch giftig, aber für uns Menschen nicht tödlich.«

»Ich habe mal von einer Brasilianischen Wanderspinne gehört. Habt ihr die auch hier?«

»Wie kommst du denn gerade auf die?« Mark hatte sich zu Sabine umgedreht und schaute sie mit zusammengezogenen Augenbrauen an. »Die ist äußerst giftig und gefährlich, auch sehr schwer zu pflegen. Nein, die hatten wir noch nie. Aber noch einmal: Wie kommst du darauf?«

»Ach, ich hab vor Kurzem mitbekommen, wie ein Kollege im Krankenhaus erzählte, dass es vor einigen Jahren einen Unfall hier auf dem Gelände gegeben haben soll. Da ist ein Mädchen von so einer Spinne gebissen worden und verstorben. Fast so wie bei Lydia letztes Jahr. Gut, dass ihr nichts Schlimmeres passiert ist. Hast du denn nichts davon gehört? Komisch. Wenn ihr die hier gar nicht haltet, wo kam sie dann wohl her? Die sind doch bestimmt selten. Und dann noch hier in Deutschland.«

Die Falte zwischen Marks Augenbrauen war noch tiefer geworden, und Sabine meinte zu sehen, dass sein sonnengebräunter Teint eine Spur blasser geworden war. Aber vielleicht war das auch nur Einbildung. Einige Sekunden sagte er nichts und starrte nur auf die Vogelspinne, die mit ihren acht Augen zurück starrte und wild mit den Vorderbeinen schlug.

»Das ist die erste Aggressionsstufe«, meinte er leise und mehr zu sich als zu Sabine. »Danach beginnen sie, die Brennhaare abzuschießen. Wie heißt denn der Kollege, der dir das erzählt hat?«, wechselte er spontan wieder das Thema.

»Ich weiß nicht mehr, wer das war. Ist schon einige Zeit her. Warum fragst du?«

»Es interessiert mich einfach. Schließlich war ich damals der Leiter des Tropenhauses, aber ist auch egal.

Wenn es dir nichts ausmacht, würde ich jetzt gerne wieder gehen. Der Besuch, du verstehst?«

Auf dem gesamten Rückweg war Mark schweigsam und in sich gekehrt. Sie holten Lydia ab, die im Auto munter vor sich hin plapperte. Bei ihnen zu Hause angekommen, verabschiedete sich Sabine von den beiden, wobei Mark ihr nur einen oberflächlichen Kuss auf die Wange hauchte und sie kaum wahrzunehmen schien.

Sabine setzte sich in ihren Wagen und fuhr voller unruhiger Gedanken nach Hause. War das richtig gewesen? Offensichtlich hatte sie ihn tatsächlich getroffen. Aber was hatte das jetzt für Konsequenzen? Konnte es jetzt erst recht gefährlich werden? Sie musste dringend mit ihren Jungs darüber sprechen.

Am Flinsbach in Kirchhörde schickte gleichzeitig ein unruhiger Mark Böttger seine Tochter auf ihr Zimmer, eilte ins Wohnzimmer, wo er sich einen großen Whisky eingoss, den er ohne abzusetzen, herunterstürzte. Dann griff er zum Telefon und wählte eine Handynummer. Ohne sich mit Begrüßungsfloskeln aufzuhalten, kam er sofort zum Anlass seines Anrufs: »Du musst etwas für mich erledigen. Sabine weiß etwas. Ich weiß nicht, woher, und ich weiß nicht, wie viel. Aber sie ist offensichtlich schlauer, als ich dachte. Und wenn sie etwas mitbekommen hat, dann ihre beiden Kumpel auch. – Nein, du sollst die drei nicht liquidieren. Du sollst ihnen nur einen kleinen Schreck einjagen. Und es darf auf keinen Fall auf mich zurückfallen, hörst du? – Ich habe selber keine Idee. Überleg dir was, dir fällt schon was ein. Sei vorsichtig! Aber sie müssen schon ins Grübeln kommen und sollen aufhören, ihre Nase in meine Angelegenheiten zu stecken. Alles klar? – Ja. Okay.«

43. KAPITEL

Am darauffolgenden Dienstag kam Philo nach Hause und stellte erschöpft die Aktentasche in sein Zimmer. Noch zwei Wochen bis zur vorlesungsfreien Zeit. Natürlich war das nicht gleichbedeutend mit Urlaub, und doch war die Arbeitsbelastung dann erheblich geringer. Er konnte sich die Zeit frei einteilen, hatte nur zweimal in der Woche Sprechstunde für seine Doktoranden und konnte auch ohne Probleme mal zu Hause bleiben. Er sank auf sein Bett und wollte eigentlich über die Abendgestaltung nachdenken, doch wie so oft in letzter Zeit schweiften seine Gedanken sofort wieder zu Sabine und ihrem Freund.

Sie hatten noch lange am Sonntag diskutiert – endlich mal wieder –, was diese Provokation bewirken würde. Natürlich waren sie zu keinem Ergebnis gekommen. Sie mussten einfach abwarten.

Es war für ihn unerträglich, Sabine so leiden zu sehen und gleichzeitig so machtlos zu sein. Bisher hatten sie, wenn irgendwelche Probleme aufgetaucht waren, sich immer zusammensetzen können, hatten beratschlagt, die Situation von allen Seiten beleuchtet und letztendlich eine Lösung gefunden. Aber jetzt mussten sie warten, immer nur warten. So gerne hätte er etwas Konstruktives beigetragen, aber bisher war ihm noch keine Idee gekommen.

Wobei! Vielleicht gab es ja doch etwas, was er machen könnte. Philo richtete sich auf. Sein Puls beschleunigte sich und ganz langsam formte sich ein Gedanke in seinem Kopf. Langsam, langsam, ermahnte er sich. So etwas muss gut durchdacht werden. Er musste auch mit den anderen darüber sprechen. Keine Alleingänge mehr, hatten sie sich versprochen. Voller Tatendrang und ungeduldig wartend, dass die beiden anderen endlich erschienen, ging er hinüber in die Küche.

Er hatte sich am Abend zuvor zwei Flaschen Fassbrause mit Limonengeschmack mitgebracht und im Kühlschrank kalt gestellt. Das war jetzt genau das Richtige. Er öffnete die Kühlschranktür und traute seinen Augen nicht. Nicht nur, dass seine Flaschen fehlten, der Kühlschrank war komplett leer bis auf einen Becher Joghurt, der offensichtlich bereits geöffnet war. Vorsichtig nahm Philo ihn heraus und zog an dem Aludeckel. Eine stinkende braun-grünliche Masse füllte den Becher bis zur Hälfte. In ihr krabbelten Hunderte von kleinen und größeren Käfern und Maden. Im ersten Moment wollte Philo den Becher sofort in den Mülleimer schmeißen, besann sich dann aber, verschloss den Deckel wieder und stellte das eklige Objekt wieder zurück in den Kühlschrank. Das konnte keiner seiner beiden Freunde gewesen sein. Ein böser Verdacht keimte in ihm auf. Irgendjemand musste in ihre Wohnung eingebrochen sein.

Er ging zur Wohnungstür und untersuchte das Schloss. Kein Kratzer, keine Einbruchsspuren. Entweder derjenige hatte einen Schlüssel oder war Experte in solchen Sachen. Noch ungeduldiger, als er es zuvor gewesen war, setzte er sich an den Küchentisch. Nach wenigen Minuten sprang er wieder auf. Eine Sache konnte er doch schon klären, bevor die anderen kamen. Er schnappte sich seinen Schlüsselbund, lief ins Treppenhaus und verschloss gründlich die Tür hinter sich. Dann klingelte er sich vom fünften Stock bis ins Erdgeschoss durch alle Wohnungen des Mietshauses und fragte die Nachbarn, ob ihnen – so sie denn zu Hause gewesen waren – ein Mann oder eine Frau aufgefallen sei, der oder die nicht ins Haus gehörte. Doch die meisten waren tagsüber nicht daheim gewesen, und die anderen, meist Rentner, hatten keinen Fremden bemerkt. Im Erdgeschoss angekommen öffnete Philo den gemeinsamen Briefkasten, der aber auch nichts von Bedeutung enthielt.

In diesem Moment bogen Sabine und Raster um die Ecke.

»Was ist los, Philo? Du siehst irgendwie beunruhigt aus. Stimmt etwas nicht?« Sabine hatte wirklich die Gabe, hinter die Fassaden zu schauen.

»Kommt mit hoch, dann seht ihr schon, was los ist«, antwortete Philo und ging ohne ein weiteres Wort voraus. Oben angekommen ging er direkt in die Küche und wartete, bis beide neben ihm standen. »So, jetzt guckt mal da rein, nehmt euch ein Bier oder nach was euch gerade ist. Bitte sehr!«, betonte er, als Raster und Sabine zögerten.

Langsam öffnete Raster die Kühlschranktür und zuckte zurück. »Bah! Was stinkt hier denn so? Und wo sind all unsere Sachen?« Angewidert holte er den Joghurt heraus, öffnete ihn und hielt ihn Sabine unter die Nase.

»Spinnst du!«, fuhr sie ihn an, während sie fast über den Stuhl gestolpert wäre, als sie erschrocken einen Schritt zurück trat.

»Wer war das?«, fragte Philo in die kleine Runde. »Ich jedenfalls nicht. Und euch trau ich das auch nicht zu.« Allgemeines Kopfschütteln. »Das Türschloss ist unversehrt, die Nachbarn haben nichts gesehen. Soweit bin ich schon mal.«

»Ich frage mich gerade, ob das alles ist?«, überlegte Raster. »Hast du schon dein Zimmer, deinen PC und das Wohnzimmer gecheckt, Philo? Wer weiß, was dieses Individuum noch alles angerichtet hat!«

Erschrocken sahen sich die drei an.

»Okay, du hast vollkommen recht. Wir sollten jetzt alle unsere Zimmer, Schränke und Computer untersuchen, und dann setzen wir uns wieder zusammen«, meinte Sabine und stürmte voraus in ihr eigenes Reich.

Nach wenigen Minuten kam der erste Schrei aus Philos Zimmer: »Oh nein!«, und nur wenige Sekunden später hörte man Raster das SCH-Wort brüllen, worauf sehr viel leiser Sabine mit einem »Nein, bitte nicht« zu hören war.

Weitere zehn Minuten später saßen Raster, Sabine und Philo um den Küchentisch herum. Alle waren weiß wie die Wand.

»Also fang ich mal an«, flüsterte Sabine. »Wie ihr vielleicht wisst, besitze ich so gut wie keinen Schmuck. Aber ich habe von meiner Mutter ein kleines immer verschlossenes Schmuckkästchen in meiner Kommode. Hinter der Unterwäsche«, fügte sie verschämt hinzu. Keiner der Männer grinste oder lachte. »Den Schlüssel dazu habe ich an meinem Schlüsselbund hier bei mir.« Sie zeigte ihren Schlüsselbund mit einem Seepferdchen als Anhänger, das die beiden anderen gut kannten. An einem kleinen Extraring hing ein gerade einmal drei Zentimeter großer Messingschlüssel. »Das Kästchen war jedenfalls offen, das Schloss unversehrt, aber der Schmuck weg.«

»Oh nein!«, entfuhr es Raster und Philo wie aus einem Mund.

»Ja, aber dann hab ich alles feinsäuberlich in einen Slip von mir eingewickelt unter meinem Kopfkissen wieder gefunden. Es fehlt nichts. Aber es ist so widerlich!«

Schluchzend ließ sie ihren Kopf in beide Hände sinken. »Wer tut denn so was? Was macht das für einen Sinn?«

Während Philo tröstend einen Arm um Sabines zuckende Schultern legte, begann Raster zu erzählen. »Also bei mir hat der- oder diejenige es tatsächlich geschafft, meinen Email-Account zu knacken. Okay, das ist jetzt nur mein Desktop-PC gewesen, der immer hier steht. Ihr wisst, dass ich alles wirklich Wichtige auf meinem Laptop habe, den ich immer bei mir trage. Aber trotzdem …«

»Und woher weißt du, dass der Account geknackt wurde? Wurde irgendetwas gelöscht?«, fragte Philo.

»Das ist ja das Komische. Es wurde überhaupt nichts gelöscht. Auch nichts hinzugetan, also ich meine ein Virus oder Trojaner. Ich habe das sofort gecheckt. Nein. Ihr müsst wissen, dass ich all meine Emails unter bestimmten Labels sortiere. Also Mails von Freunden unter ›Freunde‹, beruflichen Kram unter ›Rathaus Bochum‹ oder ›Rathaus Dortmund‹ und so weiter. Und dieser Jemand hat einfach die Mails durcheinander kopiert, hat sie quasi in falsche Schubladen verschoben. Sonst nichts. Aber er hat eben vorher mein Passwort geknackt, und das macht keiner mal eben so. Was hast du denn gefunden, Philo?«

Die Gesichtsfarbe des Angesprochenen wechselte schlagartig von blass nach tiefrot. »Ich möchte da eigentlich nicht drüber sprechen«, stotterte er verlegen. »Es ist jedenfalls auch bei mir nichts weggekommen.«

»Nee, nee, mein Freund. So geht das aber nicht. Natürlich erzählst du uns, was los ist. Hast du etwa Geheimnisse vor uns?«, insistierte Raster lauthals.

»Ehrlich gesagt ja. Es ist halt was sehr Persönliches, worüber ich nicht gerne spreche. Also gut. Ihr wisst, dass ich als Kind in einem dieser furchtbaren Kinderläden gewesen bin. Ich hab euch früher schon mal kurz davon erzählt.«

Sabine und Raster nickten.

»Es war jedenfalls eine ziemlich schlimme Zeit, die mich bis heute nicht in Ruhe lässt. Und deshalb habe ich mich mit diesem Thema weiter beschäftigt, mir Bücher und anderen Kram darüber gekauft, die ich in einem Fach auf der Rückseite meines Schreibtisches versteckt hatte. Ja, ich habe die Sachen bewusst versteckt, weil ich mit euch keine Diskussion darüber führen wollte.« Philo wurde immer kleiner auf seinem Stuhl. »Die Bücher lagen auf jeden Fall nicht mehr da, wo sie vorher waren.« Philo stockte.

»Und wo waren sie dann, wenn du sagst, es ist nichts weggekommen?«, fragte Raster.

»Sie lagen aufgeschlagen unter meiner Bettdecke … in der Mitte des Bettes … also da, wo normalerweise der Körperschwerpunkt liegt.«

»Da, wo normalerweise der Hintern ist«, übersetzte Raster für Sabine, fing sich damit aber nur wütende Blicke ein.

»Aber das ist noch nicht alles. Die Bücher waren wie gesagt aufgeschlagen und auf den Seiten waren obszöne Bilder gemalt von männlichen und weiblichen Genitalien. Einfach ekelhaft.«

Keiner sagte etwas. Alle drei starrten stumm auf den leeren Küchentisch.

44. KAPITEL

Natürlich war es wieder einmal Sabine, die als Erste die Sprache wiederfand. Sie fragte, ob jemand Hunger habe, was von den anderen beiden verneint wurde. »Dann hole ich jetzt nur etwas zu trinken. Und ihr beide rührt nichts an von dem, was wir hier gefunden haben, verstanden? Philo, fühlst du dich in der Lage, die Polizei zu benachrichtigen? Wir müssen die jetzt einschalten, da sind wir uns doch einig?« Beide nickten.

Zehn Minuten später erschien sie, zwei Tüten in der Hand, mit Wasser, Saft und Bier. »Und kommt die Polizei?«

»Ja schon«, meinte Philo kleinlaut. »Sie schicken einen Beamten, wenn einer Zeit hat. Aber als sie hörten, dass nichts beschädigt und nichts entwendet wurde, war das Interesse sofort gleich null.«

Sabine nickte. »Ich habe das schon befürchtet. Trotzdem. Einen Versuch ist es wert. Vielleicht gibt es ja doch einen Anhaltspunkt, den die Polizei findet, oder irgendwelche Spuren …«

»Wenn die überhaupt Spuren aufnehmen«, äußerte sich Raster skeptisch. »Also so, wie ich die Rechtslage einschätze, haben wir hier nicht einmal einen Einbruch, geschweige denn einen Einbruchsdiebstahl. Selbst von Vandalismus kann man im eigentlichen Sinn nicht reden. Ich glaube, die Polizei können wir gleich vergessen. Was mich viel mehr interessiert, ist, was das für Typen sind. Ich meine, die scheinen über uns drei 'ne Menge zu wissen. Selbst deine Vergangenheit haben sie rausbekommen.

Dann, wie wichtig mir die Sicherheit meiner PCs ist, und bei dir …«, Raster blickte mitleidig zu Sabine herüber, »… sie wussten ganz genau, womit sie dir wehtun können. Eine umfassende Recherche über uns drei. Da hat jemand echt Ahnung. Dazu kommen die unversehrten Schlösser, und ich bin mir sicher, dass die Polizei, selbst wenn sie es versuchte, keinen einzigen fremden Fingerabdruck finden würde.«

»Du hast schon recht. Das sieht nach absoluter Profiarbeit aus«, schaltete sich Sabine ein. »Aber was ich noch interessanter finde, ist, was bezwecken diese Leute damit? Gut. Sie haben uns einen gehörigen Schrecken eingejagt, sie haben vielleicht sogar unsere Schwachstellen erkannt und sind in ziemlich intime Bereiche vorgedrungen.« Diesmal hatte sie einen mitfühlenden Blick für Philo, der immer noch wie ein Häufchen Elend auf seinem Stuhl saß. »Aber wozu das Ganze? Witzig ist es nicht. Schrecken und Angst im eigentlichen Sinne kann das aber auch nicht verbreiten. Wir werden hier alles wieder herrichten, uns neue Sicherheitsvorkehrungen besorgen, und das war's. Also was wollen die uns damit sagen? Haben wir irgendwem auf die Füße getreten?«

Endlich setzte sich Philo wieder aufrecht hin und schaute Sabine lange und ernst in die Augen. »Die Antwort darauf kennst du selbst ganz genau. Und wir alle wissen, dass nur einer dahinter stecken kann.«

»Okay, okay. Ihr denkt jetzt gleich wieder an Mark. Aber was hätte er denn davon? Und warum gerade jetzt?«

»Philo hat recht, Sabine. Eine andere Erklärung gibt es nicht. Natürlich war er das nicht selber. Aber nur er kann dahinter stecken. Und warum gerade jetzt?« Raster schaute mit hochgezogenen Brauen in die Runde. »Das ist doch sonnenklar. Du hast ihn provoziert, Sabine. Deine Fragen bezüglich der Brasilianischen Wanderspinne haben ihm überdeutlich vor Augen geführt, dass du – und damit auch wir – etwas wissen. Er hat Angst. Andererseits will er sich noch nicht zu weit aus dem Fenster hängen, weil er eben nicht sicher sein kann, wie viel wir wirklich wissen. Also kommt zunächst mal ein Warnschuss. Und der hat sich ganz schön gewaschen. Übrigens, so easy wie du sehe ich das nicht. Wenn so ein Typ oder mehrere unbemerkt, ohne Schaden anzurichten, hier eindringen können: Welche Sicherheitsvorkehrungen fändest du denn dann angebracht, um eine Wiederholung zu verhindern? Das nächste Mal liegen wir friedlich in unseren Bettchen, wenn sie hier reinschleichen. Nein, nein. Ganz so locker sehe ich das nicht. Die Warnung ist schon sehr ernst gemeint.«

Ewig hatten Sabine und Philo nicht mehr so lange Reden von Raster gehört. Aber sie mussten ihm recht geben. Auch wenn sie nicht 100-prozentig sicher sein konnten, dass Mark dahinter steckte. Es war ernster, als sie es im ersten Moment eingeschätzt hatten.

»Leute, ich bin einfach kaputt. Ich trink jetzt noch ein bis zwei Bier und dann geh' ich ins Bett. Lasst uns morgen weiterreden.« Raster stand auf und verschwand im Bad. Ein erstaunter Ausruf war nach wenigen Minuten zu hören. Die Toilettenspülung ging, und Raster kam zurück in die Küche, die Arme hinter seinem Rücken verschränkt und ein breites Grinsen auf dem Gesicht. »Jetzt hat er sich doch verraten. Guckt mal, was ich auf der Fensterbank im Bad gefunden habe.« Er streckte die rechte Hand aus, öffnete sie und präsentierte eine dicke behaarte Vogelspinne – aus Plastik.

45. KAPITEL

Erstaunlicherweise war das Büro des stellvertretenden Tierparkdirektors deutlich größer als das seines Chefs.

Wie das gekommen war, wusste kaum einer der Mitarbeiter.

Nur Böttger selber konnte sich noch lebhaft an die Umstände erinnern, die zu diesem vermeintlichen Irrtum geführt hatten. Es ging schlicht und ergreifend um eine simple kleine Erpressung, als er vom Leiter des Tropenhauses auf die vakant gewordene Stelle des stellvertretenden Direktors aufrückte. In dieser Funktion hatte er neben seinen Pflichten auch einige Rechte und Entscheidungskompetenzen, die ihm aber aufgrund seiner Nebentätigkeiten gar nicht so wichtig waren. Andererseits hatte er sich schon früh in die großzügigen Räume des Direktors verliebt. Und so war es ein leichtes, seinem zukünftigen direkten Vorsitzenden die Pistole an die Brust zu setzen. Entweder ich bekomme das Büro und du dafür mehr Entscheidungsrechte, oder ich mache dir mit meinen Kompetenzen das Leben so schwer, dass du in wenigen Jahren deinen Hut nimmst. Sein Chef Berthold Langmann war zwar nicht wenig erstaunt über eine solche kompromisslose Ansage, doch sein Harmoniebedürfnis siegte auch hier wieder einmal über seinen Stolz.

Und so konnte Böttger von seinem kleinen Büro im Tropenhaus direkt ins Direktionszimmer in der Hauptverwaltung umziehen. Er gestaltete es sich großzügig und ging dabei bis an die äußersten Grenzen des Budgets. Teure Teppiche auf dem Boden, großflächige Drucke natürlich hauptsächlich von den Big Five zierten die Wände, und in den Ecken standen Kunstgegenstände aus aller Welt. So fand man eine aztekische Maske auf einem schweren dunklen Eukalyptustischchen, zwei mannshohe, schmale aus Teakholz angefertigte Masaikrieger inklusive originaler Speere und noch so manches mehr. Sein Schreibtisch und die Stühle waren ebenfalls aus massivem dunklem Teakholz gefertigt und verliehen dem Raum eine düstere Atmosphäre, die im Widerspruch stand zu dem Ausblick, den das große Fenster hinaus in den hellen Tierpark bot.

Jetzt jedoch dachte Böttger gerade gar nicht an die Reichtümer seines kleinen Reichs, sondern tigerte mit hochrotem Kopf und vor Wut verzerrter Miene rastlos auf den weichen Teppichen auf und ab. Das Mobiltelefon hielt er so fest an sein Ohr gepresst, dass ihm bereits die ganze rechte Gesichtshälfte wehtat.

»Bist du denn total bescheuert? Wie kannst du nur so dämlich sein, da eine Plastikspinne zu platzieren! Ich habe dir doch ausdrücklich befohlen, dass nichts auf mich hinweisen darf!«

»Du hast gesagt, ich soll ihnen Angst machen. Dann müssen sie aber auch zumindest wissen, worum es geht. Dass das was mit dir zu tun hat, weißt doch nur du. Warum regst du dich so auf?« Die Stimme am anderen Ende der Leitung klang ernsthaft beleidigt und vorwurfsvoll.

»Weil mir erst vor wenigen Tagen Sabine Fragen zu diversen Spinnen gestellt hat, du Hornochse. Jetzt ist der Zusammenhang vollkommen klar. Am liebsten würde ich dich in der Ruhr ersaufen. Mann!«

Die andere Stimme wurde mit einem Mal ganz ruhig und eiskalt. »Hör mir jetzt mal gut zu, mein lieber Mark.

Du hast mir nur erzählt, dass sie *irgendetwas* wissen *könnten*. Von einem konkreten Gespräch mit deiner Sabine, geschweige denn, worum es da ging, hast du nichts gesagt. Und noch etwas: Wenn du schon so bescheuert bist, eine Beziehung mit einer nicht gerade dummen Tussi anzufangen, die dir jetzt das Leben schwer macht, ist das dein und nicht mein Problem. Ich habe es langsam satt, für dich die Kartoffeln aus dem Feuer zu holen.«

Mark verschlug es die Sprache. Es hatte lange keiner mehr gewagt, ihn so anzugehen. Aber gut, vielleicht hatte der ja auch recht. »Hör zu! Schluss jetzt mit dem Unsinn. Dafür bezahl ich dich ja schließlich fürstlich. Warten wir erst einmal ab, was die drei für Schlüsse aus dem Ganzen ziehen. Vielleicht hat es ja seine Wirkung gehabt, und Sabine gibt ab jetzt Ruhe. Die anderen beiden kann ich sowieso nicht einschätzen. Wir bleiben in Verbindung.«

Damit beendete er das Gespräch und setzte sich nachdenklich an den Schreibtisch. Er musste Sabine jetzt nur genau im Auge behalten. Er würde an ihrem Verhalten schon erkennen, ob sie die richtigen Rückschlüsse gezogen hatte. Noch war nichts verloren. Noch waren härtere Maßnahmen unnötig. Außerdem hatte er keine Lust auf eine Beziehungskrise. Sabine unterstützte ihn wirklich, vor allem was die Betreuung der kleinen Lydia anging. Sexuell wäre zwar mehr drin gewesen, aber man konnte schließlich nicht alles haben.

Es klopfte an seiner Tür. »Jetzt nicht, Monika!«, rief Mark, der seine Gedanken in Ruhe zu Ende denken wollte. Es gab zu viel zu beachten, und zu viel stand auf dem Spiel. Es kopfte erneut, diesmal energischer. »Ich sagte, jetzt nicht!«, blaffte Mark in Richtung Bürotür, die sich jedoch vorsichtig öffnete.

Ein schmales blasses Gesicht unter einem knallroten Pagenkopf wurde sichtbar. »Entschuldigen Sie vielmals, Herr Böttger, aber da ist ein Anruf aus Görlitz. Der Herr meinte, es sei sehr dringend. Darf ich vielleicht durchstellen, er hat schon dreimal angerufen.«

Ein Anruf aus Görlitz. Das kam überraschend früh. »Natürlich, Monika, natürlich. Stellen Sie durch und schließen Sie bitte die Tür wieder!« Mark setzte sich an seinen Schreibtisch. Mit diesem Anruf hatte er frühestens in drei Wochen gerechnet. Das könnte seinen Zeitplan durcheinanderbringen. Aber das Geschäft ging vor. Sein Telefon klingelte, und er nahm den Hörer ab. »Böttger.«

46. KAPITEL

Natürlich hatten sie recht gehabt mit der Annahme, dass die Polizei nicht aktiv werden würde. Erst am nächsten Abend kam eine junge Polizistin, den Abzeichen nach Polizeimeisterin, vorbei und nahm zu Protokoll, was passiert war.

Als sie hörte, dass nichts beschädigt und nichts gestohlen worden war, schloss sie demonstrativ ihr Notizbuch und meinte, sie gäbe den Vorgang zwar auf der Wache an ihren Vorgesetzten weiter, aber sie glaube nicht, dass die Staatsanwaltschaft eingeschaltet werden würde.

Raster, Sabine und Philo beließen es dabei. Nichts anderes hatten sie erwartet. Sabine hatte tagsüber mit dem BKA-Beamten telefoniert, mit dem sie damals wegen Karl Vollmer Kontakt gehabt hatte, aber auch Friedbert Kusel sprach nur von einem Nachahmungstäter und einem dummen Scherz, den sich da jemand gemacht hätte. Für ihn war der Fall abgeschlossen.

Die drei verbrachten den Abend damit, die Spuren des Eindringlings zu beseitigen. Sabine räumte den Schmuck wieder in das Kästchen und warf den Slip, in den der Schmuck eingewickelt war, in den Müll. Nachdem Raster seine Emails neu sortiert und sein Passwort erneuert hatte, durchsuchte er die Wohnung akribisch nach Wanzen und versteckten Kameras, fand aber nichts.

Philo räumte ebenfalls auf, entsorgte die beschmutzten Bücher und bezog sein Bett frisch, als wäre dieses auch befleckt worden. Bei dieser Tätigkeit erinnerte er sich an seine Idee, die er vor dem gruseligen Kühlschrankfund gehabt hatte. Mark Böttger kannte Sabine, und Mark Böttger kannte, zumindest dem Aussehen nach, Raster. Das hieß, er war der Einzige von ihnen, der noch relativ gefahrlos recherchieren konnte. Und genau das hatte er vor. Allerdings nicht hier in Dortmund. Sabine hatte ihm von den vielen Reisen erzählt, die Böttger auch im Inland unternahm. Angeblich zu verschiedensten Zoos und Tierparks, mit denen er regen Austausch pflegte. Aber Philo glaubte das nicht. Zumal Sabine ihm schon zu Beginn ihrer Beziehung zu Mark erzählt hatte, dass er nie bereit gewesen war, sie einmal mitzunehmen. Eigenartig. Sein Entschluss stand fest. Er musste Sabine aus dieser furchtbaren Lage herausbringen. Diesmal musste *er* das Ruder in die Hand nehmen. Ihm war bewusst, dass er normalerweise der Schwächste in der Gruppe war. Der, der zwar gute Ideen und Einfälle einbringen konnte, sich aber nicht gerade durch Aktionismus hervortat. Das musste sich jetzt ändern. Er konnte sich nicht immer hinter seiner Kindheit verstecken und vor allem und jedem davonlaufen. Endlich musste er mal einen Schritt Richtung Selbstbewusstsein und Erwachsenwerden machen. Vielleicht, wenn ihm das gelang, wäre er ja auch bereit, eine normale Beziehung zu einer Frau aufzubauen. Trotzdem war ihm die Vereinbarung, die sie getroffen hatten, wichtig. Alles sollte abgesprochen und nichts im Alleingang unternommen werden. Also musste er diese Hürde noch nehmen. Es ging sowieso nur mit Sabines Hilfe. Irgendwie musste er ja an Böttgers Reisepläne herankommen, und das ging nur über sie.

Man traf sich, nachdem alle Spuren beseitigt waren, in der Küche zum Abendessen. Raster hatte Lasagne vorbereitet, und obwohl der Hunger bei allen Dreien nicht sehr groß war, genossen sie einen normalen Abend gemeinsam in ihrer Küche.

Nach den ersten Bissen begann Philo vorsichtig, den anderen beiden seine Pläne zu erläutern. Er war sich sicher gewesen, dass ihm schon bald lautstarker Protest entgegenschlagen würde. Aber Raster und Sabine hörten konzentriert und langsam kauend zu. Als Philo schließlich seine Ausführungen beendet hatte und noch immer keine Reaktion kam, fragte er: »Sagt mal, sind euch meine Gedanken zu banal, oder warum reagiert ihr überhaupt nicht?«

Lächelnd schluckte Sabine ihren letzten Bissen herunter. »So ein Quatsch. Ich kann nur für mich sprechen, Raster sieht das vielleicht anders. Aber ganz ehrlich? Ich finde die Idee gar nicht schlecht. Offensichtlich sind Marks Aktivitäten hier in Deutschland auch nicht ganz koscher. Warum sonst hat er mich nie mitgenommen? Und außerdem hast du recht: Du bist das einzige unbekannte Element von uns dreien. Und ich will ganz aufrichtig sein. Ich bin zwar nach wie vor überzeugt davon, dass es richtig war, die Beziehung nicht abzubrechen. Aber dies alles kann kein Dauerzustand werden. Wir müssen irgendwie weiterkommen, gerade jetzt, wenn Mark sich bedroht fühlt. Wer weiß, was ihm als Nächstes einfällt. Und eigentlich kann es nicht richtig gefährlich werden. Da sollten wir die Sache ruhig etwas forcieren. Was meinst du, Raster?«

Der Angesprochene wiegte bedächtig seinen Kopf hin und her und wippte, wie es so oft seine Art war, gefährlich weit auf seinem Stuhl nach hinten. »Grundsätzlich gebe ich euch beiden recht. Was mir nur ein wenig Sorgen bereitet, ist, dass unser lieber Freund hier mit solchen Sachen überhaupt keine Erfahrung hat. Es geht immerhin um nichts weniger als um eine Observation. Hast du so etwas schon mal gemacht?«

»Nein, du etwa?«, fragte Philo zurück.

»Nein, natürlich auch nicht. Versteh mich bitte nicht falsch. Es ist nur so …« Raster geriet ins Schwimmen. »Ich weiß einfach nicht, ob du für alle Eventualitäten, die auf dich zukommen könnten, gewappnet bist.«

»Das trifft aber auf uns genauso zu«, warf Sabine ein. »Wir sind eben keine Profis, die so etwas gelernt haben. Aber es bleibt dabei, dass Philo den großen Vorteil hat, dass Böttger ihn noch nicht kennt. Er kann sich frei bewegen.«

»Hast du denn Mark gegenüber nie seinen Namen erwähnt? Er könnte ihn doch gegoogelt haben, und schon weiß er, wie er aussieht.« Raster ließ nicht locker, schob demonstrativ seinen Teller in die Tischmitte und starrte die anderen beiden kampflustig an.

»Er kennt nur eure Spitznamen, mehr nicht. Sonst wärst du ja auch schon längst nach deinem Afrikatrip aufgeflogen. Da hast du doch deinen echten Namen und Beruf genannt, oder?«

Raster nickte.

»Na also. Mark weiß aber nur von einem Philo und einem Raster in meiner WG. Es sei denn, er hätte in Kenia einen Verdacht geschöpft. Dann wäre es natürlich ein Leichtes, entsprechende Verknüpfungen zu finden.«

Raster seufzte. »Ich mach mir einfach nur Sorgen, Kumpel«, sagte er zu Philo gewandt und gab ihm einen freundschaftlichen Klaps auf den Hinterkopf. »Ich habe keine Lust, mir einen schwarzen Anzug zuzulegen, weil wir zu deiner Beerdigung müssen, verstehst du?«

Philo verstand sehr wohl und musste sich eingestehen, dass sein Mut, den er noch vor einer halben Stunde verspürt hatte, durch reichlich Befürchtungen und Visionen darüber, was alles schief gehen konnte, verwässert wurde. Aber er würde das jetzt durchziehen. Für Sabine, für die WG und für sich selbst.

47. KAPITEL

Die Gelegenheit zur Ausführung ihrer Pläne ergab sich viel schneller als gedacht.

Sabine hatte sich, um möglichst früh von eventuell anstehenden Reiseplänen zu erfahren, vorgenommen, mehr Zeit bei Mark und Lydia zu verbringen. Damit dieser keinen Verdacht schöpfte, erklärte sie, dass Raster einen Freund zu Besuch hätte, und sie so mehr Platz in der WG benötigten. Mark zeigte kein Misstrauen, im Gegenteil, er schien sich zu freuen, dass Sabine so viel Zeit mit Lydia verbrachte. Auch die Abende verliefen harmonisch. Sabine bemühte sich, keine zweideutigen Fragen zu stellen und alle Themen zu vermeiden, die mit dem Zoo, Spinnen oder anderen verfänglichen Dingen zu tun haben könnten.

An einem Dienstagabend, Sabine saß müde nach einer Doppelschicht auf dem Böttgerschen Sofa und nippte an ihrem Weißwein, kam Mark herein und ließ sich neben sie in die Kissen fallen. »Mann, bin ich kaputt. War ein echt harter Tag heute. Und außerdem steht mir noch eine anstrengende Reise bevor.«

Sabine horchte auf. »Wo solls denn hingehen?«, fragte sie möglichst unaufgeregt.

»Nach Frankfurt/Oder. Die brauchen eine Beratung bezüglich einer Neuanschaffung. Es kann schon sieben bis zehn Tage dauern. Ist das in Ordnung für dich?«

»Ja klar. Wann soll's denn losgehen?«

»Schon nächsten Montag. Ich organisiere das alles mit dem Kindermädchen vorher. Aber du weißt ja, wie sehr ich mich freuen würde, wenn du hin und wieder Zeit mit Lydia verbringen könntest.«

Sabine nickte müde und nahm eine weiteren Schluck Wein. »Geht schon klar. Mache ich.«

»Sag mal, Sabine: Vor ein paar Tagen, da warst du so abwesend und machtest so einen beunruhigten Eindruck. War da irgendetwas vorgefallen? Auf dem Rettungswagen oder bei dir zu Hause? Du warst einfach komisch, und ich hab ganz vergessen, dich danach zu fragen.«

Sabine verschluckte sich fast an ihrem Wein. Mist! Darüber hatten sie in der WG gar nicht gesprochen. Wie sollte sie auf diese Frage reagieren, mit der sie ja jederzeit rechnen musste. Sekundenschnell entschied sie sich für die Wahrheit. »Ach ja. Das hab ich auch ganz vergessen, dir zu erzählen. Ich war durch meine Dienste schon wieder so abgelenkt. Wir hatten doch tatsächlich ungebetenen Besuch in der Wohnung.«

»Wie? Bei euch ist eingebrochen worden?«

»Ja und nein. Jemand war auf jeden Fall in der Wohnung, hat einiges teilweise ziemlich Persönliches durcheinandergebracht und hat eine von diesen Plastikspinnen dagelassen. Erinnerst du dich an diese Geschichte letztes Jahr, als die überall auftauchten?«

Mark nickte. »Ja, ich erinnere mich. Und wisst ihr schon, wer dahinter steckt? Habt ihr wenigstens die Polizei eingeschaltet?«

»Natürlich. Aber die konnte nichts machen. Keine Ahnung, was das sollte. Im ersten Moment war das ein ganz schöner Schreck. Aber es ist ja nichts weggekommen. Wir haben das Wohnungsschloss auswechseln lassen und uns sogar so eine Sicherheitskette zugelegt, die man von innen einhängen kann. Blöde Sache, aber mehr auch nicht.«

Sabine schaffte es tatsächlich, ihren Kopf auf Marks Schultern zu legen. »Oh, ich bin so müde. Kommst du mit ins Bett?«

»Geh du ruhig schon. Ich bleib noch einen Moment hier. Einverstanden?«

Sabine nickte und stand auf. »Schlaf gut, Liebling!«

»Du auch. Und – Sabine!«

Sie drehte sich noch einmal um. »Ja?«

»Gut, dass dir nichts passiert ist!«

Wieder nickte Sabine lächelnd und verschwand in Richtung Schlafzimmer.

Mark goss sich seinen allabendlichen Whiskey ein. Das schien ja noch einmal gut gegangen zu sein. So glaubhaft konnte keiner lügen. Sabine hatte nicht die Spur von Argwohn gezeigt. Kein Hinweis darauf, dass sie einen Zusammenhang zu ihm vermutete. Nein. Alles war gut. Wahrscheinlich hatte er im Zoo bei ihren Nachfragen nach den Spinnen auch nur paranoid reagiert. Was sollte sie denn schon wissen, vor allem woher?

Er wählte die ihm vertraute Handynummer und gab Entwarnung durch. Außerdem skizzierte er kurz die Pläne für die nächsten Wochen. Danach nahm er einen großen Schluck aus seinem Glas und schloss die Augen. Nächste Woche musste einfach alles glatt gehen. Es stand viel auf dem Spiel. Nichts durfte dem Zufall überlassen werden. Diese Transaktionen an der deutschen Grenze waren immer heikel. Belgien und Frankreich waren da viel einfacher. Andererseits war die Gewinnspanne für ihn dort geringer. Mark rechnete grob seinen möglichen Gewinn aus. Vielleicht noch ein oder zwei solcher Transaktionen plus noch eine Saison in Kenia, dann konnte er sich endlich zur Ruhe setzen. Wenn die Steuerbehörden wüssten, wie viele Millionen er schon zur Seite gebracht hätte! Herr Schäuble würde sich die Haare raufen. Mark konnte ein Grinsen nicht unterdrücken. Er stellte sich seine Zukunft auf einer Karibikinsel vor, auch wenn ihm klar war, dass das so ziemlich das Kitschigste war, was man sich ausmalen konnte. Aber das war nun einmal sein Traum. Eine Villa in Strandnähe mit großem Pool und Angestellten, natürlich auch einer Frau an seiner Seite, wobei er da nicht an Sabine dachte. Die Zukünftige dürfte schon etwas jünger und vor allem williger sein. Dazu eine Jacht und viele schöne Dinge mehr. Er wusste, dass das nicht nur ein Traum war. Das nötige Kapital für ein solches Leben war fast zusammen. Jetzt ging es aber darum, konzentriert die weiteren Schritte durchzuziehen. Dann würde man weiter sehen. Nur nicht unvorsichtig werden.

Raster schlief schlecht in dieser Nacht. Er wachte immer wieder auf, war schweißgebadet, und wenn er dann endlich wieder einschlief, nachdem er sich zum dritten Mal ein frisches T-Shirt angezogen hatte, begann erneut der immer gleiche Traum. Immer wieder er und Johannes beim Spanier. Eine Erinnerung von diesem Abend quälte ihn, aber es gelang ihm nicht, sie festzuhalten. Ein Gedanke, den er auch schon an jenem Abend gehabt hatte. Etwas hatte ihn stutzig gemacht oder zumindest irritiert. Erst früh am Morgen fiel er schließlich in einen tiefen, jetzt traumlosen Schlaf.

48. KAPITEL

Als er von seinem Wecker geweckt wurde, war ihm sofort klar, wonach sein Unterbewusstsein die halbe Nacht gesucht hatte. Der Gedanke war so intensiv, als wäre er nie weg gewesen. Natürlich. Es ging um den Tod seiner beiden Freunde von damals, Martin und Bettina. Es hatte ihn massiv irritiert, dass Johannes so detailliert darüber berichten konnte. Woher wusste er das? War er bei beiden Ereignissen dabei gewesen? Und wenn ja, warum hatte er nichts davon erzählt? Seine Berichte hatten fast journalistisch geklungen wie von jemandem, der die Unfälle als Zeuge selbst miterlebt hatte. Wahrscheinlich hatte das alles nichts zu bedeuten, aber Raster war jemand, der »bugs«, also Fehler in einem Computerprogramm, und waren sie noch so unbedeutend, nicht ertragen konnte. Dieses Prinzip hatte sich längst auf seine gesamte Wahrnehmung übertragen. Er musste der Sache auf den Grund gehen, und zwar jetzt.

Sich einen Tag freizunehmen, war kein Problem, und so setzte er sich nach einem kleinen Frühstück an seinen Laptop und begann zu recherchieren.

Martin war nach Johannes' Aussagen auf den Fidschis, genauer gesagt in Cloudbreak, einem Riff vor der Insel Tavarua, verunglückt. Den Zeitpunkt des Unfalls hatte Johannes nicht genau datiert, es musste aber zwischen 2007 und 2008 passiert sein, kurz vor Bettinas Autounfall. Raster startete eine entsprechende Suchanfrage im Internet und wurde zu seinem großen Erstaunen innerhalb kürzester Zeit fündig. Das Schreckliche war, dass es neben einem ausführlichen Artikel sogar einen Videoclip von dem Unfall gab. Auf einer Surferseite gab es einen Link mit der Unterschrift:

Als die große Welle unseren Freund Martin G. holte.

Das Video, offensichtlich vom Strand aus gedreht, zeigte einen Surfer in einer extrem hohen Welle – Raster schätzte sie seiner Erfahrung nach auf etwa 15 Meter – der geschickt durch den hinter ihm kollabierenden Tunnel raste. Der Kamerazoom war so hoch eingestellt, dass Raster tatsächlich seinen alten Freund erkennen konnte. Eine Gänsehaut überkam ihn, und seine Augen fingen an zu brennen. Dann plötzlich, ohne erkennbaren Grund, knickten dem Surfer die Beine weg, und wie in Zeitlupe kippte er zu Seite. Innerhalb weniger Millisekunden wurde sein Körper von der Welle verschlungen.

Man hörte Schreie, die Kamera wackelte, wurde aber nicht abgeschaltet. Die Vergrößerung wurde zurückgefahren, und man erkannte den Strand, auf dem vielleicht 20 junge Menschen, meist in Surfanzügen, durcheinanderliefen und aufgeregt auf die heranbrausende Welle wiesen. Raster fiel sofort ein Mann auf, der sich nicht an dem hektischen Treiben beteiligte. Er trug auch keinen Surfanzug, sondern nur Shorts und T-Shirt. Den Mund weit offen, das Wasser absuchend stand er da und machte eine völlig hilflose Figur: Johannes.

Er war also tatsächlich dabei gewesen. Wieso hatte er das nicht erzählt? »Versteh ich nicht«, murmelte Raster vor sich hin und begann die nächste Suche: der Autounfall von Bettina.

Auch hier fand er relativ schnell die entsprechenden Seiten. Verschiedene Zeitungen hatten von dem verheerenden Unfall berichtet, bei dem ohne ersichtlichen Grund eine Frau, Bettina K., bei Stuttgart auf einer Landstraße plötzlich die Kontrolle über ihren Wagen verloren hatte und gegen die Leitplanke gerast war. Der Wagen hatte sich daraufhin mehrfach überschlagen und war in einem Feld auf dem Dach liegen geblieben. Die Frau konnte nur mehr tot aus dem Wrack geborgen werden.

Raster durchsuchte sämtliche zur Verfügung stehenden Zeitungsartikel über den Unfall und fand schließlich ein Foto in einer Lokalzeitung, das offensichtlich kurze Zeit nach dem Unfall aufgenommen worden war. Man sah Feuerwehr- und Polizeifahrzeuge sowie einen Rettungswagen mit offener Hintertür. Sanitäter und uniformierte Polizisten verteilten sich zwischen der Straße und dem im Hintergrund erkennbaren Auto, das auf dem Dach lag. Am linken Bildrand hinter einer Absperrung erkannte man einen Pulk Gaffer, die das Treiben beobachteten. Und da stand er. Direkt in der ersten Reihe, hinter dem Absperrband: Johannes. Auch hier mit weit geöffnetem Mund und Entsetzen im Gesicht.

Klar war jetzt, warum Johannes beide Unfälle so genau beschreiben konnte. Und seinem jeweiligen Gesichtsausdruck war das fürchterliche Erschrecken anzusehen, was Gedanken verbot, das er etwas mit diesen Ereignissen zu tun haben könnte. Aber warum hatte er das denn nicht einfach erzählt?

Raster würde ihn fragen müssen.

49. KAPITEL

»Er fährt mit dem Zug nach Görlitz, gleich nächsten Montag«, informierte Sabine Philo, der erstaunt die Augenbrauen hochzog.

»Hast du nicht letztens Frankfurt/Oder gesagt?«

»Wieder einmal eine Lüge«, meinte Sabine lakonisch. »Natürlich habe ich mich da abgesichert und Marks Sekretärin angerufen, um mir die Abfahrtzeit bestätigen zu lassen. Dabei hat sie sich verplappert. Nein, er fährt nach Görlitz. Da gibt es auch einen großen Tierpark. Für sie war das ganz normal. Frag mich nicht, warum er mich wieder belogen hat. Ist auch egal.«

Die beiden saßen im »B-Trieb« und tranken einen Cappuccino.

»Dann will ich mal an die Planung gehen. Ich brauche ein Hotelzimmer, am besten nicht weit vom Bahnhof, einen Mietwagen und eine Zugverbindung, um auf jeden Fall vor Mark anzukommen.«

»Und nimm dir sicherheitshalber eine Taschenlampe und ein zweites Handy mit. Vielleicht solltest du auch irgendeine Art Waffe einstecken.«

»Eine Waffe? Jetzt übertreibst du aber.«

»Nein, ich meine etwas, womit du dich zur Not wehren kannst, zumindest einen Pfefferspray oder so etwas.«

»Na gut, das ist in Ordnung. Also ich mach mich mal auf den Weg. Da kommt Raster.«

Dieser steuerte gerade auf ihren Tisch zu. »Ach, hier seid ihr. Alles okay?«

»Wir planen Philos Reise nach Görlitz«, antwortete Sabine. »Nächsten Sonntag geht es schon los.«

»Görlitz also. Na dann. Denkst du auch an einen Pfefferspray oder etwas Vergleichbares?«

Sabine und Philo lachten. »Alles schon geklärt. Ihr nervt. Ich mach das schon. Also bis später ihr beiden.« Damit stand Philo auf, bezahlte an der Theke und verließ die Kneipe.

Ausgestattet mit reichlich Fachliteratur und sogar einem Krimi versuchte Philo, sich die Zugreise über Berlin und Cottbus nach Görlitz so angenehm wie möglich zu machen. Aber irgendwie konnte er sich nicht konzentrieren. Immer wieder wanderten seine Gedanken zu dem, was ihn in der östlichsten Stadt Deutschlands erwarten könnte.

Stundenlang hatte er in den letzten Tagen mit seinen Freunden darüber spekuliert, was Mark an der deutsch-polnischen Grenze vorhatte. Dass es nicht um eine Neuanschaffung seitens des Tierparks gehen konnte, war allen dreien klar. Schließlich hätte er ja dann auch von Görlitz und nicht von Frankfurt/Oder sprechen können. Das Einzige, was sie sich vorstellen konnten, war ein Zusammenhang mit den illegalen Jagden in Afrika. Vielleicht kontaktierte Mark in Görlitz potenzielle neue Kunden oder hatte Verhandlungen über den Verkauf von Trophäen, Elfenbein und anderen illegalen Gütern. Da musste sicherlich so einiges geplant und besprochen werden. Schließlich konnte man wohl kaum solche Dinge einfach per DHL verschicken. Aber sicher konnten sie sich natürlich nicht sein. Alles war möglich. Auch dass noch ganz andere Machenschaften zutage treten würden, war nicht ausgeschlossen. Was wussten sie schon wirklich über diesen Mark Böttger.

Er versuchte es mit einer Fachzeitschrift über neue philosophische Ansätze zur Erklärung der Kulturevolution des Menschen. Ein Thema, das Philo normalerweise immer wach gehalten hätte, doch auch dieses Heft rutschte auf seine Knie und weiter auf seine Schuhe. Draußen flogen in atemberaubender Geschwindigkeit die Felder und Wälder Brandenburgs vorbei, während sich der Zug Berlin näherte. Philo schlief, den Kopf ans Fenster gelehnt, und wurde in seinen Träumen von Nashörnern und ausgestopften Löwen verfolgt.

Am frühen Nachmittag erreichte er schließlich den Görlitzer Hauptbahnhof. Direkt im Bahnhofsgebäude fand er den Autovermieter, bei dem er sich einen Kleinwagen vorbestellt hatte. Er bekam einen roten Nissan Mikra, machte sich mit dem dazu bestellten Navigationsgerät vertraut und begab sich auf die Suche nach seiner Pension. Nach zehn Minuten erreichte er die Uferstraße und blickte zum ersten Mal über die Neiße herüber nach Polen. Die Pension war einfach, aber günstig und vor allem nah an der Altstadt gelegen. Philo war von dem ursprünglichen Plan abgekommen, sich bahnhofnah etwas zu suchen. Das machte nur Sinn für den morgigen Tag, wenn er Mark abpassen wollte. Aber dazu musste er nicht dort sein Lager aufschlagen. Er packte seine Sachen in den Schrank, machte sich kurz frisch und verließ die Pension wieder, um sich in der Stadt ein wenig umzusehen.

Natürlich hatte er schon so einiges über Görlitz gelesen und gehört. Ihm fiel ein Fernsehbericht ein, den er vor einigen Monaten zufällig gesehen hatte. Es ging um Görlitz als Filmkulisse. Die Stadt war in den Weltkriegen so gut wie nicht zerstört worden und hatte daher ein unvergleichliches Ensemble von Häusern mit allen Stilrichtungen, vom 16. bis zum 18. Jahrhundert. Dies hatten bereits viele Filmemacher ausgenutzt und Teile der Altstadt als natürliche Filmkulisse genutzt, warum Görlitz von manchen auch »Görliwood« genannt wurde. Dennoch war Philo von der Altstadt überwältigt. Er war von der Uferstraße in die Neißstraße eingebogen, vorbei an dem Biblischen und dem Barockhaus und befand sich jetzt auf dem Untermarkt mit seinen imposanten Renaissancehäusern wie dem Rathaus, der Ratsapotheke und dem alten Schönhof.

Vor dem »Café am Flüsterbogen« fand er noch einen freien Tisch und bestellte einen Kaffee. Die Sonne schien von einem blassblauen Himmel, während das Rathaus einen ersten Schatten auf den Platz warf. Philo fühlte sich einen Moment wie im Urlaub in einer fremden Stadt, genoss die Wärme auf seiner Haut, während er träge das bunte Treiben um sich herum beobachtete. Immer wieder sah er Paare, die sich geheime und wahrscheinlich romantische Botschaften durch den Flüsterbogen zuwisperten, der aufgrund seiner Bauart die leisesten Worte auf die andere Seite des Torbogens weiterleitete. Aus dem Inneren des Tores kamen appetitanregende Düfte, die Philo dazu animierten, hindurch zu gehen. Auf der anderen Seite des tiefen Durchganges öffnete sich ein Innenhof mit bunten blumengeschmückten Tischen. Es handelte sich, wie er in einer ausliegenden Speisenkarte lesen konnte, um das Gartenlokal des ebenfalls am Untermarkt befindlichen Hotels »Börse«. Philo lief das Wasser im Mund zusammen. Hier könnte er auch an einem der nächsten

Abende essen gehen, sinnierte er, nachdem er sich wieder an seinem Tisch vor dem Café niedergelassen hatte.

Ein gellender Schrei keine fünf Meter von ihm entfernt riss ihn jäh aus seinen Gedanken. Ein Jugendlicher, circa 16 Jahre alt, zerrte wütend an der Handtasche einer älteren Dame, die ihm erstaunliche Gegenwehr entgegenbrachte. Schließlich musste sie jedoch aufgeben, und der junge Mann stürmte davon, die Tasche unter dem Arm geklemmt.

Philo nahm drei Dinge gleichzeitig wahr. Zum einen musste er feststellen, dass alle, die in unmittelbarer Nähe zu dem Überfall standen, tatenlos das Geschehen betrachteten, zum anderen, dass er selbst keine Chance gehabt hätte, den gut durchtrainierten Jüngling einzuholen und zum dritten, dass der Fluchtweg des Diebes direkt an Philos Platz vorbeiführte.

Einem spontanen Reflex gehorchend stellte Philo seinen rechten Fuß in genau dem richtigen Moment dem Flüchtenden in den Weg. Mit einem lauten Aufschrei stürzte dieser vornüber auf das Pflaster, wobei die Handtasche in hohem Bogen einer Kellnerin vor die Turnschuhe segelte. Selbst erschrocken über diese Entwicklung stand Philo auf. Jetzt musste er die Sache auch zu Ende bringen. Er packte den vor sich hin wimmernden Jungen am Kragen und zog ihn auf die Füße. Tränen schossen aus dessen Augen, ob wegen der Schmerzen oder wegen der Scham über sein Tun, konnte Philo nicht erkennen. Jedenfalls wehrte er sich nicht und versuchte auch nicht, sich zu befreien. Plötzlich brandete spontaner Beifall auf, und Philo erkannte erst jetzt, dass sich um ihn herum ein Kreis von Menschen gebildet hatte, die ihm bewundernd applaudierten. Endlich kämpfte sich ein Uniformierter durch die Reihen und nahm Philo das Häufchen Elend ab.

»Können Sie noch kurz hierbleiben, damit wir ein Protokoll aufnehmen können? Ein Kollege kommt sofort zu Ihnen«, sagte der Beamte in breitestem Sächsisch. »Die Dame, der die Handtasche gehört, muss auch noch warten.«

»Alles klar«, antwortete Philo. »Wir sitzen da vorn an meinem Tisch. Kommen Sie!«, meinte er zu der inzwischen herbeigeeilten Frau. »Wir setzen uns dahin und warten gemeinsam auf den Polizisten. Sie brauchen doch bestimmt eine Stärkung, oder?«

Dankbar ließ sich die ältere Frau zu Philos Tisch führen und sank erschöpft auf einen Stuhl. »Puh. Jetzt bin ich aber erledigt. Fast hätte ich ihn abgewehrt. Aber warum ist mir denn keiner zu Hilfe gekommen? Ich verstehe das einfach nicht. Alle stehen nur herum und gaffen. Gut, dass Sie so geistesgegenwärtig waren. Sie glauben gar nicht, wie sehr Sie mir geholfen haben. Vielen Dank, Herr –?«

»Sachse. Friedrich Sachse. Gern geschehen.« Philo merkte erst jetzt, dass dieser Name in Görlitz einen gewissen Witz hatte. »Und Sie sind?«

»Mein Name ist Gertrud Straßburger. Nein, wissen Sie, dass Schlimme ist, dass ich gerade von der Volksbank gekommen bin, wo ich meine Rente für diesen Monat abgeholt habe. Der Junge muss mich beobachtet haben und mir dann gefolgt sein. Nochmals vielen Dank, Herr Sachse!«

Philo bestellte für Frau Straßburger ein großes Wasser und für sich noch einen Kaffee. Die Getränke gingen selbstverständlich aufs Haus, meinte die Kellnerin und warf Philo einen bewundernden Blick zu, der so tat, als hätte er nichts bemerkt.

In diesem Moment kam ein weiterer Beamter auf sie zu, der beide nach dem Sachverhalt befragte und sich Notizen machte.

»Sagen Sie mal«, fragte Philo, als alles notiert war, »wie ist das eigentlich mit diesen ganzen Leuten hier, die nicht einmal daran gedacht haben zu helfen oder einzugreifen? Ist das nicht auch strafbar?« Philo war unverändert entsetzt über das unmögliche Verhalten der Leute.

»Es ist neuerdings tatsächlich so, dass das in bestimmten Fällen strafbar sein kann. Wir werden die Aufnahmen der Videokameras hier vom Platz auswerten, und dann muss die Staatsanwaltschaft entscheiden.« Der Polizist bedankte sich und ging wieder seiner Wege.

50. KAPITEL

Nachdem Philo und Frau Straßburger noch ein paar Nettigkeiten ausgetauscht hatten, und Philo erfolglos versucht hatte, eine Belohnung in Form von 20 Euro auszuschlagen, verabschiedeten sich beide voneinander.

Für Philo war die Urlaubsstimmung, die er noch vor einigen Minuten verspürt hatte, natürlich verflogen. Unsanft war er auf den harten Boden der Gegenwart zurückgeworfen worden. Morgen Mittag wurde es ernst. Mark Böttger sollte nach den Zeiten, die Sabine herausgefunden hatte, um 14.45 Uhr in Görlitz eintreffen. Danach hieß es als Erstes, ihn auf keinen Fall aus den Augen zu verlieren, damit Philo seine Unterbringung erfahren konnte. Danach musste er improvisieren.

Etwas lustlos und mit einer immer stärker werdenden inneren Anspannung setzte Philo seinen Spaziergang fort. Er schlenderte durch Jüdenstraße und Nicolaistraße bis zur Kirche »Peter und Paul« und gelangte schließlich nördlich seiner Pension wieder auf die Uferstraße. Er hätte gern noch einige Tage mehr Zeit gehabt, sich die Stadt und auch den polnischen Teil östlich der Neiße anzusehen. Aber zum Sightseeing war er nicht hier.

Nach einem Abendessen in der »Destille«, die er bei seinem Rundgang entdeckt hatte, zog er sich bereits um acht Uhr auf sein Zimmer zurück. Er las noch einige Seiten in einer Fachzeitschrift und legte sich dann früh schlafen.

Am nächsten Tag machte er sich um zwölf Uhr auf zum Bahnhof. Er war schon auf dem Weg zu seinem Auto, als ihm siedendheiß etwas einfiel. Er lief zurück in sein Zimmer, entleerte seine Taschen und durchsuchte sein Portemonnaie nach Dokumenten, die auf seine Identität hinweisen könnten. So dumm konnte man gar nicht sein. Wenn er geschnappt würde, dürfte es wirklich nur ihn treffen. Er wollte keine Verbindung zu seinen Freunden nach Dortmund zulassen. Den Personalausweis, den Führerschein und noch zwei weitere Karten legte er unter die Matratze und verließ nun endgültig die Pension.

In der Nähe des Bahnhofs suchte er so lange einen Parkplatz, bis er einen fand, wo er im Notfall sofort und ohne Parkgebühren bezahlen zu müssen starten konnte. Danach durchstreifte er das Bahnhofsgebäude auf der Suche nach einem geeigneten Beobachtungspunkt, von dem er Mark Böttger auf jeden Fall sehen würde, der aber nicht zu auffällig war. Immer wieder holte er das Foto aus seiner Tasche, das ihm Raster gegeben hatte. Jede Kleinigkeit der Gesichtszüge prägte er sich zum hundertsten Mal ein, um ihn auch ja zu erkennen. Schließlich setzte er sich in die Bahnhofshalle gegenüber eines Blumenladens, wo ein paar Bänke für Reisende aufgestellt worden waren. Eine gute Stunde blieb ihm noch. Er beobachtete die vorbei eilenden Menschen und versuchte, seinen Blick für die wesentlichen Merkmale ihrer Gesichter zu schärfen. Da war die Frau mit Kind, eigentlich unauffällig. Keine besonderen Auffälligkeiten. Auf den ersten Blick. Wenn man aber genau hinsah, hing ihr linker Mundwinkel etwas tiefer als der rechte. Hatte sie einen Schlaganfall gehabt? Weg war sie. Dann dort dieser junge muskulöse Mann im Jogginganzug. Blond, ebenmäßiges Gesicht, Dreitagebart. Aber halt. Er hatte einen auffälligen Wirbel rechts in seinen ansonsten glatten Haaren. Weg war er. Hör auf, Philo, ermahnte er sich. Du machst dich total verrückt. Zum wiederholten Mal wischte er sich die schweißnassen Hände an den Oberschenkeln ab. Wenn er nur nicht so nervös wäre. Er war eben doch kein Profi für so etwas. Was hatte er sich denn nur eingebildet? Mal eben so James Bond spielen? Aber jetzt hatte er A gesagt, und er würde auch B sagen. Alles für Sabine, für die WG und für dich, wiederholte er mantramäßig immer wieder.

Und dann hätte er ihn doch fast verpasst. Philo konzentrierte sich gerade auf einen braun gebrannten schlanken Mann, der mit seinem Koffer dem Ausgang entgegen strebte. Konnte das Mark Böttger sein? Irgendwie stimmten die Haare nicht, und auch die Augen sahen anders aus, als auf dem Bild … Im letzten Moment erkannte Philo den Gesuchten, der schräg hinter dem Mann ging, den er so angestrengt beobachtet hatte. Keine Frage. Das war er. Jetzt nur ruhig bleiben.

Böttger trug in der einen Hand eine Aktentasche und zog mit der anderen einen Rolli hinter sich her. Von Philo nahm er keine Notiz. Dieser ließ ihm einen Vorsprung von zehn Metern, stand dann mit wild schlagendem Herzen auf und folgte ihm. Zielstrebig steuerte Mark auf den Taxistand vor dem Bahnhofsgebäude zu. Jetzt war Philo froh, sich den speziellen Parkplatz ergattert zu haben. Er spurtete zu seinem Wagen und wartete, bis Marks Taxi startete. Da Böttger bis jetzt keinen Verdacht schöpfen konnte, versuchte Philo erst gar nicht, die in Filmen oft gezeigten Tricks umzusetzen, zwischen sich und dem verfolgten Wagen immer eine gewisse Lücke zu lassen, sondern setzte sich direkt hinter das Taxi. Der Wagen fuhr links in die Jakobstraße, dann rechts in die Schützenstraße, dann Schützenweg, und Philo dachte schon, dass Böttger ja wohl nicht die gleiche Pension wie er gebucht hatte, als sie die Uferstraße erreichten. Hier bog das Taxi jedoch nach rechts und hielt vor dem imposanten Gebäude des Parkhotels. Das passte natürlich besser, überlegte Philo und parkte einige Meter weiter am Straßenrand, um nachzudenken.

Ein unscheinbarer roter Ford Mondeo, der den Nissan vom Bahnhof aus verfolgt hatte, fuhr langsam an Philo vorbei. Der Mann auf dem Beifahrersitz hob eine Kamera und schoss in schneller Abfolge ein paar Fotos durch die geschlossene Scheibe. 50 Meter weiter drehte der Wagen um und hielt schließlich auf dem Hotelparkplatz. Zwei schlanke gut gekleidete Männer mit dunklem südländischen Teint stiegen aus und betraten das Hotel.

Philo hatte von all dem nichts mitbekommen.

Zwei Dinge führten dazu, dass Philo nicht innerhalb kürzester Zeit aus dem Verkehr gezogen wurde. Das erste war die Tatsache, dass er sich am Morgen zu einfachen Jeans ein knallgrünes T-Shirt angezogen hatte. Dieses war auf den Bildern, die die beiden Männer gerade von ihm gemacht hatten, deutlich zu sehen. Philos Überlegung ging allerdings in die Richtung, seine Observation im Parkhotel fortzusetzen. Dort war eine solche Garderobe viel zu auffällig und unangemessen. Das hieß für ihn: zurück in seine Pension und umziehen. Das zweite, was ihn vorerst verschont bleiben ließ, passierte direkt, nachdem er seinen Nissan gestartet hatte und das kurze Stück zu seiner Pension zurücklegen wollte. Ein eigenartiges Fahrgeräusch fiel ihm auf. Gleichzeitig zog der Wagen extrem nach links, was Philo dazu bewegte, sofort anzuhalten.

Der vordere linke Reifen hatte kaum noch Luft, und ein dicker rostiger Nagel lugte aus dem Profil heraus.

»Na super!«, stöhnte Philo entnervt und beschloss, sich gar nicht erst mit einem langwierigen Reifenwechsel aufzuhalten, sondern direkt den Autovermieter zu kontaktieren.

Er fuhr im Schneckentempo zurück zum Bahnhof, immer hoffend, die Felge des Rades nicht zu demolieren. Der zuständige Angestellte besah sich den Schaden und reagierte zu Philos Freude äußerst gelassen. »Wir tauschen einfach den Wagen«, meinte er nur trocken, füllte die Papiere aus und zeigte Philo einen weißen Citroën C1. »Geht der auch?«

»Aber sicher«, antwortete Philo, »kein Problem. Und danke für die unkomplizierte Abwicklung.«

Er beeilte sich, in seine Pension zu kommen, zog sich einen unauffälligen, aber maßgeschneiderten grauen Anzug an. Dazu kam ein dunkelgraues Hemd mit einer bordeauxfarbigen Krawatte.

Und so kam es, dass der Mann, der in der Lobby neben dem Hoteleingang auf einem Sessel mit Blick auf den Parkplatz saß und nach einem roten Nissan Mikra und einem Mann mit grünem T-Shirt Ausschau hielt, nicht einmal aufblickte, als Philo das Hotel betrat.

51. KAPITEL

Diesmal trafen sie sich in einer Pizzeria in der Chemnitzer Straße. Raster hatte sich gerade an einen ruhigen Tisch in der hintersten Ecke gesetzt, als Johannes das Lokal betrat.

Sie begrüßten sich freundschaftlich und bestellten zunächst einmal die Getränke. Nachdem sie sich zugeprostet hatten und etwas rathausinternen Klatsch ausgetauscht hatten, erzählte Raster, was ihm und seinen Freunden in der vorherigen Woche passiert war.

»Wie. Und die Polizei hat nichts unternommen?«, fragte Johannes sichtlich erstaunt. »Ich meine, das war doch zumindest Sachbeschädigung oder Vandalismus oder wie man das nennt. Allein, dass jemand deinen Computer gehackt hat, ist doch strafbar.«

»Würde ich auch sagen«, antwortete Raster, »aber die Polizistin meinte trotzdem, das reiche nicht. Wahrscheinlich weiß sie, dass sie sowieso keine Chance haben, den oder die Täter zu schnappen.«

»Unglaubliche Geschichte. Hast du denn irgendeine Idee, was derjenige damit bezwecken wollte?«

»Nein, haben wir nicht«, log Raster, der keine Lust hatte, Johannes in die Geschichte mit Mark Böttger einzuweihen, zumal er ja wusste, dass Johannes und Böttger beruflich miteinander zu tun hatten.

»So. Und du wohnst also in einer WG? Erzähl doch mal. Wer sind die anderen denn? Ich würd die gern mal kennenlernen.«

Raster beschrieb in groben Zügen, wie die drei sich kennengelernt hatten, kurz nachdem er aus der Karibik zurückgekommen war, was Philo und Sabine so machten und wie ihr Alltag aussah. Dabei beobachtete er Johannes verstohlen, der ihm interessiert zuhörte. Er sah gepflegter aus als bei dem letzten Treffen. Trotzdem blieb der harte Ausdruck in seinen Augen, der Raster schon damals irritiert hatte. Johannes hatte offensichtlich einiges mitgemacht oder mitmachen müssen, seit sie sich in der Karibik getrennt hatten.

»Sag mal Johannes. Apropos Freunde. Ich muss dich da einfach mal was fragen. Du hast mir letztens, als wir beim

Spanier waren, so ausführlich von den Unfällen unserer alten Freunde erzählt. Das hat mich so bewegt, dass ich im Internet mal ein bisschen recherchiert habe. Berufskrankheit, du versteht schon.« Raster grinste. »Und da ist mir aufgefallen, dass du bei beiden Unfällen dabei gewesen bist. Warum hast du mir das nicht gleich erzählt?«

Johannes lehnte sich auf seinem Stuhl zurück und verschränkte die Hände hinter seinem Kopf. Traurig sah er Raster an. »Mir war klar, dass du das herausfinden würdest. Und ja, es war ein Fehler, dir nicht gleich alles gesagt zu haben. Aber du musst mich auch verstehen. Ich bin einfach noch lange nicht über Tod von Martin und Bettina hinweg. Zu wissen, dass sie nicht mehr da sind, ist die eine Sache. Dabei zu stehen und in Martins Fall es hautnah mitzuerleben, ist etwas anderes. Ich kann darüber nur sehr schlecht sprechen, verstehst du?« Er rieb sich mit den Händen über das Gesicht, als wollte er die Erinnerungen wegwischen, dann nahm er einen großen Schluck aus seinem Glas und lächelte Raster verlegen an. »Sei mir bitte nicht böse, aber ich erzähle dir jetzt einmal, warum ich beide Male dabei war, und dann lass uns über das Thema nicht mehr sprechen. Ist das okay für dich?«

Raster nickte ernst und rückte auf seinem Stuhl etwas näher.

»Also bei Martin war das so: Als wir drei nach der Karibikzeit zurück in Deutschland waren, hatten er und ich noch engen Kontakt. Er war damals in München, ich in Tübingen, und so trafen wir uns alle paar Wochen. Bei einem dieser Treffen fragte mich Martin, ob ich Lust hätte, ihn zu einem Surfwettbewerb auf den Fidschis zu begleiten. Ich hatte Lust und Zeit – es waren gerade Semesterferien – und da bin ich eben mitgefahren.«

»Aber du hast nicht teilgenommen?«, fragte Raster, der sich an den Film erinnerte, der Johannes in normaler Freizeitkleidung zeigte.

»Nein. An dem Wettbewerb nicht. Ich bin auch einige Male aufs Brett gestiegen. Aber für diese Monsterwellen fühlte ich mich einfach nicht mehr fit genug.«

»Und gab es irgendeine Erklärung für diesen Unfall? Auf diesem Video, das ich im Netz gefunden habe, ist überhaupt kein Grund zu sehen, warum er plötzlich vom Brett kippte.«

Johannes schüttelte den Kopf. »Wir haben das alle damals nicht verstanden. Natürlich war die Welle riesig, aber erstens war Martin topfit, und zweitens haben wir ja alle zugeschaut, und er hat einfach alles richtig gemacht. Ich verstehe es selber nicht.« Wieder rieb sich Johannes über die Augen.

»Ich will dich nicht quälen, Johannes. Bitte entschuldige. Aber ich würde es zumindest im Ansatz gerne verstehen. Auch das mit Bettina. Die Unfallstelle war an einem graden Stück Landstraße, keine Kurven, keine Hindernisse, das Wetter war der Zeitung nach gut, und es gab keinen Gegenverkehr. Meinst du, es könnte Selbstmord gewesen sein?«

»Ich weiß es nicht«, seufzte Johannes. »Wir studierten beide in Stuttgart. Das war etwa ein Jahr nach Martins Tod. Bettina und ich sahen uns manchmal auf dem Campus, manchmal in einer Kneipe, aber intensiveren Kontakt hatten wir nicht mehr. An diesem speziellen Tag hatte der Rektor der Uni einige ausgewählte Dozenten und Studenten wegen irgendeines Jubiläums in eine angemietete Scheune außerhalb der Stadt eingeladen. Bettina gehörte dazu und ich auch. Wir wussten aber beide nicht voneinander, sonst wären wir vielleicht zusammen gefahren, und vielleicht wäre Bettina dann noch am Leben.« Johannes verstummte, und Raster sah, dass sein Freund mit den Tränen kämpfte. »Jedenfalls war sie offenbar eine Stunde vor mir losgefahren. Als ich dann an der Stelle vorbeikam, war schon alles vorbei. Entschuldige mich einen Moment!« Johannes stand auf und ging schniefend mit eiligen Schritten in Richtung Toilette.

Er tat Raster leid. Das Thema war offensichtlich noch zu schmerzhaft für seinen alten Freund, und Raster nahm sich vor, Johannes nicht weiter damit zu belästigen. Außerdem hatte er ja jetzt die kompletten Geschichten gehört. Es gab nichts mehr zu fragen. Lasst die Toten ruhen.

52. KAPITEL

Es war bereits der zweite Tag, an dem Philo sich in der Lobby des Hotels aufhielt. Die schichtweise wechselnden Portiers hatten ihn schon einige Male angesprochen, ob man ihm nicht helfen könne, und Philo war sich sicher, dass es nicht mehr lange dauern würde, bis man ihn rausschmeißen würde. Er war kein Gast, und eine Verabredung schien er auch nicht zu haben. Immer wieder wechselte er seine Position. Mal setzte er sich mit einer Zeitung in die kleine Sitzecke neben dem Fahrstuhl, mal bestellte er sich einen Kaffee in der Bar, von wo aus er ebenfalls die Lobby überblicken konnte. Aber Mark Böttger glänzte durch Abwesenheit. Einmal hatte er ihn kurz gesehen, als er morgens zum Frühstück erschien. Aber er war allein und verschwand nach zehn Minuten wieder auf sein Zimmer. Was trieb er nur hier? Die Blicke der Kellner, Pagen und Portiers wurden immer misstrauischer, und Philo war bewusst, dass das so nicht weitergehen konnte. Einen Plan B hatte er auch nicht in der Tasche. Außer abwarten, dass irgendetwas passierte, dass Böttger vielleicht wegfuhr, wo Philo ihn bei hoffentlich dubiosen Geschäften beobachten konnte, blieb ihm nicht. Stattdessen saß er hier herum und drehte Däumchen. Sabine und Raster hätten bestimmt eine grandiose Idee, wie man zum Beispiel die Aktivitäten in Böttgers Zimmer belauschen oder wie man das Zimmertelefon abhören könnte, aber er war eben nur Philo, ein nicht sehr praktisch veranlagter Geisteswissenschaftler … Und in diesem Moment kam ihm ein Geistesblitz, wie er zumindest seinen Aufenthalt in der Hotelhalle erklären konnte. Er musste in die Offensive gehen. Philo erhob sich und trat selbstbewusst an den Counter, wo ihn ein älterer Herr in der Uniform des Hotels mit hochgezogenen Augenbrauen erwartungsvoll erwartete.

»Was kann ich für Sie tun, mein Herr?«, fragte er mit einem distanzierten Unterton.

»Mein Name ist Professor Hans Fischer. Es geht um Folgendes«, begann Philo mit resoluter Stimme. »Sie wundern sich bestimmt, warum ich hier seit zwei Tagen herumsitze, aber ich erwarte dringend einen Kollegen aus

Breslau. Telefonisch kann ich ihn nicht erreichen, und er hatte mir mitgeteilt, dass er irgendwann dieser Tage hier eintreffen wollte.«

»Wie heißt denn Ihr Kollege, wenn ich fragen darf? Vielleicht haben wir ja eine Zimmerbuchung?«, fragte der Portier schon etwas freundlicher.

»Professor Szymon Sawatzki. Er ist Professor für Geschichte und hat mit Sicherheit keine Reservierung durchgeführt. Wir wollten uns nur hier treffen und dann gemeinsam nach Frankfurt weiterreisen. Sie müssen wissen, wir bereiten dort einen internationalen Kongress vor. Jedenfalls«, Philo räusperte sich kompliziert, »es gibt da einige Unstimmigkeiten, weshalb es ungeheuer wichtig ist, dass ich ihn sofort sprechen kann, wenn er eintrifft. Sie verstehen?«

»Natürlich, mein Herr«, mittlerweile war die Stimme des Portiers schon fast untertänig, zumindest jedoch sehr beflissen. »Ich werde Ihnen sofort Bescheid geben, sobald sich Herr Professor Sawatzki bei uns meldet.«

»Ich danke Ihnen, und sagen Sie bitte auch Ihren anderen Kollegen Bescheid, ja?«

»Selbstverständlich.«

Das wäre geschafft, dachte Philo erleichtert und setzte sich wieder an seinen Platz an der Bar, wo sein Kaffee mittlerweile kalt geworden war. Ist telefonisch nicht erreichbar … Die Leute kauften einem auch wirklich alles ab, wenn man es nur glaubhaft genug rüberbrachte. Philo grinste und wollte sich gerade entspannt ein frisches Getränk bestellen, als er mitten in der Bewegung erstarrte. Mark Böttger und drei weitere Männer hatten den Fahrstuhl verlassen und kamen, angeregt in ein Gespräch vertieft, direkt auf ihn zu.

»Sollen wir uns an die Theke oder hier an diesen Tisch setzen?«, fragte einer der Männer mit südländischem Aussehen und einem, wie Philo schätzte, osteuropäischen Akzent.

Aus den Augenwinkeln konnte Philo erkennen, dass Böttger auf einen Tisch wies, der nur zwei Meter hinter seinem Platz stand. Die Männer bestellten ihre Getränke und setzten dann das begonnene Gespräch fort. Sie sprachen zwar leise, aber trotzdem konnte Philo jedes einzelne Wort verstehen. Hoch konzentriert saß er auf seinem Barhocker, schaute auf den großen Spiegel, der ihm gegenüber an der Wand hing, und konnte darin die Männer beobachten. Nur wenige Flaschen, die vor dem Spiegel standen, störten sein Blickfeld. Was für ein perfekter Zufall, dachte Philo. Man muss eben auch einmal Glück haben.

»Dann sind also alle Details geklärt?«, fragte gerade einer der Männer in die Runde. Er war der älteste der vier, hatte schütteres graues Haar, ein mit tiefen Falten durchzogenes Gesicht und sprach akzentfrei Deutsch. Alle vier trugen graue Anzüge, weiße Hemden ohne Krawatten. Sie hätten auch als Musiker einer Dixie Combo durchgehen können, dachte Philo und lauschte weiter.

Böttger antwortete auf die letzte Frage: »Ich denke schon. Es läuft alles nach Plan, so wie letztes Mal auch. Nur den genauen Treffpunkt legt Pavel wie immer erst ganz zum Schluss fest. Das heißt, wir müssen jederzeit bereit sein aufzubrechen.«

»Geht klar«, meinte der zweite Südländer, der mit seinen kurz geschorenen gegelten Haaren und einem echten Schlägergesicht einen äußerst brutalen Eindruck machte. Unter seiner Anzugjacke konnte Philo die Muskelpakete ausmachen sowie, wie er erschrocken feststellte, auch den Griff einer Pistole, die in einem Halfter an der linken Hüfte steckte.

»Aber der Tag ist sicher?«, fragte der ältere Mann.

»Ja. Da war Pavel unmissverständlich. Sie haben die polnische Grenze bereits überquert. Übermorgen ist es so weit. Hast du mittlerweile alle Käufer kontaktiert?«

Der Ältere nickte. »Ja, hab ich. Außer dem Russen werden alle da sein.«

»Welcher Russe? Wir haben drei russische Kunden«, fragte Mark.

»Na, Igor. Wie immer. Der ist dermaßen unzuverlässig. Und wenn er dann mal dabei ist, kauft er höchstens ein bis zwei Mädchen. Das ist doch lächerlich.«

»Schnauze!«, raunte Mark dem älteren Mann zu. »Keine Aussagen über das Geschäft in der Öffentlichkeit! Wie lang bist du eigentlich schon dabei, eh?«

Philo stockte der Atem. Hatte er das gerade richtig gehört? Mädchenhandel. Worauf hatte er sich denn hier eingelassen. Fieberhaft begann er zu überlegen, wie er die Polizei einschalten konnte. Aber womit? Mit diesem einen Satz, den er *angeblich* gehört haben wollte? Jäh wurde Philo aus seinen Gedanken gerissen, als ein Page auf ihn zu trat.

»Entschuldigen Sie, Herr Professor Fischer!«

Philo brauchte einen Moment, um zu begreifen, dass er gemeint war. »Eh, ja?«

»Der Portier lässt ausrichten, dass gerade der Herr Sawatzki eingetroffen ist. Sie wollten doch sofort benachrichtigt werden.«

Das durfte doch einfach nicht wahr sein. Hätte er sich denn nicht einen selteneren Namen ausdenken können.

»Ich danke Ihnen. Ich komme gleich.« Philo drehte sich auf seinem Hocker sofort wieder von den Männern weg und musste aber durch seinen Spiegel erkennen, dass die Aufmerksamkeit der vier zumindest vorübergehend dem einsam an der Bar sitzenden Mann galt.

Der brutal aussehende junge Südländer flüsterte etwas in die Runde und verließ die Bar Richtung Toilette.

Das Gespräch wurde danach mit normaler Lautstärke fortgeführt, Philo konnte aber keine weiteren Informationen in Erfahrung bringen.

Er überlegte, seinen Platz zu verlassen, um in der Lobby das Missverständnis mit diesem Herrn Sawatzki zu klären, als wie aus dem Nichts der vierte Mann neben ihm auftauchte und ihm verstohlen und durch seine Jacke verdeckt den Lauf einer Pistole in die Seite drückte.

53. KAPITEL

Nur langsam kamen die Erinnerungen zurück. Philo hatte so entsetzliche Kopfschmerzen, dass er meinte, gleich den Verstand verlieren. Er lag auf einem harten Untergrund in einem vielleicht drei mal drei Meter großen Raum und fror fürchterlich. Gleichzeitig lief ihm der Schweiß in den Nacken und tropfte von seiner Nase.

Sie hatten ihn zu viert aus dem Hotel geführt, ohne dass irgendwer Verdacht geschöpft hätte. Der Counter war in diesem Moment unbesetzt gewesen. Keiner hielt die kleine Gruppe auf. Dann waren sie in einen roten Wagen gestiegen und hatten ihm einen Sack oder etwas Ähnliches über den Kopf gezogen. Sie mussten ihm irgendetwas verabreicht haben, er hatte jedenfalls keine Ahnung, was danach passiert war. Seine Hände waren hinter dem Rücken mit Kabelbindern gefesselt, ebenso seine Füße, die zusätzlich mit einem Seil an einer Art Wasserrohr festgebunden waren. In seinem Mund steckte ein stramm hinter seinem Kopf verknotetes Tuch.

In dem Raum gab es einen Tisch mit zwei Holzstühlen und zwei niedrige Schränke, ein kleines Fenster ließ etwas Licht in den Raum, und Philo konnte einige Baumwipfel erkennen. Gleichzeitig hörte er, wenn auch sehr gedämpft, Straßengeräusche. Es schien sich um eine Gartenhütte oder eine Laube zu handeln. Was hatten sie mit ihm vor? Würden sie ihn umbringen? Aber wozu? Er wusste doch so gut wie nichts. Andererseits stellte er schon eine gewisse Bedrohung dar. Immerhin hatte der Alte sich verplappert, sodass Philo mit einiger Sicherheit davon ausgehen konnte, dass es hier tatsächlich um Mädchenhandel ging. Arme Sabine! An wen war sie da nur geraten. Philo schauderte bei dem Gedanken daran, was sie mittlerweile alles über diesen Mark Böttger herausgefunden hatten.

Schritte waren zu hören. Gedämpft, wahrscheinlich durch einen weichen Untergrund, aber eindeutig Schritte, die sich näherten. Verzweifelt versuchte Philo sich bemerkbar zu machen, brachte aber nur ein leises Grunzen zustande.

Die Tür wurde geöffnet, und herein traten Mark und der jüngere der beiden Osteuropäer. Er sah wesentlich intelligenter und wachsamer aus als der Kollege, der ihn mit der Waffe bedroht hatte. Philo konnte eine gewisse Erleichterung nicht unterdrücken, dass dieser und nicht der andere Böttger begleitete.

»Ich frag dich jetzt noch einmal, Aleko. Ihr seid euch absolut sicher, dass dieser Mann mich vom Bahnhof aus verfolgt hat?«

»Absolut!«, antwortete Aleko. »Kiril hat doch Fotos von ihm gemacht. Er ist es, eindeutig. Wir haben ihn nur am Anfang nicht erkannt, weil er ganz andere Klamotten anhatte.«

»Okay. Und hier mit der Hütte, bist du dir auch sicher? Hier kommt keiner rein?«

»Bestimmt nicht. Wenn Jan sich sicher ist, kannst du beruhigt sein. Aber was will der Kerl bloß von dir? Oh, ich glaube, er ist aufgewacht.«

Die beiden Männer beugten sich zu Philo herunter, der sie mit weit aufgerissenen Augen anstarrte.

»Wer sind Sie?«, fragte Böttger mit ruhiger und eiskalter Stimme. »Was wollen Sie von mir?«

Aleko hatte mittlerweile das Tuch gelöst, und Philo versuchte verzweifelt, Speichel in seinen Mund zu bekommen, der sich trocken wie ein altes Stück Pappe anfühlte.

»Ich will überhaupt nichts von Ihnen. Das Ganze muss ein schreckliches Missverständnis sein«, brabbelte er nur mäßig verständlich.

»Ach ja? Und warum haben Sie dann keine Papiere bei sich? Ist doch eher etwas ungewöhnlich, oder? Und warum haben Sie mich vom Bahnhof bis ins Hotel verfolgt, obwohl Sie selbst gar kein Zimmer dort haben? Meinen Sie, wir sind so bescheuert, dass wir das nicht überprüft haben, Herr *Professor Fischer*?« Böttgers Stimme war inzwischen deutlich lauter geworden.

»Soll ich ihm weh tun, Chef?«, fragte Aleko naiv, aber Philo war so gar nicht zum Lachen zumute.

»Stopp! Warten Sie!«, rief Philo. »Ich weiß, das hört sich jetzt nach einer verrückten Geschichte an, aber bitte glauben Sie mir. Es ist die Wahrheit.«

»Wenn nicht, mein Freund, wird dir Aleko einmal zeigen, was Bulgaren so drauf haben, ist das klar?«

Philo nickte. Seine Kopfschmerzen waren mittlerweile von Orkanstärke auf einen mittelschweren Sturm zurückgegangen. Aber er konnte sich zumindest wieder ein wenig besser konzentrieren. »Ich bin seit ein paar Tagen hier in der Stadt«, begann er. »Eigentlich bin ich auf der Durchreise nach Warschau, wo ich ein Jobangebot habe. Görlitz wollte ich mir nur mal anschauen, bevor es weiter geht. Ich hab meine Stellung verloren, meine Frau hat mich verlassen, und deshalb wollte ich nur noch weg.«

»Deine Lebensgeschichte interessiert mich nicht«, bellte Böttger. »Komm zum Punkt!«

»Jaja. Das gehört aber alles dazu. Also mir geht es finanziell zur Zeit gar nicht gut. Und da sitz ich vor drei Tagen in einer Kneipe hier in der Stadt. Ich hatte vielleicht ein bisschen zu viel getrunken, jedenfalls quatscht mich da plötzlich so ein Typ an. Wir kommen ins Gespräch, und ich erzähl ihm, wie es mir so geht und dass ich dringend Geld brauche und so weiter. Und da hat der mir ein ganz verrücktes Angebot gemacht.« Philo wagte es, eine bedeutungsvolle Pause einzulegen. »Er hat mir ein Foto von Ihnen gezeigt und mir gesagt, wann Sie am Bahnhof in Görlitz eintreffen werden. Dann sollte ich Sie verfolgen, wenn möglich belauschen und feststellen, mit wem Sie sich treffen. Erst hab ich natürlich abgelehnt, aber dann hat er mir zwei Fünfhunderteuroscheine unter dem Tisch in die Hand gedrückt und gemeint, dieselbe Summe würde ich noch mal bekommen, wenn ich alles zu seiner Zufriedenheit erledigt hätte. Und da konnte ich einfach nicht Nein sagen.«

Böttger hatte ihm zuletzt konzentriert zugehört und stand nun auf. Er rieb sich das Kinn und starrte aus dem Fenster. »Okay. Mal angenommen, die Geschichte stimmt. Wie sah der Mann aus? Oder hat er sogar einen Namen genannt?«

»Einen Namen hat er nicht genannt. Er war groß, schlank, um die 60, würde ich schätzen. Hatte noch volles kurz geschnittenes Haar. Am auffälligsten war seine Nase.«

»Wieso?«, hakte Böttger nach.

»Na ja. Ich habe sofort gedacht, das muss eigentlich ein Engländer sein. Die Nase sah so typisch britisch aus, eben eine lange Hakennase. Sie verstehen schon.«

Böttger schien angestrengt nachzudenken. »Wie und wann sollten Sie ihn denn kontaktieren?«

»Gar nicht. Er meinte, zwei, drei Tage würden reichen, dann würde er sich wieder bei mir melden. Er würde mich schon finden.« Philo fielen tausende Fragen ein, die Böttger noch stellen konnte, und auf die er dann keine plausible Antwort mehr gehabt hätte. Aber aus irgendeinem Grund schien der ihm die Geschichte abzukaufen. Etwas anderes schien ihn viel mehr zu beschäftigen.

»Aleko. Sag den anderen Bescheid. Wir müssen uns treffen, und zwar umgehend. Wenn das alles hier stimmt, haben wir einen Maulwurf in unseren Reihen, und dann können wir das ganze Unternehmen abblasen.«

»Und was machen wir mit dem da?«, fragte der Angesprochene.

»Um den kümmern wir uns später. Du meinst ja, der wäre hier sicher, oder?«

Aleko nickte.

»Also. Die Interna gehen jetzt vor. Morgen ist der Verkauf, und ich will, verdammt noch mal, dass das ohne Störung über die Bühne geht. Und du, mein Freund«, Böttger war in die Knie gegangen und starrte Philo in die Augen, »du hättest nicht so geldgierig sein sollen. Deinen Job in Polen kannst du vergessen. Überhaupt wirst du in deinem kurzen verbleibenden Leben nicht mehr arbeiten müssen. Ist das nicht fantastisch?«

Aleko lachte und steckte Philo erneut das Tuch in den Mund. Dann verließen beide die Hütte, nachdem sie erneut die Festigkeit der Kabelbinder überprüft hatten.

Entsetzt schloss Philo die Augen. Nichts hatte er mit seiner bescheuerten Geschichte gewonnen. Gar nichts. Vielleicht einen oder zwei Tage Aufschub. Aber dann war es wohl vorbei. Er öffnete die Augen und sah sich in der Hütte um. Aufstehen konnte er nicht. Natürlich hätte er sich ein Stückchen rollend fortbewegen können, so weit es das Seil an seinen Füßen zuließ, aber er sah auch nichts auf dem Boden, was ihm irgendwie hätte hilfreich sein können. Kein Glas, das er hätte benutzen können. Einfach gar nichts. Er spürte, wie Panik in ihm aufstieg, und musste sich zwingen, ruhig weiter zu atmen. Das war ja wohl gründlich schief gegangen. Am meisten beunruhigte ihn die Tatsache, dass Böttger zum Schluss so offen vor ihm gesprochen hatte. Keine Geheimnisse hieß, Philos Leben war für Böttger bereits abgeschlossen.

54. KAPITEL

Diesmal waren es keine Träume, die Raster in der Nacht heimsuchten, sondern quälende Gedanken, die ihn gar nicht erst einschlafen ließen.

Nach seinem Gespräch mit Johannes war ihm zu Hause eine Unstimmigkeit aufgefallen. Wieder etwas, das so nicht sein konnte. Johannes hatte ihm erzählt, dass er mit Martin auf dessen Drängen hin von Tübingen beziehungsweise München aus auf die Fidschis geflogen war, um dort an dem Surfwettbewerb teilzunehmen. Er meinte sich aber zu erinnern, dass auf der Internetseite, die von dem Unfall so ausführlich berichtete, zu lesen war, dass Martin aus der Karibik herübergekommen war. Was stimmte denn nun?

Entnervt schaltete Raster das Licht an. An Schlaf war jetzt sowieso nicht zu denken. Er fuhr seinen Laptop hoch und durchforstete erneut das Web nach diesem Surfevent. Auf einer ihm noch unbekannten Seite entdeckte er schließlich eine detaillierte Teilnehmerliste des damaligen Contests. Und da stand es, schwarz auf weiß:

Martin Gehlhaus, geboren am 15.7.1963, Staatsangehörigkeit deutsch, zur Zeit wohnhaft Surfschule, Mayaguana, Karibik.

Raster verstand die Welt nicht mehr. Johannes hatte bei ihrem letzten Gespräch so ehrlich gewirkt. Seine tiefe Betroffenheit, die ihn immer noch quälte, war mit Händen greifbar gewesen. Warum dann so eine Lüge? Es war doch letztendlich egal, ob Martin damals aus München oder direkt aus der Karibik auf die Fidschis geflogen war. Oder konnte es sein, dass gar nicht Martins Aufenthaltsort so wichtig war bei dieser Geschichte, sondern der von Johannes? Was, wenn Johannes zu diesem Zeitpunkt gar nicht in Tübingen studiert hatte, sondern auch er noch in der Karibik weilte? Ja, und wenn? Was war daran so entscheidend, dass man das nicht erzählen konnte?

In Rasters Kopf begann sich eine schmerzhafte Mischung aus alter Freundschaft, Loyalität und immer weiter wachsendem Misstrauen zu bilden. Er musste noch mehr herausfinden. Was war zum Beispiel mit dem Anlass von Bettinas Ausflug, bei dem sie ums Leben gekommen war. Johannes hatte von dem Jubiläum eines Rektors gesprochen. Außerhalb der Stadt? Ungewöhnlich. Raster rief die Seite der Universität Stuttgart auf. Schon nach wenigen Klicks hatte er die Liste der bisherigen Rektoren der Uni vor sich. Da: von 2006 bis *2013 Professor Dr. phil. Dr. med. Hans-Harald Kempowsky.* Nach seiner Vita musste der mittlerweile im Ruhestand lebende Herr 78 Jahre alt sein. Innerhalb weniger Minuten hatte Raster die Anschrift und die Telefonnummer herausgefunden. Kempowsky lebte noch in Stuttgart und würde morgen einen Anruf aus Dortmund bekommen.

Tief beunruhigt löschte Raster das Licht. Es dauerte lange, bis er endlich einschlafen konnte.

Früh am Morgen des nächsten Tages, es war gerade einmal acht Uhr, schnappte sich Raster das Telefon und wählte die Stuttgarter Nummer. Nach dreimaligem Klingeln wurde der Hörer abgenommen und eine sonore Stimme meldete sich.

»Kempowsky. Ja bitte?«

»Hier spricht Hans Schulz aus Dortmund. Entschuldigen Sie bitte die frühe Störung! Mein Name wird Ihnen nichts sagen, aber ich war vor einigen Jahren Student in Stuttgart, als Sie noch Rektor waren.«

»Ja bitte?«, wiederholte Kempowsky. Man konnte ihn nicht gerade als Plaudertasche bezeichnen.

»Es geht um Folgendes: Einige Ehemalige und ich schreiben an einem Jahrbuch unserer Fakultät. Und zwar geht es um das Jahr 2009. Und da gibt es eine Unstimmigkeit zwischen uns, die unbedingt geklärt werden muss. Ein paar von uns meinen, sich an irgendein Jubiläum zu erinnern, das außerhalb der Stadt gefeiert wurde. Aber der Anlass fällt ihnen einfach nicht mehr ein. Andere wiederum, wie übrigens auch ich, sind der Meinung, dass es gar kein Jubiläum gegeben hat. Können Sie mir da vielleicht helfen? Es wäre sehr wichtig für uns.«

»Hm. 2009 sagen Sie? Kann ich mich jetzt so schnell nicht erinnern. Haben Sie vielleicht ein konkretes Datum für mich?«

Raster schaute auf seinen Zettel, auf dem er sich einige Notizen gemacht hatte. »Ja. Es handelt sich um den 2. August 2009. Das ist der Tag, an dem eine der Studentinnen diesen furchtbaren Autounfall gehabt hat. Vielleicht erinnern Sie sich daran.«

Einige Zeit hörte Raster nur ein leises Rauschen in der Leitung. War die Verbindung unterbrochen? »Herr Professor?«

»Jaja. Ich bin noch dran. An diesen Unfall erinnere ich mich noch sehr gut. Zumal diese Studentin, wie hieß sie noch gleich? Ach ja. Bettina Klammer. Sie war eine meiner älteren Studentinnen, immer sehr engagiert und nett. Schreckliche Sache war das damals. Aber eines kann ich Ihnen ganz sicher sagen: Irgendeine Feier oder ein Jubiläum gab es an dem Tag nicht. Ich selbst war zu dieser Zeit gar nicht in Stuttgart, sondern auf einem Kongress in den Staaten. Tut mir leid, junger Mann.«

Raster bedankte sich und beendete das Gespräch. Das Ganze fing mächtig an zu stinken, und in sein Gefühlschaos mischte sich immer mehr Wut auf Johannes. Warum belog er ihn permanent? Diesmal würde er ihn aber nicht erneut mit seinen Erkenntnissen konfrontieren. Er musste zunächst noch eine Sache klären. Wo war Johannes in dieser Zeit wirklich gewesen?

Er klinkte sich in den Server der Stadt Dortmund ein. Dies war für ihn kein illegales Hacken, da er von zu Hause aus einen offiziellen Servicezugang besaß, um im Notfall den Kollegen schnell Support bieten zu können. Als Nächstes öffnete er die Personaldatenbank und klickte sich zu den Daten seines Freundes Johannes durch. Im Lebenslauf und den zugehörigen Zeugnisses fand er genau das, was ihm Johannes auch erzählt hatte. Studium in Tübingen, danach in Stuttgart. Alles korrekt. Kopien der Universitäten belegten lückenlos seine Version.

Der zweite Schritt war etwas schwieriger. Raster brauchte eine halbe Stunde, um sich in den Zentralrechner der Universität Tübingen zu hacken. »Die Sicherheitssysteme werden aber auch immer besser«, murmelte er, weil ihm 30 Minuten viel zu lange dauerten. Nach kurzer Zeit hatte er die Liste der immatrikulierten Studenten des entsprechenden Zeitraums aufgerufen. Auch hier ein Treffer: Johannes Bitburg mit allen notwendigen Angaben. Alles stimmte.

Fast schon enttäuscht wollte Raster die Verbindung kappen, als ihm auffiel, dass in der Exceltabelle, die er gerade betrachtete, weitere Spalten vorhanden waren, die nicht mehr auf seinem Bildschirm angezeigt wurden. Er schob mit der Maus den Schieberegler ganz nach rechts. In den nun sichtbaren Spalten waren einige interne Bemerkungen der Universität erfasst, die Raster größtenteils nichts sagten. Aber ganz rechts, in der letzten Spalte, war das Datum erkennbar, an dem der jeweilige Eintrag erstellt worden war, und hier stand in der Zeile mit den Daten von Johannes der 25. Februar 2014. Jemand hatte den ganzen Eintrag nachträglich in die Datenbank eingefügt. Johannes war niemals an der Uni Tübingen gewesen. Wahrscheinlich auch nicht in Stuttgart. Sein ganzer Lebenslauf war eine einzige Fälschung.

55. KAPITEL

Philo war in einen unruhigen Schlaf gefallen. Die unbequeme Haltung und immer mehr auch ein quälender Durst hatten ihn alle paar Minuten aufschrecken lassen. Er hatte es schließlich geschafft, sich aufzurichten und sich an einen der beiden Schränke zu lehnen. Seine nach hinten gebogenen Arme, die Schultern und der Rücken schmerzten fürchterlich, aber am schlimmsten war die Angst vor dem, was kommen würde. Erst jetzt fiel ihm ein, was Böttger gesagt hatte. Morgen sollte der Verkauf sein. Das hieß ja, dass er eine ganze Nacht bewusstlos gewesen war. Und das erklärte auch seinen Durst. Er hatte seit gestern Abend nichts mehr getrunken. Verzweifelt versuchte er, zumindest den Knebel loszuwerden, indem er seinen Hinterkopf an der Schranktür hin und her rieb. Aber der Knoten saß einfach zu fest. Erschöpft gab er schließlich auf. Was würden wohl Sabine und Raster sagen, wenn sie von seinem Tod erfuhren? Wenn. Wer weiß, wo sie mich verscharren, dachte Philo verbittert. Vielleicht findet man nicht einmal meine Leiche. Und dieser Gedanke machte ihn unsäglich traurig.

Schritte. Philo riss die Augen auf, als wenn er damit besser hören könnte. Eindeutige Schritte vor der Hütte, diesmal aber von nur einer Person. Und diese Schritte bewegten sich nicht zielgerichtet auf die Tür zu, sondern entfernten sich mal ein Stückchen, um dann wieder näher zu kommen. Die Versuche, sich mit Schreien bemerkbar zu machen, scheiterten wie beim ersten Mal. Daraufhin schlug er seinen Kopf immer wieder fest gegen das Holz der Schranktür. Wenn es einer der Verbrecher war, der da draußen herumlief, war es auch egal, ob er sich bemerkbar machte, war es aber ein Fremder, war das vielleicht seine Rettung. Offensichtlich war der Schrank so gut wie leer, denn Philo war selbst erstaunt, welchen Krach er auf diese Weise fabrizieren konnte.

Ein Schlüssel wurde ins Schloss gesteckt, die Klinke heruntergedrückt, und durch die Tür trat eine Frau, eine Gartenschaufel hoch über den Kopf haltend. Als sie Philo sah, erschrak sie sich dermaßen, dass die Schaufel polternd zu Boden fiel.

»Was ist denn das? Was machen Sie denn hier?«, kreischte sie hysterisch. »Aber das sind ja Sie! Herr Sachse! Das gibt es doch gar nicht.« Mit fliegenden Fingern löste sie den Knebel aus Philos Mund.

»Frau Straßburger! Sie schickt der Himmel!«, japste Philo, der die alte Frau erst jetzt erkannte. »Bitte! Machen Sie mich zu allererst los. Wir müssen so schnell wie möglich verschwinden. Ich erkläre Ihnen alles später.«

Gertrud Straßburger hatte sich schnell von ihrem Schreck erholt und zeigte erstaunliche Geschicklichkeit. Innerhalb weniger Sekunden war Philo mittels einer Gartenschere von Kabelbindern und Seil befreit. Mit schmerzverzerrtem Gesicht bewegte er vorsichtig seine Arme und ließ seine Schultern kreisen. Ein heftiger Schwindelanfall überkam ihn, als er aufstand, sodass Frau Straßburger ihn auffangen musste.

»Kommen Sie. Wir müssen nur ein kleines Stückchen gehen, dann sind Sie in Sicherheit.«

Auch wenn es ihm peinlich war, sich von einer alten Dame helfen zu lassen, stützte sich Philo auf ihre Schultern und verließ mit ihr zusammen die Hütte.

Draußen fand er sich in einem verwilderten Garten wieder. Nachdem er sich an die grelle Sonne gewöhnt hatte, die von einem wolkenlosen Himmel schien, erkannte er halbhohe Bäume, wilde Büsche und einen Zaun, der das etwa 80 Quadratmeter große Areal umschloss. Vor sich begrenzte ein altes Fachwerkhaus den Garten. Rechts erkannte er drei Meter tiefer als der Garten einen Weg, der neben dem Haus durch ein historisches Stadttor führte.

»Kommen Sie. Hier entlang«, sagte Gertrud Straßburger und führte Philo direkt auf das Haus zu. Sie öffnete eine versteckte schwere Holztür und geleitete Philo ins Innere. Sie gelangten, vorbei an einer kleinen Fotoausstellung über die Geschichte des Hauses, zu einer Treppe, die Frau Straßburger hinaufstieg, dann zu einer schmalen Stiege, die offensichtlich zum Spitzboden führte. Hier oben befand sich wieder eine Tür, die sie mit einem Schlüssel öffnete, und bat Philo herein. Ein winziges Zimmerchen mit steilen Dachschrägen erwartete ihn. Jeder Winkel war vollgestellt mit alten Sachen, Bildern, Deckchen, kleinen Truhen und antiken Möbeln, die allerdings alle eher in ein Puppenhaus gepasst hätten, so klein waren sie. Zwei wackelige Stühle an einem runden Tisch boten ihnen Platz zum Sitzen. Kein Bett, kein Wasseranschluss.

»Und hier leben Sie?«, fragte Philo erstaunt und sah sich erneut um.

»Nein«, lachte Straßburger. »Ich muss Ihnen das erklären, aber zunächst trinken Sie etwas. Sie müssen doch halb verdurstet sein.« Sie goss Philo ein großes Glas Wasser ein und reichte es ihm zusammen mit der Flasche. In großen Zügen leerte Philo das Glas und goss sich gleich ein zweites ein.

»Wir befinden uns hier im Scharfrichterhaus am Finstertor«, fuhr Straßburger fort. »Dieses Haus wurde im 17. Jahrhundert von meinem Urahn Lorenz Straßburger bewohnt, der hier Scharfrichter war.« Sie wies auf einen Stich, der hinter Philo an der Wand hing. Das Bild zeigte einen Mann mit imposantem Schnauzbart und Spitzhut.

»Das ist er«, sagte Frau Straßburger stolz. »Er ist 92 Jahre alt geworden und hat seinen Beruf viele Jahrzehnte ausgeübt. Und weil ich seine direkte Nachfahrin bin, habe ich von der Stadt Görlitz und dem Jugendbauhaus, das die Räume zur Zeit nutzt, die Erlaubnis bekommen, den Garten und dieses Zimmer hier zu nutzen.«

»Wow. Ich bin echt beeindruckt«, meinte Philo, der sich etwas schwertat, von den Ereignissen, die gerade hinter ihm lagen, zu einer Geschichtsstunde über den Henker von Görlitz umzuschalten. »Und diese ganzen Sachen hier?«

»Die sind hauptsächlich noch aus dem Nachlass des alten Lorenz, inklusive dieses Henkerbeil hier.« Sie zeigte auf ein mächtiges Werkzeug, das Philo in Erinnerung rief, wie knapp er dem Tod entronnen war.

»Aber jetzt erzählen Sie mir bitte einmal Ihre schreckliche Geschichte. Wer hat Sie denn dort eingesperrt? Sie können von Glück sagen, dass ich den Lärm, den Sie gemacht haben, überhaupt gehört habe. Ich bin nur äußerst selten im Garten. Sie haben ja gesehen, wie verwildert der ist. Heute hatte ich zufällig Lust auf den wilden Thymian, der dort wächst. Nur deshalb war ich da.«

Philo erzählte ihr in kurzen Sätzen, was passiert war, wobei er sämtliche Details wie die Geschehnisse in Afrika und vieles andere wegließ. »Jedenfalls scheint es tatsächlich um Mädchenhandel zu gehen. Das Problem ist, wenn ich mit dieser Aussage zur Polizei gehe, glaubt mir doch kein Mensch. Ich habe keinerlei Beweise, keine Fotos, nichts. Dieser Böttger könnte alles abstreiten, zumal ich gar nicht weiß, wo die Übergabe oder der Verkauf oder wie immer man das nennen soll, stattfindet. Ich weiß nur, dass es morgen passieren soll.«

Gertrud Straßburger stand auf und schaute nachdenklich aus dem Fenster. Nach ein paar Minuten drehte sie sich zu Philo um und sah ihn mit ernstem Blick an. »Das ist eine ganz schreckliche Sache. Und wissen Sie was? Sie haben mir mit dem Taschendieb geholfen, jetzt bin ich dran. Ihr Auto können Sie sowieso nicht mehr benutzen, das würden die sofort erkennen, wenn es zu einer Verfolgung kommen sollte. Da müssen wir meines nehmen. Und auch sonst sollten Sie sich etwas mehr im Hintergrund halten. Wenn Sie noch einmal geschnappt werden, könnte das Ihr schnelles Ende bedeuten. Ich weiß, was mein alter Lorenz mit solchen Menschen gemacht hätte«, setzte sie grummelnd hinzu. »Mädchenhandel. Tss. Wo gibt's denn so was?«

Philo versuchte, mit Engelszungen Frau Straßburger ihre Hilfsbereitschaft auszureden, hatte aber keine Chance. Die alte Dame hatte sich entschieden und schien mittlerweile eine wahre Begeisterung bei dem Gedanken auf ein Abenteuer zu entwickeln. Na hoffentlich weiß sie, worauf sie sich da einlässt, dachte Philo besorgt.

Die beiden verließen das Scharfrichterhaus, und Gertrud Straßburger führte Philo durch verwinkelte Gässchen zu ihrem Zuhause im Nikolaigraben.

»Ich bin extra einen Umweg gegangen, damit wir Ihren Freunden nicht über den Weg laufen«, erklärte sie.

Sie bewohnte eine freundlich eingerichtete Dreizimmerwohnung und versorgte Philo erst einmal mit Tee, noch einmal Wasser und einigen schnell zubereiteten Butterbroten. Danach fuhren sie zusammen zu Philos Pension, wo er seine Sachen packte und auscheckte. Ein Problem war sein Mietwagen. Er hatte Sorge, dass die Bande den neuen Wagen kennen würde und ihn darüber erneut schnappen könnte. Er hatte ja keine Ahnung, ob sie mittlerweile von seiner Flucht wussten. Also rief er die Mietwagenfirma an und erklärte, er müsse unverzüglich abreisen und ob jemand den Wagen in der Uferstraße abholen könne. Der sehr nette Mitarbeiter, der ihm schon den zweiten Wagen so kulant zur Verfügung gestellt hatte, meinte auch diesmal, das wäre kein Problem, Philo solle den Schlüssel einfach ins Handschuhfach des Wagens legen. Wieder zurück in der Straßburgerschen Wohnung konnte Philo endlich Sabine anrufen, die sich natürlich schon große Sorgen gemacht hatte. Als sie hörte, worum es bei Böttgers Reise offensichtlich ging, konnte sie eine Zeit lang gar nichts mehr sagen. »Sabine? Bist du noch dran?«, fragte Philo schließlich.

»Dieses Schwein«, flüsterte Sabine. »Philo, wir müssen ihn irgendwie festnageln. Sei bitte vorsichtig bei allem, was du tust. Aber bitte versuche, irgendein Beweismaterial zu finden. Am besten Fotos. Ich weiß, das wird schwierig und ich verlange sehr viel von dir, aber es ist so wichtig, verstehst du?«

»Ich versprech es dir. Wir sind vorsichtig, aber geben unser Bestes. Und grüß Raster von mir! Wie geht's dem alten Lockenkopf? Ist alles gut?«

»Ich bin mir nicht sicher«, antwortete Sabine. »Er wirkt so abwesend in den letzten Tagen, zieht sich ständig in sein Zimmer zurück und macht mir ehrlich gesagt richtig Sorgen. Aber er rückt nicht damit heraus, was los ist.«

»Na, den kriegen wir auch schon wieder auf die Beine«, versuchte Philo zu beruhigen. »Ich melde mich wieder, wenn es etwas Neues gibt.«

Sie verabschiedeten sich, und Philo sank erschöpft auf Gertruds Sofa zurück. »So, und wie sollen wir das nun morgen angehen? Haben Sie eine Idee?«, fragte er müde.

»Als Erstes lassen wir mal dieses Gesieze. Einverstanden? Ich bin Gertrud.«

»Hans. Aber alle nennen mich Philo.«

»Also Philo. Ich meine, wir sollten heute früh schlafen gehen, du kannst hier auf dem Sofa liegen. Und morgen müssen wir dann ganz zeitig vor dem Parkhotel Stellung beziehen und abwarten. Etwas anderes bleibt uns ja gar nicht übrig.«

56. KAPITEL

Während sich in Dortmund Sabine und Raster am Frühstückstisch die Köpfe heiß diskutierten, ob sie Philo in Görlitz zu Hilfe eilen sollten, saßen dieser und Gertrud Straßburger in einem alten zerbeulten Seat Ibiza vor dem Parkhotel und warteten.

»Du siehst fantastisch aus«, kicherte Gertrud mit einem Seitenblick auf Philo, der am Steuer saß und unglücklich aus der Wäsche guckte. Er trug einen viel zu weiten Anzug des verstorbenen Herrn Straßburger, eine rotbraun karierte Baskenmütze sowie eine braune Hornbrille mit Fensterglas, die Gertrud in ihrem schier unendlichen Fundus an alten Sachen und unnützen Accessoires gefunden hatte.

»Du hast mir das ja quasi aufgedrängt«, beschwerte er sich, »aber du hast schon recht. Sie dürfen mich auf keinen Fall erkennen. Das ist es mir wert. Was meinst du, wann sie aufbrechen werden?«

»Wie soll ich das wissen?«, entgegnete Gertrud. »Ich bin in solchen Sachen mindestens so unerfahren wie du. Allerdings denke ich, wenn es tatsächlich um Mädchenhandel geht, werden sie wohl den Schutz der Dunkelheit suchen. Also ich hab mich auf einen langen Tag eingestellt.« Sie klopfte auf den prall gefüllten Rucksack zu ihren Füßen, in dem sich, wie Philo wusste, eine Unmenge belegter Brote, eine Thermoskanne Kaffee und zwei Flaschen Wasser befanden. »Hauptsache, deine Kamera ist startklar, und ich würde unbedingt noch einmal überprüfen, ob du den automatischen Blitz ausgeschaltet hast.«

Philo war zum wiederholten Mal erstaunt, wie fit und geistesgegenwärtig seine neue Freundin war. Sie dachte wirklich an alles. Die Sache mit dem Blitz war ihr beim schnellen Frühstück in ihrer Wohnung eingefallen. »Falls es bereits dunkel ist, wenn du deine Beweisfotos machst, darfst du auf keinen Fall den Blitz benutzen. Sonst fliegen wir sofort auf«, hatte sie ihm eingeschärft.

Philo holte seine kleine digitale Kompaktkamera aus der Tasche und überprüfte die Einstellungen ein drittes Mal. Ja, der Blitz war deaktiviert, und er konnte sich darauf verlassen, dass die Fotos, wenn sie denn welche machen würden, gut werden würden. Durch die automatische ISO-Anpassung konnte man selbst im Dämmerlicht noch hervorragende Bilder schießen. Auch die Zoomfunktion war für ein solch kleines Gerät fantastisch. Als er die Einstellungen der Reihe nach durchging, bekam er plötzlich einen Schreck. »Puh, das hätte ich beinahe übersehen«, rief er aus.

»Was denn?«, fragte Gertrud und beugte sich zu Philo herüber, um auf das kleine Display auf der Rückseite gucken zu können.

»Hier. Das ist die Einstellung, ob das Gerät dieses typische Auslösegeräusch macht, wenn man ein Foto schießt. Das ist ziemlich laut und hört sich an wie bei einer großen Spiegelreflexkamera. Gott sei Dank kann man auch das abstellen. Das wär's noch gewesen. Kein Blitz aber ein lautes *Klick*, na prost Mahlzeit.«

Sie lachten beide und verfielen dann wieder in Schweigen. Jeder hing seinen Gedanken nach, jeder hatte seine eigenen Visionen, wie der Tag verlaufen würde.

Nicht weit von ihnen entfernt saßen Mark Böttger und seine drei Komplizen Aleko, Kiril und Jan in Marks Hotelzimmer im dritten Stock und warteten ebenfalls.

»Sollen wir nicht doch noch einmal nach diesem Typen in der Hütte schauen?«, fragte Jan zum dritten Mal. »Ich meine ja nur. Der hat, seit wir ihn vorgestern geschnappt haben, nichts mehr zu trinken bekommen!«

Die beiden Bulgaren schnaubten nur verächtlich.

»Ich hab' dir schon tausend Mal gesagt, das jetzt andere Dinge vorgehen. Wir müssen den Kerl sowieso beseitigen, und ich weiß noch nicht genau, wie. Ob der jetzt Durst hat oder aufs Klo muss, ist mir so was von egal.« Mark stand auf und wanderte unruhig im Zimmer hin und her. »Wenn ich nur wüsste, ob der die Wahrheit gesagt hat«, murmelte er mehr zu sich selbst. »Wer könnte dieser ominöse Mann nur sein, der ihm den Auftrag gegeben hat, uns zu beobachten?«

»Ich glaub' dem kein Wort, Chef. Der wollte sich doch nur rausreden und hat irgendeine Geschichte erfunden, die ihm aber auch nicht helfen wird«, fügte Aleko hinzu. »Ich erledige gerne diesen kleinen Nebenjob, wann immer du es möchtest.« Er grinste breit und entblößte dabei zwei große Goldkronen.

»So, und wenn du recht hast, was wollte dann *er* von uns? Woher wusste er überhaupt, dass wir hier sind? Lasst uns noch mal in Ruhe überlegen, wer alles von diesem Treffen hier wusste.«

»Außer uns vieren fällt mir nur Pavel ein«, äußerte sich der sonst eher schweigsame Kiril.

»Was ist denn mit deinem Job? Ich meine deine Sekretärin, Freundin, Freunde«, fragte Jan.

Mark dachte nach. »Also in Dortmund wusste nur meine Sekretärin, wo ich wirklich hinfahre. Meiner Freundin habe ich etwas anderes erzählt. Und sonst weiß da keiner Bescheid. Mein Chef ist natürlich auch informiert, aber der glaubt sowieso alles, was ich ihm erzähle. Der denkt auch, ich bin in Frankfurt. Also nur Monika. Monika, Monika …«, murmelte Böttger nachdenklich vor sich hin. »Das haben wir gleich.« Er nahm sein Handy vom Tisch und tippte eine Kurzwahltaste ein. »Hallo, Monika, hier ist Böttger … Ja, ja. Es ist alles in Ordnung. Hören Sie. Ich habe nur eine kleine Frage. Haben Sie irgendjemanden sonst davon erzählt, dass ich nach Görlitz gefahren bin?« Böttger lauschte angestrengt. »Also nur die Abfahrtzeiten, nicht das Ziel? Da sind Sie sich sicher? … Also gut. Ich danke Ihnen.« Böttger beendete das Gespräch.

»Und? Was sagt sie?«, fragte Aleko neugierig.

»Nein. Sie hat keinem anderen von meinem Ziel erzählt. Da war sie auch immer schon absolut zuverlässig. Nur …«

»Was nur?«, hakte Aleko nach. »Nun sag schon!«

»Meine Freundin hat sich nach den genauen Abfahrtzeiten bei ihr erkundigt. Sie meinte, sie müsste das für ihre eigene Zeitplanung wissen. Sie hat aber nicht nach dem Zielort gefragt.«

»Trotzdem ist es natürlich ein Leichtes durch die Zeiten nachzusehen, wohin der Zug fährt«, warf Jan ein.

Plötzlich hellte sich Marks Gesicht auf. »So ein Quatsch. Jetzt habt ihr mir aber einen Schreck eingejagt. Ich hatte erst den gleichen Gedanken, wie du, Jan. Aber das ist ja Blödsinn. Es ging doch nur um die Abfahrtzeit ab Dortmund nach Berlin. Wie soll sie da auf Görlitz statt Frankfurt/Oder kommen?«

Die drei anderen dachten kurz nach und nickten dann beruhigt.

57. KAPITEL

Sie hatten die Hälfte ihrer Vorräte aufgegessen, hatten abwechselnd jeweils für eine halbe Stunde die Augen zugemacht und waren abwechselnd auf die Toilette einer nahe gelegenen Gaststätte gegangen. Es ging auf 21 Uhr zu, und die wachsende Anspannung wurde deutlich spürbar. Philo erwischte sich dabei, immer öfter die feucht werdenden Hände an seiner Anzughose abzuwischen, während Gertrud in immer kürzeren Intervallen eine Anekdote nach der anderen aus ihrem Leben hervorkramte. Philo hörte kaum noch hin. Einerseits konnte er sich darauf nicht konzentrieren, andererseits war er absolut auf den Moment fokussiert, an dem es endlich losging.

Es wurde halb zehn, als sie beide gleichzeitig den roten Ford erkannten, der langsam vom Parkplatz des Hotels rollte, nach links abbog, um dann die Geschwindigkeit zu erhöhen.

»Los! Los!«, rief Gertrud aufgeregt. »Wir dürfen sie auf keinen Fall aus den Augen verlieren!«

»Ich weiß doch«, antwortete Philo ebenso nervös und startete den Wagen. »Aber zu nah darf ich auch nicht auffahren. Das haben wir doch alles genau besprochen.«

Gertrud schwieg und starrte geradeaus.

Der Verkehr war um diese Uhrzeit schon etwas ruhiger. Die vielen Berufspendler saßen bestimmt zu Hause mit ihren Ehepartnern auf einem gemütlichen Sofa bei einer Flasche Bier oder einem Glas Wein vor dem Fernseher. Wie gerne würde ich das jetzt auch tun, dachte Philo und bemerkte im letzten Moment, dass der Ford den Blinker gesetzt hatte, um links abzubiegen. Durch den wolkenverhangenen Himmel war es bereits komplett dunkel geworden, und es war nicht einfach, den Wagen vor ihnen nicht zu verpassen oder mit einem anderen PKW zu verwechseln.

Es ging zunächst einmal um den Stadtpark herum, dann über die »Brücke der Freundschaft« in den polnischen Teil der Stadt. Philo lief mittlerweile der Schweiß in Strömen herunter. Aber trotz der Anstrengung schaffte er es, mal einen, mal zwei oder drei Wagen zwischen sich und den roten Ford zu lassen. Auf der polnischen Seite wurde der Verkehr wieder dichter, und er musste höllisch aufpassen. Schließlich gelangten sie an einen großen Verkehrskreisel und dahinter auf eine größere einer Bundesstraße ähnelnden Schnellstraße, die aus der Stadt herausführte.

»Wohin führt diese Straße?«, fragte Philo in der Hoffnung, dass Gertrud sich auf der polnischen Seite auskennen würde.

»Soweit ich mich erinnere, nach Lauban. Wohin es dann geht, weiß ich nicht.«

»Und wie weit ist dieses Lauban entfernt?«

»Ach, das ist nicht weit. Das sind jetzt noch 15 bis 20 Minuten. Lauban oder polnisch Luban gehörte vor Jahrhunderten zum Oberlausitzer Städtebund, so was Ähnliches wie die Hanse. Die beteiligten Städte haben massiv davon profitiert und wurden steinreich, vor allem Görlitz. Man kann die Wappen der Städte noch an der Fassade des alten Rathauses am Untermarkt sehen.«

Philo hatte keine Lust auf Geschichtsunterricht, aber sein Puls beruhigte sich allmählich, auch weil die Verfolgung auf dieser großen Straße einfacher wurde. Es ging hinaus aus der Stadt, vorbei an den großen Einkaufszentren im Osten. Danach wurde es schlagartig ländlich. Die Straße führte sie über sanfte Hügel durch Wälder, kleine Dörfer und Felder, die sie jetzt in der Dunkelheit nur erahnen konnten.

Nach exakt 15 Minuten auf der Schnellstraße wurde die Bebauung wieder dichter, und Philo bemerkte, dass der Ford vor ihnen langsamer wurde. An einer Ampelkreuzung ging es dann rechts ab. Links in einer Seitenstraße auf einem Hügel konnte man die Silhouette einer Kirche und dahinter einige dreistöckige Häuser erkennen. Ansonsten lag die beiderseits von hohen Laubbäumen gesäumte Straße menschenleer da. Der ohnehin spärliche Verkehr kam jetzt vollkommen zum Erliegen. Kein anderes Fahrzeug kam ihnen entgegen oder folgte ihnen. Bereits nach knapp 100 Metern leuchteten die Bremslichter des Fords auf, und der Wagen wurde rechts am Straßenrand geparkt. Keiner stieg aus. Philo reagierte prompt und lenkte den Siesta auf ein Rasenstück auf der linken Seite. Gut versteckt hinter einem dicken Baum standen sie so etwa 30 Meter von den anderen entfernt.

»Was ist hier?«, flüsterte Philo, obwohl ihn sicherlich keiner hören konnte.

»Soweit ich mich erinnere, ist hier der Wochenmarkt. Ich war schon einmal hier. Da kannst du richtig billige Schnäppchen machen. Aber sieh doch mal! Da ist ein hoher Zaun mit einem Tor, und das sieht abgeschlossen aus. Was wollen die dann hier? Verstehe ich nicht.«

»Hilft alles nichts. Wir müssen wieder warten. Das tun die ja offenbar auch.« Philo machte es sich, so gut das ging, auf seinem Sitz bequem, und schaute auf seine Uhr. »Viertel nach zehn. Das kann noch eine lange Nacht werden.« Er gähnte ausgiebig. Die Anspannung der letzten 45 Minuten fiel jetzt langsam von ihm ab, und eine bleierne Müdigkeit überkam ihn.

Unsanft weckte ihn der kräftige Stoß eines spitzen Ellenbogens.

»Wachwerden! Da tut sich was«, zischte Gertrud und rutschte in ihrem Sitz so weit nach unten, wie es ihre alten Knochen zuließen.

Philo tat es ihr gleich und linste über die Konsole zu dem Ford hinüber. Eine Tür hatte sich geöffnet, und ein Mann stieg aus. Philo konnte nicht erkennen, um wen es sich handelte. Der Mann ging zu einem Baum vor dem Zaun und erleichterte sich.

»Entwarnung«, flüsterte Philo. »Da musste nur einer mal pinkeln. Stopp! Nein, da tut sich wirklich was.«

Zwei schwarze Limousinen glitten an ihnen vorbei und hielten neben dem Ford. Dann folgten drei weitere Pkws, die ebenfalls vor dem Zaun des Wochenmarktes parkten. Der Mann, der gerade noch seine Blase entleert hatte, ging von Fahrzeug zu Fahrzeug und sprach kurz mit den Insassen durch heruntergelassene Scheiben. Dann ging er zurück und stieg wieder in den roten Ford.

Stille. Nichts rührte sich. Philo schaute erneut auf die Uhr und stellte mit Erstaunen fest, dass es bereits kurz vor ein Uhr war. »Hab ich so lange geschlafen?«, fragte er unsinnigerweise.

»Du warst offensichtlich todmüde«, antwortete Gertrud mit einem verständnisvollen Lächeln. »Hauptsache jetzt bist du wieder frisch.«

Plötzlich hörten sie ein lautes Motorengeräusch näher kommen. Ein mittelgroßer grauer Lkw unbekannter

Marke mit einem containerartigen Aufbau fuhr an ihnen vorbei und hielt vor dem Tor. Ein Mann stieg aus, ging zielstrebig zu dem Tor und öffnete es mit einem Schlüssel. Beide Torflügel wurden nach innen geschwungen. Der Mann stieg wieder ein und fuhr auf den großen Platz, der jetzt bis auf einige wenige feste Verkaufsbaracken leer war. Alle sechs Pkws fuhren hinterher und parkten neben dem Lastwagen. Das Tor wurde wieder geschlossen, und die Motorengeräusche erstarben.

»Wir müssen näher ran«, raunte Philo. »Von hier aus können wir wegen der Bäume fast nichts erkennen.«

Gertrud nickte, und beide öffneten, so leise es ging, ihre Wagentüren. Sie ließen sie angelehnt und schlichen geduckt, von den Straßenbäumen geschützt, nahe an den Zaun heran.

Philo griff nach seiner Kamera und schaltete sie ein. »Da. Das muss der Fahrer sein«, wisperte er und wies auf einen Mann, der an der Motorhaube des Lkws lehnte und sich eine Zigarette anzündete. Das aufflammende Licht erhellte ein slawisch aussehendes Gesicht. »Pavel«, murmelte Philo und schoss sein erstes Foto.

Insgesamt zählten sie 15 Männer inklusive der vier, die Philo schon aus der Hotelbar kannte. Sie standen beieinander und unterhielten sich leise auf Englisch. Philo und Gertrud konnten leider kein Wort verstehen. Und so begnügte sich Philo damit, so viele Fotos wie möglich von den einzelnen Männern zu machen.

Plötzlich kam Bewegung in die Gruppe. Der Fahrer wurde gerufen. Er warf seine Zigarette weg und trat ans Ende des Lkws. Hier öffnete er wieder mit einem Schlüssel die große Heckklappe und lehnte eine kleine Leiter an die Ladefläche.

Vier der mittlerweile ebenfalls hinter den Lastwagen getretenen Männer hatten Pistolen gezogen.

Philo erkannte nun auch Mark, der vortrat und etwas leise aber eindringlich in das tiefe Schwarz des Laderaums rief.

Langsam traten zwölf kleine Gestalten in das spärliche Licht, das den Platz erhellte. Gertrud und Philo stockte der Atem. Die zwölf Mädchen, alle in schwarze Burkas gehüllt, kletterten geduckt, als würden sie ständig Angst haben, geschlagen zu werden, aus dem Container. Eine der kleinsten strauchelte auf der Treppe und wäre fast gestürzt, doch zwei andere stützten sie und halfen ihr herunter. Mit gesenkten Köpfen standen sie auf dem Platz und rührten sich nicht. Drei Männer hatten sich mittlerweile in einem Dreieck um die ganze Versammlung gestellt und taxierten mit gezogenen Waffen die Umgebung.

Ein älterer Mann gab schließlich ein unmissverständliches Zeichen, woraufhin der Fahrer begann, die Mädchen auszuziehen. Einige wehrten sich schwach, die anderen ließen es einfach zu, dass ihnen die Burka über den Kopf gezogen wurde. Sie mussten sich komplett nackt ausziehen und bedeckten dann mehr schlecht als recht ihre Brüste und ihre Scham.

Philo und Gertrud trauten ihren Augen nicht. Wie konnte man so mit jungen und offensichtlich teilweise minderjährigen Menschen umgehen? Wie Vieh wurden die Mädchen betrachtet, angefasst, an den Haaren gezogen und hin und her gedreht. Das Ganze dauerte 20 Minuten. Dann hatte man wohl genug gesehen. Die Mädchen durften sich wieder anziehen und verschwanden wieder über die Treppe im Laderaum.

»Hast du alles fotografiert?«, fragte Gertrud.

Philo nickte. Er brachte kein Wort heraus. Obwohl ihm ja klar gewesen war, dass es sich um Mädchenhandel drehte, war es jetzt, da er dieses Geschehen mit eigenen Augen hatte ansehen müssen, unfassbar, wie menschenunwürdig, brutal und einfach abstoßend dieses Gewerbe war.

Die Verhandlungen begannen. Jeweils ein Mann aus jedem der angekommenen Wagen redete auf Mark Böttger ein. Der Fahrer lehnte wieder an seinem Lkw und rauchte, während die übrigen Männer in einer Gruppe beisammen standen und sich leise unterhielten.

Es wurde endlos geschachert und gefeilscht, verhandelt und gestritten wie auf einem Basar. Dann plötzlich reichten sich alle die Hände. Die Mitarbeiter wurden gerufen, Koffer wurden aus den Autos geholt und viel Geld wechselte den Besitzer.

Der Fahrer öffnete daraufhin das Tor, ließ zunächst die Pkws heraus und fuhr dann selbst seinen Lastwagen auf die Straße.

Philo und Gertrud hatten sich längst auf der gegenüberliegenden Straßenseite hinter einem Baum in der Dunkelheit versteckt und rührten sich nicht.

Nachdem das Tor verschlossen war, setzte sich auch der Transporter in Bewegung, und Sekunden später war alles wieder gespenstisch still.

Gertrud und Philo saßen noch lange Zeit in ihrem Wagen und schwiegen. Keiner konnte so recht fassen, was sie gerade erlebt hatten.

58. KAPITEL

Raster fand Sabine in ihrem gemeinsamen Wohnzimmer, das eigentlich auch gemütlich wirkte mit seinen zwei tiefen Sesseln und der großen Schlafcouch, aber von den Dreien meist nur als Gästezimmer und bei Partys benutzt wurde. Die Küche war der zentrale Platz in ihrer WG, und das genossen alle sehr.

»Irgendwer musste eben auch hier mal Staub wischen«, meinte Sabine. »Und da es sonst ja keiner macht …«, sie ließ den Satz unvollendet und schaute Raster mit einem schiefen Grinsen an. »Hey, was ist los mit dir?«, fragte sie. »Du siehst aus, als wäre gerade dein Laptop abgestürzt.«

»Hast du einen Moment Zeit für mich?«, fragte Raster ernst und setzte sich auf eine Sesselarmlehne.

»Ja klar. Schieß los! Was bedrückt dich?«

»Ich hab' euch doch von diesem alten Freund aus meiner Karibikzeit erzählt, den ich jetzt im Rathaus wieder getroffen habe.«

Sabine nickte.

»Irgendetwas stimmt mit ihm nicht. Und ich weiß einfach nicht mehr, was ich tun soll.« Raster erzählte ihr in aller Ausführlichkeit von seinen Recherchen um die Todesfälle seiner anderen Freunde und den offensichtlichen Lügen, die Johannes ihm aufgetischt hatte. Er zeigte ihr auch die Fotos von Bettinas Unfall und den Film, der Martins Tod auf dem Surfbrett zeigt.

»Sieht so ein Mann aus, der gerade einen alten Freund beziehungsweise eine alte Freundin umgebracht hat?«

Er wies auf Johannes, der auf beiden Aufnahmen einen fürchterlich erschrockenen Eindruck machte.

Sabine schaute sich die Bilder und den Film immer wieder an. »Nein. Eigentlich nicht. Aber jetzt mal ganz böse gedacht: Wenn dein Johannes jedes Mal gewusst hat, dass er fotografiert oder gefilmt wurde, hätte er dann nicht genau diesen Gesichtsausdruck einfach spielen können?«

Raster sah erschrocken auf. »Das kann ich mir nicht vorstellen. Das würde ja bedeuten …«

»Genau. Das würde bedeuten, dass er sehr wohl etwas mit den beiden Todesfällen zu tun haben könnte.« Sabine hatte sich mittlerweile auf die Couch gesetzt und sah Raster eindringlich in die Augen. »Auf der einen Seite stellst du fest, dass dich Johannes jetzt schon mehrfach belogen hat, und zwar sowohl was seine Vergangenheit angeht als auch bezüglich der Umstände, die zu den beiden Unfällen geführt haben. Aber den Gedanken, dass er folgerichtig etwas damit zu tun hat, weist du weit von dir. Wie gut kennst du denn diesen Johannes eigentlich?«

Raster dachte lange nach und sank auf seiner Lehne immer mehr in sich zusammen. »Eigentlich kenne ich ihn gar nicht mehr. Damals in der Karibik hatten wir viel Spaß. Wir haben uns diese kleine Surfschule aufgebaut. Aber hauptsächlich hingen wir ab, haben einfach gechillt, viel gekifft und getrunken und uns Blödsinn erzählt. Außerdem ist das schon so lange her …«

»Aber die Frage bleibt natürlich, und da gebe ich dir recht: Was willst du mit diesem Wissen anfangen? Ihn ein zweites Mal mit deinen Recherchen zu konfrontieren, halte ich, ehrlich gesagt, für keine gute Idee. Du kannst ihm nichts beweisen, und er wird wieder alles abstreiten. Zur Polizei gehen kannst du mit diesem Wissen auch nicht. Selbst wenn er dich angelogen hat. Das ist nicht strafbar. Ich schlage vor, dass du dich in Zukunft von ihm fernhältst. Sei einfach vorsichtig. Okay?«

Niedergeschlagen nickte Raster. »Du hast wahrscheinlich recht. Aber es tut weh, einen Freund nach so langer Zeit wieder zu treffen, und ihn dann nach wenigen Wochen erneut zu verlieren. Und dann auch noch mit einem so komischen Gefühl. Na ja. Ich dank' dir für deine Zeit.«

Sabine stand auf und umarmte ihn herzlich. Sie strich ihm über seinen rastagelockten Kopf und meinte: »Jetzt konzentrieren wir uns erst einmal darauf, was Philo aus Sachsen mitbringt. Hoffentlich kommen wir da zu einem positiven Ergebnis.«

»Scheiße!«, entfuhr es Mark Böttger, als er zusammen mit Aleko, Kiril und Jan die Gartenhütte des Scharfrichterhauses betrat. »Du hast gesagt, das wäre hier sicher!«, fuhr er Jan an, der betroffen in den leeren Raum starrte. »Los! Durchsucht alles! Aber gründlich!«, brüllte er.

»Leise, Chef! Wir dürfen doch nicht von der Straße aus gehört werden«, beschwichtigte Aleko, was Böttger nur mit einer wegwerfenden Handbewegung quittierte.

Die vier durchsuchten jeden Winkel des Raumes und fanden die achtlos auf den Boden geworfenen Reste der Kabelbinder sowie den Knebel und das durchtrennte Seil.

»Es muss ihm einer geholfen haben.« Kiril hielt die Gartenschere in der Hand.

»Die hat hier eindeutig nicht gelegen«, bestätigte Jan. »Ich hab' die Hütte vorher gründlich gecheckt. Vielleicht war die in einer dieser Schränke, aber da wäre er alleine nicht dran gekommen.«

»Was hast du da?«, fragte Mark Aleko, der ein kleines Stück zerknülltes Papier gerade wieder achtlos auf den Boden warf.

»Das lag hier vor dem Schrank.« Aleko zeigte auf den Bereich des Bodens, wo auch die Reste des Seils lagen.

»Zeig her!«

Aleko hob den Zettel wieder auf und reichte ihn Böttger. Mark strich das kleine Stück Papier vorsichtig glatt und studierte den Inhalt. Ein böses Lächeln stahl sich auf sein Gesicht, verschwand aber sofort wieder.

»Du hast ihn also gründlich durchsucht, ja?«, blaffte er Aleko an.

»Ja natürlich, Chef, du warst selbst dabei. Da war nichts von Bedeutung in seinen Taschen.«

»Aber *das* ist von Bedeutung! Und hätten wir das früher gefunden, wüssten wir jetzt schon, mit wem wir es zu tun haben.«

Neugierig kamen die drei anderen Männer näher und schauten Mark über die Schulter.

»Aber das ist doch nur eine Quittung, Chef«, meinte Kiril.

»Über eine Flasche Wasser für 1,50 Euro. Toll! Und was sagt uns das jetzt?«, fragte Aleko.

»Moment mal«, neugierig nahm Jan Mark die Quittung aus der Hand. »Das Datum ist von vor drei Tagen und ausgestellt ist das Ding von einer Pension ganz in der Nähe unseres Hotels. Du meinst, das könnte von unserem Typen sein, der in dieser Pension gewohnt hat?«

»Richtig, du Schnellmerker«, antwortete Mark Böttger. »Und dieser Pension werden wir jetzt einen Besuch abstatten. Ihr beide«, sagte er in Richtung der beiden

Bulgaren, »fahrt schon mal ins Hotel zurück und haltet euch bereit. Jan und ich machen das lieber ohne euch.«

Böttger und Jan nahmen sich ein Taxi und fuhren zu der Pension »Picobello«, deren Namen sie auf der Quittung gefunden hatten. Vorab erkundigten sie sich im Internet über die Pension, Eigentümer und Zimmerarten. Sie traten vor die kleine Rezeption, wo nach zweimaligen Rufen eine dickliche Frau erschien, die sie freundlich anlächelte.

»Kann ich Ihnen helfen?«, fragte sie in reinstem Sächsisch.

»Wir suchen ein Zimmer«, sagte Böttger und lächelte gewinnend zurück. »Ich habe gelesen, dass Sie verschiedene Größen und Zimmertypen haben.«

»Ja, das stimmt. Suchen Sie denn ein einfaches Doppelzimmer oder zwei Einzelzimmer? Wir haben auch im Nachbarhaus Komfortzimmer, wenn die auch nicht gerade Fünfsterne-Niveau haben.«

»Ach. Könnte ich mir wohl ein oder zwei Zimmer ansehen? Dann kann ich mich leichter entscheiden.« Marks Lächeln wurde immer breiter.

»Gerne. Kommen Sie!« Die Frau nahm zwei Schlüssel von einem Schlüsselbrett und ging voran. Böttger folgte ihr und warf Jan noch einen bedeutungsvollen Blick zu.

Dieser tat so, als interessiere ihn das alles nicht sonderlich, bis die beiden aus seinem Blickwinkel verschwunden waren. Dann huschte er mit einer für sein Alter erstaunlichen Geschwindigkeit hinter den Tresen und hatte innerhalb weniger Sekunden in der obersten Schublade das Gästebuch gefunden. Er brauchte nur eine Seite zurückblättern. In der fraglichen Zeit waren vier Personen in der Pension abgestiegen. Darunter zwei Frauen und ein Japaner aus Kyoto. Und dann war da noch ein Friedrich Sachse aus Dortmund. Bingo.

Er legte das Buch zurück und trat wieder vor den Tresen. Ein fragendes Augenbrauenhochziehen seines Chefes beantwortete er mit einem kaum sichtbaren Nicken, als Böttger mit der Rezeptionistin zurückkam.

»Vielen Dank, Frau Kaiser! Das war sehr aufschlussreich. Wir überlegen es uns und melden uns dann gegebenenfalls wieder bei Ihnen. Auf Wiedersehen!« Böttger schenkte Frau Kaiser noch einen seiner herzerwärmenden Blicke und verließ mit Jan die Pension.

»Und?«, fragte er, nachdem sie sich ein paar Schritte von der Pension entfernt hatten.

»Volltreffer«, antwortete Jan. »Ein Friedrich Sachse aus Dortmund. Sagt dir das was?«

»Friedrich Sachse«, wiederholte Mark langsam. »Nein, sagt mir nichts. Aber das wird sich ändern.«

Sie setzten sich auf eine Bank an der Uferstraße mit Blick auf die Lausitzer Neiße. Böttger holte sein Smartphone aus der Tasche und öffnete die Seite des *Örtlichen* im Internet. Er gab den Namen und Dortmund als Stadt ein und starrte auf das Display.

»Was ist los Chef? Hat dich was gebissen?«

Erst nach Minuten löste sich Mark Böttger aus seiner Starre und sah auf. »Die Adresse dieses Sachse ist mir sehr wohl bekannt«, meinte er. »Es ist nämlich dieselbe Adresse wie die meiner Freundin.«

»Nein!«, war das Einzige, was Jan dazu einfiel.

»Und es kommt noch besser: Sabine Funda – so heißt meine Freundin – wohnt mit zwei Männern zusammen in einer WG. Einer davon ist dieser Sachse. Den dritten kenne ich noch nicht. Aber die stecken mit Sicherheit unter einer Decke.«

»Und was heißt das jetzt?«, fragte Jan. »Können die uns gefährlich werden?«

Mark Böttger schaute auf den träge dahingleitenden Fluss und ließ sich Zeit mit seiner Antwort.

»Das heißt, mein lieber Jan, dass es in Dortmund demnächst drei Einwohner weniger geben wird.«

59. KAPITEL

»Liquidieren! Alle drei!«

Die Ansage war so klar wie jedes Mal.

»Bist du sicher? Alle drei?«

»Ganz sicher. Die haben irgendetwas gegen mich in der Hand.«

»Aber das heißt …«, der Angerufene stockte kurz. »Auch deine Freundin, diese Sabine Funda?«

»Auch die. Und mach es schnell und sauber. Wie bei diesem verrückten Spinnenfreak. Das war gute Arbeit. Du bekommst einen Extrabonus, wenn es wieder so gelingt.«

Pause

»Gibt es Probleme? Du wirst doch wohl mit diesen drei Typen fertig werden. Oder muss ich jemanden anders beauftragen?«

»Nein. Es ist nur so … Nein. Es gibt keine Probleme.«

»Also gut. Ich erwarte deinen Bericht in drei Tagen.«

Ein köstlicher Duft von frischen Tomaten und gerupften Basilikumblättern durchströmte die gesamte Wohnung. Sabine stand am Herd und rührte in einem Topf mit Tomaten, die sie in einem griechischen Lebensmittelgeschäft erstanden hatte. Knoblauch und Zwiebeln waren zuvor in gutem Olivenöl angeschwitzt worden, und die Soße köchelte jetzt bereits seit einer Stunde vor sich hin. Sie nahm den Topf vom Herd und schüttete den Inhalt durch ein Sieb in einen zweiten Topf, wobei sie die verkochten Tomaten, Zwiebeln und Knoblauchstücke sorgfältig mit einem Holzlöffel auspresste, um alle Aromen in die Soße zu bekommen. Danach würzte sie das Ganze mit etwas Zucker, Meersalz, schwarzem Pfeffer, Cayennepfeffer und Rosenpaprika und stellte die Herdplatte so ein, dass die Soße noch ein klein wenig vor sich hin köchelte. Dann bereitete sie den Topf für die Nudeln vor.

»Jungs, in zehn Minuten gibt es Essen!«, rief sie in den Flur und erntete ein zweistimmiges »Okay« aus Rasters Zimmer.

Den Salat hatte sie schon vorbereitet. Sie deckte den Tisch, seihte die Nudeln ab und gab der Soße noch einen Schuss Olivenöl.

Salat, Nudeln, Tomatensoße, Parmesanmühle und frisch geschnittenes Basilikum wanderten auf den Tisch, und im selben Augenblick erschienen Raster und Philo grinsend in der Küchentür.

»Das riecht ja einfach köstlich!«, skandierten beide wie aus einem Mund.

Sabine ging strahlend auf Philo zu, nahm ihn in die Arme und meinte: »Noch einmal: herzlich willkommen, mein Held. Ich bin so froh, dass du gesund wieder da bist. Jetzt wird alles gut. Ich kann mit meinem blöden Versteckspiel aufhören, Mark wandert ins Kittchen, und ich hoffe sehr, dass die Polizei aufgrund deiner Fotos die anderen Männer identifizieren und auch die armen Mädchen befreien kann.«

»Das kann ich auch nur hoffen«, antwortete Philo, der sich etwas verlegen aus Sabines Umarmung befreite. »Gertrud und ich waren erst verwirrt darüber, dass die Mädchen wieder in den Lkw gesteckt wurden und die Käufer einfach so davon fuhren. Aber mittlerweile bin ich mir sicher, dass dieser Pavel sie in dem Transporter an die jeweiligen Bestimmungsorte gebracht hat. Sie wollten bestimmt nichts riskieren, indem sie die Mädchen einzeln durch die Lande fahren. Aber können wir jetzt erst einmal essen? Ich habe einen Mordshunger.«

Die drei setzten sich an den Küchentisch und begannen mit gutem Appetit Sabines Spaghetti »Napoli« zu genießen.

»Wir müssen nur auf jeden Fall heute noch die Fotos ausdrucken und alles chronologisch aufschreiben, damit wir morgen gut vorbereitet zur Polizei gehen können«, sagte Raster, nachdem er sich mit seinem T-Shirt die letzten Reste der Tomatensoße vom Mund abgewischt hatte.

»Du altes Ferkel!«, kommentierte Sabine die Nichtverwendung der extra bereitgelegten Servietten. »Hast du denn schon eine Vorauswahl deiner Fotos gemacht, Philo?«

»Hab ich«, antwortete er. »Und meinen Teil der Geschichte hab ich auch schon aufgeschrieben.«

»Ich meinen auch«, echoten Sabine und Raster gleichzeitig, und alle lachten ausgelassen.

Es klingelte an der Wohnungstür.

Die drei schauten sich fragend an, während Raster aufstand.

»Ich geh schon.« Er entfernte die Sicherheitskette und öffnete die Tür. »Johannes! Was machst du denn hier?«

»Stör ich?«

»Äh, nein. Komm rein! Nur mit dir hab' ich so gar nicht gerechnet. Häng deine Jacke hier einfach über die anderen. Wir sitzen in der Küche. Komm!«

Johannes behielt seine Lederjacke an und folgte Raster.

»Leute, das ist Johannes. Ich hab' euch ja schon von ihm erzählt. Karibik und so weiter. Das ist Sabine und das ist Philo, ich meine Friedrich.«

»Philo ist schon in Ordnung«, grinste dieser und hielt Johannes die Hand hin. »Hast du Hunger? Wir haben noch Reste der besten Spaghetti ›Napoli‹, die du je gegessen hast.«

Johannes schüttelte nur ernst den Kopf und setzte sich auf einen der freien Stühle.

»Was können wir für dich tun?«, fragte Raster, nachdem sich langsam ein peinliches Schweigen breitgemacht hatte.

»Es ist eher die Frage, was ich für euch tun kann oder besser muss«, antwortete Johannes, griff unter seine Jacke und legte eine schwarze glänzende Pistole auf den Küchentisch.

Sabine, Philo und Raster sagten nichts, sondern starrten nur auf dieses Ding, das so gar nicht in ihre Küche passte.

»Ich muss dir, glaube ich, ein paar Dinge erklären, Raster«, meinte Johannes ruhig und legte seine rechte Hand auf die Waffe.

»*Du* hast Martin und Bettina umgebracht, stimmt's?«, sagte Raster in einem ebenso ruhigen Ton.

Johannes zog die Augenbrauen hoch. »Hut ab, mein Freund. Das hast du also schon herausgefunden. Nun, wie auch immer. Ein Grund mehr, das Ganze hier zu Ende zu bringen. Trotzdem. Du bist ein alter Kumpel, und da bin ich dir ein paar Erklärungen schuldig. Auch wenn du damit nichts mehr anfangen kannst.«

Ein Knacken aus dem Wohnungsflur ließ alle aufhorchen.

»Ist noch jemand hier?«, fragte Johannes, stand auf und entsicherte seine Pistole.

Keiner antwortete ihm.

Leise ging er in den Flur, schaute sich um, inspizierte das Türschloss und legte die Sicherheitskette ein. Kurz schaute er in alle Zimmer, kam dann offenbar beruhigt zurück in die Küche und setzte sich wieder.

»Okay. Wo waren wir stehen geblieben? Ach ja. Du hast echt Glück gehabt, dass du so früh von unserer Insel abgehauen bist.

Raster blickte ihn fragend an.

»Nun ja«, fuhr Johannes fort. »Bettina und Martin haben damals kurz nach deinem überstürzten Aufbruch mitbekommen, dass ich mittlerweile einen kleinen Nebenjob übernommen hatte.«

Wieder sagte keiner etwas.

Entnervt redete Johannes weiter. »Sagt mal, interessiert das hier keinen?« Wütend blickte er in die Runde.

Alle schwiegen.

»Ist auch egal. Ich erzähl's trotzdem. Jedenfalls bin ich damals von so einem reichen Fuzzi angesprochen worden, der unbedingt seine Frau loswerden wollte. Scheidungsgeld, Unterhaltszahlungen, was weiß ich. Na ja. Da hab ich zugesagt und meinen ersten Mord begannen. 10.000 Mark hab ich dafür bekommen. Es folgten weitere Aufträge, und ich bekam einen gewissen Ruf in der Branche, wenn ihr wisst, was ich meine.« Johannes grinste. »Nur leider sind Bettina und Martin mir auf die Schliche gekommen. Anfangs konnte ich sie noch überreden zu schweigen. Ich versprach, damit aufzuhören. Aber später, da waren wir bereits getrennt, kriegten die beiden mit, dass wieder in meinem Umfeld Menschen, sagen wir zu Schaden kamen. Und da wollten sie nicht mehr schweigen, und ich musste die Notbremse ziehen.«

»Und wie?«, fragte Raster.

»Ach, das war ganz einfach. Beiden habe ich im richtigen Moment ein sehr starkes sogenanntes retardiertes Barbiturat ins Getränk gemischt. Retardiert heißt, dass es erst etwa eine Stunde nach der Verabreichung wirkt, dann aber sehr plötzlich und mit voller Wucht.« Wieder grinste Johannes breit. »Bei Martin war das mit dem Timing etwas schwierig, hat aber, wie du in dem Video gesehen hast, auf den Punkt funktioniert.«

»Und jetzt arbeitest du für Mark Böttger, in dessen Auftrag du uns alle umbringen sollst«, konstatierte Sabine, die ruhig auf ihrem Stuhl saß, die Hände locker auf dem Tisch gefaltet.

»Meine Güte, seid ihr alle Intelligenzbestien. Wie kommst du denn darauf?«

»Einfach weil es passt. Philo ist heute erst aus Görlitz zurückgekommen und hat da so einiges in Erfahrung gebracht. Offensichtlich hat Mark ihn doch identifizieren können. Nun gut. Ist eben so. Und heute Abend tauchst du hier mit einer Waffe auf und erzählst uns von deinen Räuberpistolen. Passt irgendwie, oder?«

»Ja, so ist es. Ich bin ein moderner Söldner geworden«, meinte Johannes nicht ohne Stolz in seiner Stimme. »Seit Jahren bin ich jetzt schon in Böttgers Diensten, und er zahlt verdammt gut. Der Rathausjob«, er schaute Raster an, »ist natürlich nur Tarnung. Aber wem sage ich das. So. Genug der Plauderei. Da ich nicht eure schöne Küche versauen möchte, machen wir vier jetzt einen netten Abendspaziergang. Vielleicht im Schwerter Wald?«

»Wo du auch Herrn Vollmer umgebracht hast?«, fragte Sabine.

Johannes grinste nur und stand auf, die Waffe in seiner Hand.

»Eines noch«, warf Philo in die Runde. »Warst du das dann auch, der uns hier einen Besuch abgestattet hast?«

»Natürlich.«

»Und wie bist du auf diese ekelhaften Einzelheiten gekommen, die du uns da angetan hast?«, fragte Sabine, die jetzt kaum mehr ihren Zorn unterdrücken konnte.

Johannes lachte auf. »Wisst ihr, wenn ich eines mit Raster gemein habe, dann sind es die Fähigkeiten, zu recherchieren und Datenbanken zu knacken. Es hat mich gerade mal zwei Tage gekostet, für euch ein paar Stiche zusammenzubasteln, die richtig wehtun würden.«

»Aber eines hast du nicht bedacht«, sagte Raster betont ruhig.

Johannes warf ihm einen fragenden Blick zu.

»Du hast deinem Chef nie gesagt, dass dein ehemaliger Kumpel mit seiner Freundin zusammenwohnt, stimmt's?

Denn wenn du ihm das gesagt hättest, wäre ich in Kenia bestimmt aufgeflogen.«

»Wie? Du warst in Kenia?«

»Das war ich und habe deinem sauberen Chef schön bei seiner schmutzigen Arbeit zugesehen«, antwortete Raster.

»Ich wollte dich eigentlich aus allem raushalten. Aus alter Freundschaft, verstehst du?«, erwiderte Johannes. »Aber jetzt hast du mir genügend Gründe gegeben, dich eben auch zu beseitigen. Und jetzt Schluss mit dem Gequatsche. Wir gehen!«

»Hier geht niemand irgendwohin.« Die tiefe Stimme kam aus Richtung Flur, und alle schauten erschrocken auf.

In der Küchentür stand ein mittelgroßer Mann in Jeans und T-Shirt mit leicht gespreizten Beinen. Mit beiden Händen umfasste er eine Pistole, die er weit von sich gestreckt auf Johannes gerichtet hatte. »Waffe runter! Sofort!

Johannes grinste erneut, wirbelte herum und zielte nun seinerseits auf den Fremden.

Ein Schuss knallte ohrenbetäubend in der Küche, und die drei Freunde sahen, wie Johannes mit einem lauten Schrei zusammensackte. Die Pistole flog aus seiner Hand, und er presste mit verzerrtem Gesicht beide Hände auf seinen Oberschenkel.

Der Unbekannte war sofort über ihm, riss ihm die Hände hinter den Rücken und fesselte ihn mit einem Kabelbinder. Alles in einer Geschwindigkeit, die deutlich zeigte, dass er das nicht zum ersten Mal tat. »Könnte wohl jemand so freundlich sein, möglichst schnell die Wohnungstür aufzumachen, sonst ist die in zehn Sekunden Schrott«, meinte er noch, während er hinter Johannes hockte.

Sabine verstand als Erste und lief so schnell sie konnte durch den Flur, riss die Kette von der Tür, öffnete sie und starrte in das Gesicht eines vermummten Mannes, der gerade im Begriff war, sich mit einer Türramme Eintritt zu verschaffen. Hinter ihm warteten noch etwa zehn weitere Männer, alle mit Gesichtsmaske, Schutzweste und gezogener Waffe.

»Kommen Sie doch rein, meine Herren«, meinte Sabine freundlich lächelnd und machte eine einladende Handbewegung.

Nach zehn Minuten war der Spuk zu Ende. Johannes war nach einer kurzen Erstbehandlung auf einer Trage abtransportiert worden, der Chef des SEK hatte ein kurzes Briefing über den unbekannten Fremden erhalten und war dann mit seiner Truppe abgezogen. Jetzt saßen die drei und ihr Retter am Küchentisch, fast, als wäre nichts gewesen.

Der Erste, der etwas sagte, war Raster: »Thomas Müller. Oder wie heißen Sie wirklich?«

»Bleiben wir einfach dabei. Mein echter Name tut nichts zur Sache. Aber richtig«, er sah Sabine und Philo an, »Ihr Freund hier hat mich bereits in Kenia kennengelernt. Er ist ein schlaues Bürschchen und hätte mich fast durchschaut. Ich musste höllisch aufpassen, dass ich nicht aufflog.« Müller lachte ein freundliches sonores Lachen. »Aber ich muss Ihnen kurz erklären. Bitte haben Sie Verständnis dafür, dass ich aus ermittlungstaktischen Gründen nicht zu sehr ins Detail gehen kann. Ich bin verdeckter Ermittler beim BKA und mit meinem Team schon seit ein paar Jahren unter anderem hinter Mark Böttger her.«

»Aber warum haben Sie ihn denn nicht schon längst festgenommen? Wir hätten uns alle drei so einiges ersparen können?« Philo war sichtlich verärgert.

Beschwichtigend hob Müller eine Hand. »Ich verstehe Ihren Ärger vollkommen. Es ist nur so, dass wir die illegalen Safaris zwar beweisen konnten. Aber wir hatten seit zwei Jahren Hinweise darauf, dass da noch etwas anderes Größeres lief. Nur wir kamen einfach nicht dahinter, was. Deshalb haben wir ihn zunächst, quasi unter Aufsicht, gewähren lassen. Als Sie dann in Kenia auftauchten, Herr Schulz, wurde ich hellhörig. Einen Teil unseres Teams habe ich daraufhin hier nach Dortmund geschickt, um, verzeihen Sie mir, Ihr Umfeld auszukundschaften. Interessant wurde es für uns dann so richtig, als wir feststellten, dass Sie«, diesmal wandte er sich an Sabine, »mit unserem Freund liiert sind.«

»Und wie kamen Sie dann auf Johannes? Wussten Sie denn, dass er für Böttger arbeitet?«, wollte Philo wissen.

»Nein, leider nicht. Wir haben seit Langem versucht, Böttgers Handy abzuhören, aber er benutzt eine Verschlüsselungstechnik, mit der wir einfach nicht klar kamen.«

Raster schnaubte verächtlich.

»Auf jeden Fall«, fuhr Müller fort, »haben wir Sie drei diskret beobachtet. Und heute Abend, nachdem Sie wieder gekommen sind«, er nickte Philo zu, »war mir der Besuch eines Fremden höchst verdächtig. Ich hab dann sicherheitshalber ein SEK gerufen und mir Zugang zu Ihrer Wohnung verschafft.«

»Dann waren Sie das Knacken vorhin im Flur?«, wollte Raster wissen.

Müller hob entschuldigend die Hände. »Ich habe es leider nicht ganz geräuschlos geschafft. Sorry. Jedenfalls hab' ich mich dann im Wohnzimmer versteckt.«

»Und Sie haben uns die ganze Zeit beschattet?«, fragte Sabine erzürnt.

»Was hätten wir denn für eine andere Wahl gehabt? Wir mussten doch davon ausgehen, dass Sie durch Ihre Liaison mehr Informationen hatten als wir.«

»Und da hätten Sie uns nicht einfach ansprechen können?«, fragte Raster, der auch mittlerweile stinksauer war.

»Wir konnten das nicht riskieren. Einen direkten Kontakt mit Ihnen hätte möglicherweise Böttger mitbekommen. Bitte verstehen Sie unsere Vorgehensweise.«

»Haben Sie mich eigentlich auch nach Görlitz verfolgt?«, fragte Philo plötzlich argwöhnisch.

»Selbstverständlich. Und bevor Sie gleich explodieren: Natürlich hätten wir Sie auch aus Ihrer misslichen Lage befreit. Aber da kam uns diese nette Dame zuvor. Also haben wir die Dinge laufen lassen.«

»Dann waren Sie auch in Polen?«

»Aber ja. Und das war genau das, was uns noch gefehlt hat. Sie glauben gar nicht, wie dankbar wir Ihnen sind. Übrigens sind die Mädchen längst befreit. Nur die Käufer haben wir noch nicht. Da gibt es leider internationale Verwicklungen … Na ja. Nicht Ihr Problem.«

»Und was ist mit Mark?«, fragte Sabine leise.

»Bei dem steht zur Zeit ebenfalls eine SEK vor der Haustür.«

»Und seine Tochter?«

»Da kümmert sich das Sozialamt drum. Aber sie wird wohl in ein Heim kommen. Vielleicht finden sich aber auch schnell Pflegeeltern. Ich halte Sie gerne auf dem Laufenden.«

»Was sind das eigentlich für Mädchen?«, fragte Raster.

»Nun, die kommen aus Nigeria und wurden vom Boko Haram verschleppt. Schreckliche Sache. Aber da können wir leider nichts machen. So, ich muss jetzt auch wieder los. Das wird eine lange Nacht. Und bitte entschuldigen Sie nochmals unsere Vorgehensweise. Aber es ging wirklich nicht anders.«

Sabine wollte ihm sagen, er solle doch Mark einen schönen Gruß ausrichten, verkniff es sich aber gerade noch rechtzeitig. Nachtreten passte nicht zu ihrem Stil. Außerdem merkte sie, dass ihr Zorn schon längst einer tiefen Traurigkeit gewichen war. Wie konnte sie sich nur so täuschen lassen. Sie würde in Zukunft noch mehr aufpassen müssen, mit wem sie sich einließ. Aber das hieß wahrscheinlich, dass sie überhaupt keinen Mann mehr an sich heranlassen würde, dachte sie verbittert und seufzte.

»Hey! Wer wird denn hier Trübsal blasen?«, rief Raster, der Thomas Müller zur Tür begleitet hatte. »Der Spuk ist vorbei. Wenn das nicht ein Grund zum Feiern ist! Was ist los, Philo? Komm, lass mal ein Bier rüberwachsen!«

Philo starrte stur auf die Schüssel mit den inzwischen kalt gewordenen Nudeln. »Ich fass es einfach nicht, dass die mich einen ganzen Tag in der Hütte haben liegen lassen.«

»Ja. Da geb' ich dir recht, Philo«, erwiderte Sabine. »Die Vorgehensweise des BKA ist tatsächlich äußerst fragwürdig. Aber andererseits möchte ich nicht wissen, was mit uns jetzt wäre, wenn dieser Müller nicht aufgetaucht wäre.« Schaudernd zog sie die Arme um den Oberkörper.

»Hallo!«, meinte Raster. »Du glaubst doch nicht im Ernst, dass der uns hätte umbringen können. Kannst du dich bitte mal an die Geschichte in der Hörder Sparkasse erinnern?«

»Da hast du allerdings so was von recht«, meinte Philo,

der endlich aus seiner Starre aufgewacht war. »Nie im Leben hätte der eine Chance gegen uns drei gehabt, und jetzt möchte ich auch ein Bier. Sabine?«

Keiner der drei fand die Ruhe, sich ins Bett zu legen und zu schlafen. Immer wieder holte mal der eine, mal die andere Dinge hervor, die ihnen nicht aus dem Kopf gingen und sie beschäftigten. Es war ein regelrechtes Wundenlecken, was ihnen aber letztendlich gut tat und den Prozess des Verarbeitens anstieß, der noch lange andauern würde.

»Das heißt also, Mark Böttger hat mit illegalen Tierverkäufen angefangen, ist in der Folge zur Großwildjagd gekommen, aber wie kam das dann mit dem Mädchenhandel?«, fragte Philo.

»Soweit ich mitbekommen habe«, antwortete Raster, »ist Mark von einem bestochenen Wildhüter auf die Idee gebracht worden. Das hat mir jedenfalls dieser Thomas Müller erzählt. Ist schon echt pervers, oder?«

Sabine ging einfach die kleine Lydia nicht aus dem Kopf. Würde ihre verschwundene Mutter sie unter diesen Umständen wieder aufnehmen? Es war mittlerweile klar, dass sie wegen Mark die Familie verlassen hatte. Aber schon damals hatte sie Lydia nicht mitgenommen. Vielleicht kam sie mit dem Downsyndrom ihrer Tochter einfach nicht zurecht. So was sollte es ja geben. Aber was dann? Sabine konnte sich nach all den Monaten, die sie mit dem Mädchen verbracht hatte, nicht damit abfinden, dass diese jetzt in ein Heim gesteckt wurde. Plötzlich fiel ihr ihre Schwester Hanna ein. Mit ihr würde sie darüber sprechen. Hanna hatte immer gute Ideen und kam häufig auf pragmatische Lösungen.

Raster dachte immer wieder an die Abende zurück, als er, gerade einmal 16 Jahre alt, mit seinem Freund Olaf in der Jazzkneipe an der Möllerbrücke Johannes, Martin und Bettina kennengelernt hatte. Wie hatte er zu ihnen aufgeschaut, sie regelrecht vergöttert. Und wie furchtbar war dieser große Traum zu Ende gegangen. Wie konnte aus einem Johannes, der lebensbejahend und optimistisch in die Zukunft geblickt hatte, ein solches Monster werden? Ein Mann, der für Geld alles tat und selbst vor dem Mord an seinen besten Freunden nicht zurückschreckte. Raster hätte so gerne verstanden, was diese Veränderung bewirkt hatte, aber das würde er wohl nie erfahren.

Philo war der Einzige, dessen Gedanken und Gefühle eher positiver Natur waren. Er lächelte immer wieder verstohlen, wenn er an seine Heldentaten in Görlitz und Polen zurückdachte. Würde ihn das nun endlich auch in anderen Bereichen selbstbewusster machen? Er wusste es nicht, aber er sah der Zukunft optimistisch entgegen. Auch ohne Partnerin war er glücklich, und wer weiß, was noch alles passierte.

»Leute, habt ihr mal rausgeguckt?«, fragte Sabine nach einer ganzen Weile. Sie waren schon längst von Bier auf Kaffee umgestiegen. »Die Sonne ist schon aufgegangen. Es ist gleich sechs Uhr!«

»Tja. Dann müssen wir jetzt eine Entscheidung treffen. Entweder ins Bett gehen, den halben Tag verschlafen und danach immer noch müde sein …« Raster schaute fragend in die Runde.

»Oder?«, insistierte Philo.

»Oder wir überlegen uns was für den Tag. Auf jeden Fall etwas, das wir gemeinsam machen können, und dann gehen wir heute Abend früh ins Bett.«

»Klingt gut«, meinte Sabine. »Und? Habt ihr schon eine Idee?«

Philo lachte. »Ich weiß was. Lasst uns doch einen ausgiebigen Spaziergang durch den schönen Dortmunder Tierpark machen.«

Entrüstet knüllte Sabine eine Papierserviette zusammen und pfefferte sie Philo an den Kopf. Dann lachte sie ebenfalls und meinte: »Ihr könnt mit mir alles machen. Nur keinen Zoobesuch. Und das gilt für mindestens ein Jahr!«

Weitere Krimis finden Sie auf den folgenden Seiten und im Internet:

WWW.GMEINER-SPANNUNG.DE

SUSANNE GRULICH
K.o. durch Meister

978-3-8392-2120-4 (Paperback)
978-3-8392-5483-7 (pdf)
978-3-8392-5482-0 (epub)

K.O. MIT ROCK'N'ROLL Der Kölner Musiker Magnus Meister muss seine mageren Einnahmen aufbessern. Er soll für einen alten Freund Sabotagefälle auf den Baustellen der Bestkauf GmbH aufklären und gleich zu Beginn seiner Ermittlungen gibt es einen Toten. Der Abteilungsmacho der Firma ist nach einer Betriebsfeier ungebremst gegen einen Baum gefahren. Gibt es eine Verbindung zwischen seinem Tod und den dubiosen Vorgängen auf den Baustellen? Magnus Meister braucht Humor, seine Band und die Hilfe seiner Freunde, um die Fäden zu entwirren.

Das Neueste aus der Gmeiner-Bibliothek

Unser Lesermagazin

Bestellen Sie das kostenlose Krimi-Journal in Ihrer Buchhandlung oder unter www.gmeiner-verlag.de

Informieren Sie sich ...

www ... auf unserer Homepage:
www.gmeiner-verlag.de

@ ... über unseren Newsletter:
Melden Sie sich für unseren Newsletter an unter www.gmeiner-verlag.de/newsletter

... werden Sie Fan auf Facebook:
www.facebook.com/gmeiner.verlag

Mitmachen und gewinnen!

Schicken Sie uns Ihre Meinung zu unseren Büchern per Mail an gewinnspiel@gmeiner-verlag.de und nehmen Sie automatisch an unserem Jahresgewinnspiel mit »mörderisch guten« Preisen teil!